마오마오는
인삼 꾸러미를
높이 치켜든 채
빙글빙글 돌았다.
8
약사의 혼잣말
휴우가 나츠
일러스트
시노 토우코

마오마오는 야오 와 연연 의
장보기에 동행하기로 했다.
기숙사에서 남쪽,
큰길에 면한 상점가를 걸어갔다.
수많은 상점들이 늘어서 있고,
그 틈새를 메우듯 노점들도 가득했다.

"바료는 이렇게 말하고 있습니다."
마메이는 어디서 나타났는지
진시조차 한순간 이해할 수 없을
정도의 움직임으로
진시 일행 앞에 불쑥 모습을 드러냈다.

마오마오는
구경꾼으로 둘러싸인
무대 위의 두 사람을 보았다.
진시 와 외알 안경.
그 사이에는 바둑판이 하나.

'전에도 어디선가
본 적 있는 풍경 같은데.'

보원은 고래고래 소리를 지르고,
아버지는 말없이 이야기만 듣고 있었다.
평소의 괴짜 군사였다면
시합을 방해하지 못하게 했겠지만
오늘은 몸 상태가 안 좋은 모양이었다.

“이게
아드님의
손가락이란
말씀이십니까…?”

INTRODUCTION

바둑 대회 개최

독 시식 일을 하다 건강이 안 좋아졌던 야오가 복귀하고
야오, 옌옌 그리고 마오마오 세 사람은 다시 의국에서 일하는 나날로 돌아갑니다.
그런 가운데 라칸이 만든 바둑 책 때문에
궁중에서는 바둑이 크게 유행하게 됩니다.
심지어 바둑 대회 개최까지 기획되고,
진시와 라한도 합세하여 대규모의 일대 행사로 변하게 되죠.
그리고 맞이한 바둑 대회 당일.
대부분의 사람들이 바둑 대회에 가 버린 바람에 의국에서는 일손이 남아돕니다.
행사장에 심부름을 갔던 마오마오는 전혀 원치 않았으나 그곳에서 일을 돕습니다.
바둑이 유행한다 해도
이상하게 도전자 수가 많다는 사실에 의문을 품고 있는데
라한이 한 가지 '소문'을 알려 줍니다.
그것은 '칸라칸을 바둑으로 이기면
딱 한 가지 소원을 이루어 준다'는 이야기였으나….
누가 그런 소문을 믿겠느냐며 코웃음 친 찰나,
행사장에 나타난 자는 익숙한 복면의 사나이.
그 남자는 순조롭게 승리하여 올라와, 라칸과의 대국에 도전하는데요….
이 둘의 승부는 어떻게 되었을까요? 그리고 무엇을 노리고 온 걸까요?

약사의 혼잣말

휴우가 나츠 지음
시노 토우코 일러스트

Carnival

목

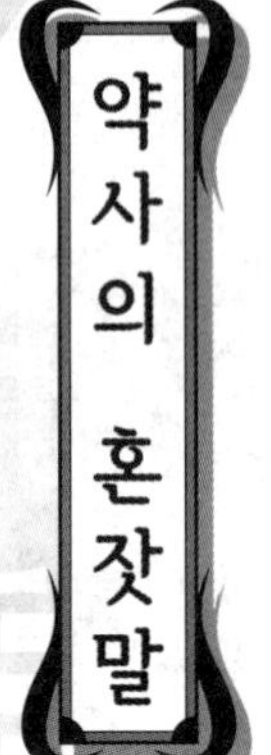
약사의 혼잣말

차

목

8

차

KUSURIYA NO HITORIGOTO 8

인물 소개

마오마오……유곽의 약사. 약과 독에 기이한 집착을 갖고 있지만, 다른 일에는 관심이 별로 없다. 양아버지 뤄먼을 존경한다. 19세.

진시……황제의 아우. 천녀 같은 미모를 지닌 청년. 마오마오를 좋아하지만 자꾸 피해 다니는 탓에 도무지 마음을 전할 수가 없다. 본명은 카즈이게츠. 20세.

바센……진시의 종자, 가오슌의 아들. 남들보다 통각에 둔한 체질을 타고났기 때문에 인간의 한계를 넘어선 힘을 발휘할 수 있다. 고지식하고 성실하지만 바보짓을 자주 한다. 리슈 비를 연모하고 있다.

가오슌……바센의 아버지. 탄탄한 체격의 무인이며 예전에 진시의 종자였던 인물. 현재는 황제 직속 부하로 일하고 있다.

라칸……마오마오의 친아버지, 뤄먼의 조카. 외알 안경을 낀 괴짜. 군부의 고관이지만 기행이 심한 탓에 주위에서는 꺼려하고 있다. 바둑과 장기가 취미이며 실력이 매우 뛰어나다.

라한……라칸의 조카이자 양자. 동그란 안경을 끼고 다니는 몸집 작은 사내. 미인에 약하고, 미녀를 보면 꼬드기려 든다. 양아버지가 진 빚 때문에 열심히 부업을 하고 있다.

뤄먼……마오마오의 양아버지, 라칸의 숙부. 본래 환관이었으며 현재는 궁정 의관. 과거에 처형을 받아 한쪽 무릎뼈를 잃었다.

교쿠요 황후……황제의 정실. 빨간 머리와 녹색 눈을 지닌 이방의 공주. 21세.

황제……아름다운 수염을 기른 유능한 남자. 풍만한 몸매의 여성을 좋아한다. 36세.

야오……마오마오의 동료. 15세지만 키가 크고 발육이 좋기 때문에 연상으로 보인다.

옌옌……마오마오의 동료. 야오의 시녀이며 야오와 함께 궁정 의관 보조 일을 하고 있다. 머릿속에 온통 야오 생각밖에 없고, 때때로 비뚤어진 애정을 보이곤 한다. 19세.

홍냥……교쿠요 황후의 시녀장. 고생 체질이며 자유분방한 황후에게 휘둘린다.

잉화 · 구이위엔 · 아이란……교쿠요 황후 직속의 고참 시녀들.

하쿠우 · 코쿠우 · 세키우……교쿠요 황후 직속 시녀들. 연년생 세 자매.

약사의 혼잣말

서 장

"웃고 있으렴."

어머니는 항상 그렇게 말했다. 아버지가 가끔 왔을 때 기뻐하도록, 머리를 쓰다듬어 주도록.

어머니는 정실이 아니었다. 아버지는 할아버지라 해도 이상하지 않은 연령이었고, 이복 오빠는 어머니와 동갑이었기에 '오라버니'라기보다는 '숙부님'이라 부르는 편이 오히려 더 자연스러웠다.

오빠는 나이 차이가 많이 나는 여동생이 마음에 들지 않았던 모양이었다. 오빠의 자식들은 항상 자신을 괴롭혔다. 머리카락을 잡아당기고 진흙 덩어리를 던졌다.

어린아이들다운 잔혹함이었다. 어른들에게서 들은 말을 그대로 당사자에게 내뱉기도 했다. 거스를 수 없도록, 여럿이 몰려와서.

첩의 자식이라고 비웃기에 반대로 마주 웃어 줬다. 입꼬리를 올리고, 이를 슬며시 드러내 보이면서.

아첨하는 웃음밖에 본 적 없던 오빠의 자식들은 뒷걸음질을 쳤다.

그저 웃으며 마주 보았을 뿐인데, 상대에게는 자신이 대체 무엇으로 보이는 걸까. 그 반응이 우스워서 한층 더 웃었다.

때마침 그 자리에 아버지가 나타났다. 진흙투성이가 된 자신을 보고 어떻게 생각했을까.

아버지 또한 웃고 있었다.

깔끔한 차림새의 다른 손주들을 무시하고, 아버지는 진흙투성이인 자신의 앞으로 똑바로 다가왔다. 그리고 얼굴에 묻은 흙을 닦고 머리를 쓰다듬어 주었다.

"너를 최고로 만들어 주마."

무엇에서 최고냐고 물어보았다.

"나라의 최고이니라. 그 기량이 네게는 있구나."

다른 아이가 아니라, 자신에게만 있다고 했다. 특별하다는 말을 들으니 조금은 가슴이 설렜다.

"눈을 반짝반짝 빛내고 있어라. 절망만은 결코 해서는 안 된다. 항상 웃는 얼굴을 보이며 살아라."

웃기만 하는 일이라면 얼마든지 할 수 있다. 뭔가 재미있는 일만 있으면 아무 문제도 없다.

아버지가 굳이 시키지 않아도 열심히 즐거운 일을 찾으며 살아왔다. 자신이 보내진 곳이 여자들의 복마전이었다 해도….

약사의 혼잣말

1 화 : 바둑 교본

바람이 차가워져, 이불 위에 홑이불을 한 장 더 추가하고 싶어질 무렵.

마오마오는 산더미처럼 수북이 쌓여 있는 책들을 앞에 두고 입을 벌린 채 넋이 나가 있었다. 기숙사 현관에 쌓여 있는 그것에는 커다랗게 '마오마오 앞'이라고 적혀 있었다.

"이게 뭐야? 책이네?"

야오가 자기 방에서 나왔다. 얼마 전 독 시식 일을 하다가 독을 먹고 위중한 상태에 빠졌지만, 지금은 다행히 건강을 되찾았다. 한동안 요양하는 중이었는데 모레부터는 다시 일에 복귀한다고 한다.

야오는 마오마오 옆에 나란히 섰다. 예쁜 옆얼굴에는 안타깝게도 황달이 남아 있었다. 간과 신장이 상당히 나빠졌기 때문에 앞으로 술과 염분은 지양하며 살아야 한다. 피부에 좋은 식사도 준비해야겠다.

“전부 같은 책이네요.”

야오가 나왔는데 옌옌이 따라 나오지 않을 리가 없다. 손에는 저녁 식사 재료가 든 천 자루가 들려 있었다. 마오마오가 굳이 나설 필요도 없이, 옌옌은 야오의 황달을 치료하기 위해 현재 필사적으로 약과 식재료를 모으고 있다.

“바둑 책이군요. 작가는 ‘칸라칸’이라고 쓰여 있네요.”

귀찮은 인물과 엮이면 귀찮은 일이 밀려온다는 사실은 잘 알고 있었다. 알고는 있어도 피하기는 어렵다. 괴짜 군사가 저지른 짓이었다.

“이러시면 곤란하다고 분명히 말씀드렸는데도 꼭 놓고 가야겠다면서 고집을 부리셔서…. 편지를 맡아 놓았어요.”

기숙사를 관리하는 아주머니가 마오마오에게 편지를 건넸다. 유려한 글씨체로 완곡하게 쓰여 있는 그 내용을 직역하면 ‘바둑 책을 많이 만들었단다. 마오마오도 줄게.’라는 내용이었다. 괴짜 군사가 부하에게 대필시킨 게 뻔히 보였으나, 부하도 참 난감할 터였다.

“어떻게 해, 이거?”

야오가 기대설 수 있을 정도로 많은 양의 책이었다. 책은 귀중하기 때문에 한 권 사려면 거의 한 달 식비를 들여야 할 정도로 값비싼 물건도 더러 있다. 필사본이 아니라 인쇄된 책이니 어느 정도 제작비를 낮출 수는 있었겠지만, 어쨌거나 용케 이렇게나 많은 양을 만들었다.

지금쯤 괴짜 군사의 양아들 라한이 금전적인 문제로 허덕이고 있을 모습이 상상됐지만, 마오마오하고는 상관없는 일이다.

"불에 태우는… 건 아무래도 곤란하겠죠?"

작가가 문제일 뿐이지 책에는 죄가 없다. 팔랑팔랑 넘겨 보니 의외로 잘 만들어져 있었다. 기보를 싣고, 바둑판의 요소요소를 설명해 놓았다. 초심자용이라고 하긴 어렵지만 바둑 둘 줄 아는 사람이 충분히 즐길 수 있을 만한 내용이었다. 문득 삼색 고양이가 바둑을 두는 삽화가 얼핏 보였으나 무시하기로 했다.

"……."

옌옌이 흥미로운 표정으로 책을 보고 있었다.

"볼래?"

"네."

한 권을 건네니 눈을 반짝반짝 빛내며 책장을 넘겼다.

'야오 말고도 관심 있는 분야가 있었구나.'

마오마오는 엉뚱한 곳에서 감탄했다.

"재미있어?"

"네. 역시 군사님은 대단하시네요. 잘 만들어져 있어요. 전반에는 주로 정석을 사용한 모범적인 기보를, 후반은 파격적인 형태의 기보를 실어 놓았네요."

마오마오는 솔직히 잘 모른다. 바둑이나 장기는 언니들에게 두는 법을 배운 게 전부다.

"필요해?"

"준다면 받겠습니다. 돈이 필요하다면 은 하나 정도는 내죠. 내용은 물론이고 종이 질과 인쇄된 글자의 상태가 매우 좋네요."

"은 하나…."

마오마오는 산더미처럼 쌓여 있는 책들을 쳐다보았다. 그만큼의 가치가 있단 말인가.

"은 하나라. 그렇게 저렴해도 돼?"

야오가 책 장정을 확인하며 마오마오에게 물었다. 이 아가씨는 금전 감각이 조금 어긋나 있다. 은 하나라면 식비 반달치는 된다.

"하기야 저렴하긴 하지만, 친구 할인을 적용받아 볼까 싶어서요."

마오마오 대신 옌옌이 대답했다.

'친구였나.'

동료가 아니라, 친구. 옌옌이 마오마오를 친구라고 부른다면, 이쪽에서도 친구로 인정해야 실례가 되지 않겠지. 그러니 옌옌은 친구다. 금전 감각이 어긋난 야오라면 모를까, 옌옌이 그렇게 말한다면 이런 책이라도 한 권에 은 하나는 불러도 될 것이

다. 하지만 상황을 보니 책은 대량으로 계속 더 찍어 낼 듯하니, 값이 조금 더 내려갈 수도 있다.

"옌옌이랑 마오마오가 친구…."

야오가 빤히 쳐다보았다.

"그럼 나는?"

옌옌과 마오마오를 향해 물었다.

"아가씨는 제게 그 무엇과도 바꿀 수 없는, 둘도 없는 아가씨예요!"

옌옌이 자기 가슴을 두드리면서, 명랑하게 웃으며 말했다.

'그건 아마 틀린 대답인 것 같은데.'

그 순간 아가씨는 매우 불쾌한 표정을 지었다. 그러고는 현관 앞에 놓여 있던 의자에 털썩 주저앉아 토라진 얼굴로 다리를 꼬았다.

야오의 태도에 옌옌은 "어?" 하고 당황하며 어쩔 줄 몰라 했다.

"옌옌, 책은 그냥 줄 테니까 혹시 아는 사람 중에 바둑을 좋아하는 사람이 있으면 가르쳐 주지 않겠어?"

마오마오는 허둥지둥하는 옌옌에게 물었다.

"아, 바둑 두는 사람요? 몇 명 있죠. 의관들은 대부분 휴일에는 바둑을 두니까요."

그건 좋은 정보다. 마오마오는 대량의 책을 앞에 두고 실실

웃기 시작했다.

'돈이 있으면 비싼 약도 살 수 있어.'

얼마 전 샤오의 무녀가 찾아온 덕분에 서방에서 다양한 물자들이 도성으로 모여들었다. 처음에는 부자들이 먼저 신기한 물건들을 사들이고, 본격적으로 물건들이 시장에 나도는 건 시간이 좀 흐른 후다.

물론 시장에 나왔다고는 해도 수입품은 비싸다. 비싸지만 돈이 있으면 살 수 있다.

"그 바둑 두는 사람 중 아무나 소개시켜 줄 수 있어?"

마오마오가 부탁하자 옌옌은 전대에서 은 하나를 꺼내 내밀었다.

"여기, 책값이에요."

"아니, 괜찮아."

"아뇨, 낼게요. 그 대신."

옌옌은 산더미 같은 책들을 흘끔 쳐다보고는,

"나도 한몫 끼워 줘요."

하고 손가락으로 돈 모양을 만들어 보였다.

'역시 만만히 볼 수가 없어.'

마오마오가 알았다고 눈빛으로 대답하고 있는데 뒤에서 쿵 소리가 들렸다.

야오가 발을 구르고 있었다. 귀한 집 아가씨가 발을 구르는 품위 없는 행동을 할 리가 없으니, 일부러 그러고 있다는 사실을 알 수 있었다.

"아, 아가씨. 그러지 마세요."

옌옌이 즉시 반응했다.

"아니, 옌옌! 저녁은 아직이야?"

야오는 불쾌한 표정으로 마오마오와 옌옌을 노려보았다.

"앗, 죄송해요. 바로 준비할게요."

옌옌은 취사장으로 향했다.

마오마오는 참 귀엽구나, 하고 야오를 바라보면서 산더미 같은 책에 손을 얹었다.

일단 책은 방에 가져다 놓기로 했다. 한동안은 발 디딜 틈도 없을 듯했다.

"마오마오."

"왜 그러시죠?"

야오의 부름에 마오마오는 책을 짊어진 채 뒤를 돌아보았다.

"내일 한가해?"

"한가라… 한가하다고 하면 한가하다고 할 수도 있고, 일이 있다고 하면 일이 있다고 할 수도 있고."

내일은 세 사람 다 쉬는 날이다. 유곽에 들러 약방 상황을 확인할 수도 있고, 흥미로운 약이 없는지 둘러보며 거리 산책을 할 수도 있다. 아무튼 자유다.

"어느 쪽이야!"

"그럼 바빠요."

"한가하지, 한가하구나!"

아가씨는 제멋대로다. 할 수 없이 마오마오는 야오가 붙잡고 흔드는 대로 고개를 끄덕였다.

"내일 무슨 일이 있나요?"

마오마오의 질문에 야오는 자기 뺨을 어루만졌다. 황달이 생긴 자리였다.

"약 사러 가고 싶어. 그런 건 옌옌보다 마오마오가 더 잘 알지?"

'그렇구나.'

야오는 열다섯 살, 한창 외모에 신경 쓸 나이다.

"그럼 나간 김에 화장품도 사지 않으실래요?"

마오마오는 유곽의 고급 기녀들이 주로 사용하는 물건을 취급하는 가게를 알고 있다. 돼먹지 못한 손님에게 얻어맞아 퍼런 멍이 든 자국을 깔끔하게 가리기 위해 사용하는 화장품이다.

야오도 일을 시작하기 전에 감춰 두고 싶을 것이다.

"화장품?"

야오는 마오마오의 얼굴을 빤히 바라보았다. 코 주위를 유심히 관찰하는 듯했다.

"…있잖아, 왜 일부러 주근깨를 그려 넣는 거야?"

같은 기숙사에 살고 있기 때문에 야오도 마오마오의 주근깨가 가짜라는 사실을 알고 있었다.

"뭐라고 해야 좋을까요."

전에 주근깨 그리기를 그만두려고 했더니 진시가 "그냥 계속 그리고 다녀."라고 한 적이 있다. 그 연장선상에 있는 행동이지만 막상 설명하긴 어렵다. 진시의 존재를 이야기하기 곤란하다.

"신앙 문제예요."

설명하기 귀찮아 대충 얼버무렸다.

"신앙? 약사들의 신 같은 거야?"

야오는 캐물었다.

"아뇨, 키가 크는 주술 같은 거요."

"아, 그럼 됐어."

야오에게 이 이상의 키는 필요 없으리라. 흥미를 잃은 것 같아 안심하긴 했지만, 뒤에는 옌옌이 반찬을 든 채 서 있었다.

"마오마오."

그 눈에는 '아가씨한테 거짓말하지 마'라고 적혀 있었다.

2 화 : 거리 산책

다음 날 마오마오는 야오와 옌옌의 장보기에 동행하기로 했다. 기숙사에서 남쪽, 큰길에 면한 상점가를 걸어갔다. 수많은 상점들이 늘어서 있고, 그 틈새를 메우듯 노점들도 가득했다. 북적거리는 거리에서는 부산스러움과 함께 활기가 느껴졌다.

"마오마오, 뭐 가져왔어?"

야오는 마오마오가 든 천 꾸러미를 가리키며 물었다.

"어제 그 책이에요. 혹시 책방에서 사 주지 않을까 싶어서."

일단 세 권만 들고 왔다. 같은 책을 대량으로 가져가 봤자 한꺼번에 다 사 주지는 않을 테니 말이다.

"팔려고요?"

옌옌이 미간에 주름을 잡으며 물었다.

"시장 가격을 확인하고 싶어서."

"그렇다면야."

옌옌은 납득한 표정이었다. 야오는 하늘을 올려다보았다.
"왠지 날씨가 별로 안 좋네."
마오마오도 하늘을 올려다보았다. 납빛의 묵직한 구름이 하늘을 가득 뒤덮고 있었다.
"정말이네요. 가을인데 별일인데요. 태풍도 아니고."
"해가 안 나니까 좀 춥다."
야오는 목도리를 단단히 두르고 있었다. 조금 쌀쌀하기도 하지만, 사실은 얼굴의 황달을 가리고 싶어서였으리라.
'역시 다 감춰지진 않네.'
마오마오는 좋은 화장품을 찾아봐야겠다고 생각했다.
"우선 이걸 사고 싶은데요."
옌옌은 마오마오에게 무언가를 기록한 종이를 보여 주었다. 주로 채소와 과일 종류가 많았다.
"뭐 부족한 게 있을까요?"
옌옌의 질문에 마오마오는 야오를 쳐다보았다.
"야오 씨는 백미를 좋아하시죠?"
"좋아한달까, 보통 먹는 게 백미잖아?"
"백미 아닌 다른 쌀은 섭취에 거부감이 있나요?"
백미는 현미를 도정한 쌀이다. 현미보다 훨씬 맛이 좋지만 본래 쌀이 갖고 있는 영양소는 전부 깎여 나간 상태다. 아버지의 말에 따르면 백미가 아니라 현미를 먹어야 각기병脚氣病을 예방

할 수 있다고 한다.

"현미를 먹으라는 뜻이야?"

야오는 살짝 얼굴을 찌푸렸다. 역시 거부감이 느껴지는 모양이었다.

"꼭 현미가 아니라도 백미에 다른 무언가를 섞어 먹는 게 더 바람직하지 않을까 합니다. 잡곡, 보리나 참깨 등을 섞으면 더욱 다양한 종류의 영양을 얻을 수 있습니다."

주식이 쌀이라면 그것과 함께 여러 가지 영양분을 섭취하는 편이 좋다.

"그렇다면 아가씨가 좋아하시는 메밀은 어떨까요?"

옌옌이 제안했으나 마오마오는 손으로 커다랗게 가위표를 그렸다.

"메밀은 안 되나요?"

옌옌이 걱정스러운 표정으로 마오마오를 바라보았다.

"안 됩니다. 제가 못 먹으니까요."

먹으면 두드러기가 난다.

""……""

두 사람의 싸늘한 시선이 마오마오를 꿰뚫고 지나갔다.

'옌옌의 밥이 맛있으니 어쩔 수 없잖아.'

최근 마오마오도 식사를 함께하는 경우가 많아졌다.

"아, 그리고 해초 종류는 어떨까요?"

"해초라고요?"

옌옌의 반응을 보니 별로 익숙하지 않은 눈치였다.

"네. 그리고 육류는 콩이나 생선으로 바꿔 먹는 편이 낫겠습니다. 물론 전부 다 바꾸라고는 하지 않겠지만요."

기름진 음식은 좋지 않다고 한다. 야오는 다소 싫은 표정이었다. 한창 먹성 좋은 나이이니 고기를 먹고 싶으리라. 그 외에 염분과 술도 줄여야 한다.

옌옌도 고민에 빠졌다.

'흠, 이건….'

의식동원醫食同源. 식사는 곧 치료로 이어지는 법이지만, 동시에 맛있기도 해야 한다.

'그러고 보니 이 근처에….'

마오마오의 단골 가게가 있다.

"잠깐 이쪽으로 좀 오세요."

마오마오가 두 사람을 불렀다.

"무슨 일이야?"

마오마오는 큰길에서 골목길로 들어가, 두 사람이 잘 따라오는지 확인하면서 계속해서 깊은 곳으로 들어갔다. 점포와 민가가 반반쯤 섞인 지역 안에 시커멓게 찌든 간판을 내건 가게가 있었다. 세련된 느낌이라고 표현하긴 힘들고 좁은 가게 안에 탁자가 두 개, 밖에 내놓은 게 한 개. 의자 대신 커다란 항아리를 거꾸로 뒤집어 놓았다.

"출출하지 않아요?"

"아직 점심 식사로는 좀 이른데…."

야오의 표정을 보아하니 그리 싫지만은 않은 눈치였다. 그러나 한산한 가게를 보고 머뭇거리고 있었다.

"점심때가 되면 사람들로 북적이니 빨리 먹는 편이 나아요."

마오마오는 가게 안을 들여다보았다. 따스한 김이 피어오르고 있었다.

"아주머니, 가게 열었어?"

"열었다."

안에서 목소리가 들렸다. 꾸물꾸물 고개를 내민 사람은 마흔이 넘은 아주머니였다.

"아니, 약방집 아니야? 웬일이냐, 이런 시간에."

"사람 몰리기 전에 얼른 먹고 가려고."

아주머니는 유곽으로 약을 사러 와 주는 손님이었다. 옛날, 병에 걸려 앓고 있을 때 아버지가 치료해 준 후로 단골이 되었다.

"3인분. 있는 걸로 대충. 튀김 종류는 빼고 줘."

"그래, 알았다. 그나저나 아버지 말고 다른 사람하고 같이 오다니 별일이 다 있네."

아주머니는 야오와 옌옌을 보고 히죽히죽 웃었다.

“됐으니까 밥이나 빨리 줘.”

마오마오는 뚱한 표정으로 의자 대용 항아리에 앉았다.

“마오마오, 갑자기 식사라니 이게 무슨 일인가요?”

“일단 좀 앉아 봐.”

두 사람은 의아한 표정으로도 고분고분 앉았다. 아주머니는 금세 음식을 가져다주었다. 죽이 든 냄비와 반찬 몇 가지가 있었다. 마오마오는 죽을 그릇에 덜어 둘에게 나누어 주었다.

“그럼 잘 먹을게.”

야오는 예의 바르게 감사 인사를 한 뒤 수저를 들었다. 지저분해 보이는 가게라 그런지 다소 조심스러운 태도로 손을 뻗는다.

“감자죽인가요?”

옌옌이 수저로 죽을 떴다. 감자를 으깨 끓인 죽에 참깨가 떠 있었다. 그것을 입에 넣은 옌옌은 눈을 동그랗게 떴다.

“…이거, 감자 맞아요?”

달콤해서 놀란 듯했다.

“고구마예요.”

라한의 친아버지가 키운 고구마였다. 남방에서 온 식재료이니 사실은 귀한 물건이지만, 아주머니네 가게는 녹청관을 통해 고구마를 공급받아 요리에 사용하는 모양이었다.

“굉장히 맛있어.”

야오는 수저를 입으로 옮겼다. 그렇겠지, 하고 마오마오는 씨익 웃었다.

"고구마와 참깨라면 야오 씨도 먹을 수 있겠죠? 그리고 보리를 넣어도 문제없을까요?"

아주 조금 넣은 소금이 그야말로 간을 딱 맞춰 주었다. 맛이 싱거우면 잘게 썬 다시마절임을 넣어 맛을 조절하면 된다.

"이것도 드세요."

마오마오는 걸쭉한 두부조림을 건넸다.

"맛있네요."

옌옌이 분한 표정으로 말했다. 요리에 자신이 있는 만큼, 맛있는 것을 먹으면 분한 기분이 드는 모양이었다.

"맛이 진하게 느껴지는데 별로 짜진 않군요."

"생강과 마늘을 넣었고, 조미료 대신 함단鹹蛋이 들어갔거든."

아주머니가 설명해 주었다.

함단이란 소금에 절인 달걀로, 조미료와 건더기 두 가지로 모두 사용할 수 있는 음식이다.

"칡뿌리를 넣어서 걸쭉한데, 이게 또 몸을 따뜻하게 해 주는 효과가 있으니까 냉한 체질에 좋아."

칡은 생약으로도 사용된다.

"이건 어떻게 요리하셨나요?"

옌옌이 눈을 반짝반짝 빛내면서 생선구이를 가리키며 물었다.

"향초랑 아주 조금 유락*을 넣어서 풍미를 살렸지. 너무 기름져도 안 좋겠지만, 약간은 괜찮을 것 같아서."

아주머니가 옆구리를 문지르며 말했다.

"아주머니께서는 병 때문에 맛이 너무 강한 음식을 드시지 못하거든요. 하지만 간을 싱겁게 해도 충분히 맛있는 음식을 만들 수 있으세요."

"웬일이니, 마오마오. 이상하게 정중한 말투를 다 쓰는구나."

아주머니는 또다시 히죽히죽 웃었다.

"자, 이건 소젖이야. 향신료 맛이 너무 강하다 싶으면 이걸 마시면 돼."

"소, 소젖."

지방에 따라서는 별로 익숙지 않은 식재료이기도 하다.

"따뜻하게 데워서 꿀을 조금 탔으니까 마시기 편할 거야. 마오마오 **친구**라면 대접을 잘해 줘야지."

아주머니는 '친구'라는 말을 강조했다.

"아, 이제 그만 됐어. 그런데 다른 반찬은 없어?"

마오마오는 방해하지 말라는 듯, 아주머니를 가게 안으로 밀어 넣었다. 아무래도 자신에게는 친구가 없을 것 같다는 인상이 있었던가 보다. 전에 녹청관 언니들에게도 후궁에서 친하

※유락 : 버터.

게 지내는 소녀 이야기를 했더니 다들 눈을 커다랗게 뜨고 놀랐다. 바이링 언니는 눈가를 손수건으로 훔쳤을 정도였다.

'진짜 다들 무례하다니까.'

일단 있다, 있었다. 적어도 두 명은…. 한 명은 이제 다시는 만날 수 없다 치고, 다른 한 명은 건강하게 잘 지내고 있을까.

'샤오란, 어디서 일하고 있을까?'

수다 떨기 좋아하던 활기찬 전직 후궁 궁녀의 모습이 떠올랐다.

도성 어딘가에 있는 저택에서 일하고 있다고 하는데 자세한 이야기는 듣지 못했다. 서투른 글씨로 쓴 편지가 몇 번인가 도착한 적이 있었지만 가장 중요한 '어디 사는지'가 적혀 있지 않았다. 답장을 하고 싶어도 할 수가 없다.

마오마오는 멍하니 그런 생각을 하며 반찬을 집었다.

야오는 죽의 간이 입에 잘 맞는지 열심히 먹고 있었고, 옌옌은 맛을 어떻게 냈는지를 연구하느라 바빴다.

"다 먹고 나면 화장품 파는 가게에 갈까요?"

식재료를 먼저 사면 짐이 거치적거리게 된다. 늦게 가면 좋은 상품은 다 팔리고 없을지도 모르지만, 값을 후려쳐 싸게 살 수 있으니 더 낫다고 생각하자.

"마오마오가 화장품에 밝다니 의외인걸."

"직업상 다양한 것들에 손을 대곤 했으니까요."

약사 노릇을 하던 시절, 흉터를 가리고 싶어 하는 손님을 위해 백분에 염료를 섞어 준 적이 있었다. 덕분에 진시를 변장시킬 때 큰 도움이 되었다.

"여기서 가까운가요?"

옌옌이 휴대용 필기구로 조리법을 기록하며 물었다.

"조금 걸어야 하긴 하지만 그렇게 멀진 않아요. 그런데 돌아가는 길에 어디 좀 들러도 괜찮을까요?"

마오마오는 바둑 책이 든 꾸러미를 집어 들었다.

"역시 팔려는 거군요."

옌옌이 어이없다는 시선을 보냈다.

"거치적거리잖아요."

마오마오의 결심은 변하지 않았다.

식사를 마친 마오마오 일행은 다시 큰길로 나왔다. 도성에서 이름이 잘 알려진 기녀들이 사용하는 백분이라면 양가 규수가 써도 그리 이상하지 않다. 따라서 점포 역시 가장 좋은 위치에 있다.

"맛있어요~ 하나 어떠세요?"

노점 아저씨가 꼬치구이를 들고 호객 행위를 하고 있었다. 육즙이 떨어지는 닭고기가 숯불에 노릇노릇 구워지고 있었다. 호객 행위를 하지 않아도 그 맛있는 냄새에 이끌린 손님들은 계속

해서 꼬치구이를 사 갔다. 방금 식사를 마치고 나오지 않았더라면 마오마오 일행도 사 먹었으리라.

"왠지 시장 분위기가 전이랑 많이 다르지 않아?"

야오가 의아한 표정으로 주위를 둘러보았다. 세상 물정 모르던 아가씨도 장보기에 많이 익숙해진 모양이었다.

"계절이 바뀌면 가게도 달라지거든요. 그리고 수입품이 확실히 많아졌네요."

화려한 색조의 직물과 장식품, 그리고….

"서역에서 들어온 포도주요~ 다른 곳에서는 안 팝니다. 맛보고 가셔도 됩니다."

술통에서 붉은 액체를 찰랑찰랑 따라 보여 주는 상인이 있었다. 마오마오는 흐느적흐느적 그쪽으로 이끌려 갈 뻔했으나 옌옌이 목덜미를 붙잡아 막았다.

"한 잔만, 안 돼?"

마오마오는 옌옌의 얼굴을 올려다보았다.

"아가씨가 못 드시니 참으세요."

"나는 괜찮은데."

"주정뱅이와 함께 장을 볼 수는 없습니다."

야오는 술을 못 마시는 몸이 되었다. 하지만 원래 못 마셨기 때문에 큰 문제는 없어 보였다.

마오마오는 안타까운 기분으로 어깨를 축 늘어뜨리며 원래 가던 길로 돌아갔다. 시음을 해 본 손님은 바로 포도주를 구입했다. 마오마오는 술도 달지 않은 종류를 좋아하지만, 가끔은 과일주도 나쁘지 않다.

'수입품이라는 게 진짜일까?'

단순히 서방에서 들여온 게 전부일지도 모른다. 하지만 서도에서 마셨던 포도주는 상당히 맛이 좋았다. 그 맛 그대로 마실 수 있다면 참 좋겠다. 긴 여행길에 맛이 변하지 않았어야 할 텐데 말이다.

'나중에 사서 돌아갈 시간이 있으려나?'

아쉬움을 감추지 못하며 마오마오는 일행과 함께 노점 앞을 스쳐 지나갔다.

녹청관에 물건을 대 주는 화장품 가게는 다른 가게에 비해 규모는 작지만, 들여다보기만 해도 젊은 아가씨들의 마음을 설레게 만들기에 충분했다. 가게 앞에는 미인도가 걸려 있었고, 밖에서 잘 보이는 곳에 화장품이 품위 있게 진열되어 있었다.

가게 앞을 지나치던 여성들이 흘끔흘끔 안을 들여다보며 들어갈까 말까 고민하고 있었다. 가게 주인은 말을 걸지 않았다. 고급 상점은 호객 행위를 할 필요가 없다. 사고 싶어서 들어오는 손님밖에 없으니 말이다.

"일단 여쭤 보겠는데, 예산은 어느 정도인가요?"

“좋은 물건을 손에 넣을 수만 있다면 얼마든지 내겠어요!”

옌옌은 힘주어 주먹을 꽉 부르쥐었다.

‘그래도 그 급료로는 모자랄 텐데.’

마오마오와 같은 액수를 받고 있을 테니, 아무리 생각해 봐도 예산 초과다. 몹쓸 인간이라는 야오의 숙부에게서 혹시 돈을 받는 걸까.

“어서 오세요.”

품위 있는 아주머니가 우아하게 말을 걸었다. 주인인 듯했다.

화장품을 취급하는 가게인 만큼 주인 역시 빈틈없이 화장을 했다. 하얀 피부에, 입술에는 붉은 연지를 살짝 칠했다. 머리에는 수수한 비녀를 꽂았지만, 잘 보니 옻칠 세공이 되어 있었다. 손톱만은 눈에 잘 띄게 칠해, 하얀 피부와 멋진 대비를 이루었다.

‘녹청관 할멈이 상품을 구입하는 가게라면 틀림없겠지.’

유곽 기녀들은 항상 유행의 최선단을 걸어야만 한다. 기녀들을 통솔하는 관리 할멈은 더 말할 나위도 없다. 가게 주인은 생글생글 웃기만 할 뿐 가까이 다가오려 하지는 않았다. 마오마오 일행이 질문을 하면 흔쾌히 이야기를 들려줄 것이다.

“그럼 백분부터 볼까?”

야오는 백분이 놓여 있는 진열장 앞에 섰다. 백분은 종류가 다양했고 소재별로 분류되어 있었다. 염료를 섞었는지, 새하얀 색에서부터 좀 더 피부색에 가까운 색까지 골고루 있었다.

깔끔하게 분류되어 있으나 아무것도 없는 층이 한 단 있었다.

“죄송한데 혹시 품절된 물건이 있나요?”

옌옌이 주인에게 물었다.

“아, 그건….”

주인이 진열장 앞으로 다가왔다. 향유 냄새가 부드럽게 풍겼다. 주인은 통통한 체형이었으나 새하얀 피부 때문인지 왠지 모르게 가녀려 보였다.

“여기 한 줄은 재료에 독성이 있기 때문에 금지된 물건이 놓여 있던 장소랍니다. 피부에 깔끔하게 밀착되기 때문에 참 잘 팔리던 상품이었는데 말이죠.”

‘잊을 수가 없는 물건이지.’

독이 든 백분 사건은 후궁 안에서만 끝나지 않았던 모양이다. 후궁 밖까지 빠짐없이 단속하고 있었던 걸 보면 담당자가 유능하다고도 할 수 있겠지만, 장사하는 입장에서는 여지없이 치워야 했으리라.

“꽤 많은 제품이 없어졌네요.”

“네, 저희 가게는 다른 상품이 있으니까 그나마 다행이지만 가게에 따라서는 아직 유독한 백분을 파는 곳도 있다고 하더군요.”

‘그야 그렇겠지.’

피부에 착 달라붙어 희고 아름답게 보이도록 만들어 주는 유독 백분. 재료는 납이라고 했다. 식물 재료로 만든 백분과 다르게 썩지 않고, 대량 생산이 가능하기 때문에 비교적 손에 넣기도 쉽다.

아버지가 건강에 나쁘다고 주의를 줘도 많은 기녀들은 사용하기를 그만두지 않았다. 수정궁 시녀가 리화 비에게 그 백분을 계속 발라 주었듯이, 말을 안 듣는 멍청이는 어디에나 있다.

'아니, 멍청해서라기보다는….'

건강이나 생명보다 다른 무언가를 우선시하는 사람이 있을지도 모른다.

파는 사람 입장에서도, 돈이 없으면 밥을 굶게 된다. 밥을 굶으면 죽는다. 자신이 살기 위해 타인의 수명을 단축시키는 일을 주저하지 않는 자도 있다. 독이 든 백분을 판 상인들은 지금쯤 길바닥에 나앉았을지도 모른다. 물론 백분을 만드는 일 그 자체가 몸에 이상을 끼치는 경우도 많기 때문에, 그만두는 게 정답이라고 생각하지만.

'이것도….'

마오마오는 백분 하나를 집어 들었다.

"이건 경분輕粉인가요?"

이 또한 아버지가 사용에 난색을 표했던 백분 중 하나였다. 매독 처방약으로 사용되는 수은을 주재료로 만든 분말이다.

"네. 덕분에 지금은 이쪽이 잘 팔리고 있지요."

사실은 이것도 규제해야 할 물건이지만 이것도 독이다, 저것도 독이다, 하고 한꺼번에 전부 금지 명령을 내려 버리면 더 나쁜 물건이 시장에 나돌게 된다. 시기를 봐서 드문드문 금지해 나가는 수밖에 없다.

"마오마오, 어느 쪽이 더 좋은지 알아볼 수 있나요?"

옌옌과 야오가 백분을 늘어놓았다. 정확하게 경분이 사용된 물건은 전부 빼놓은 상태였다.

"쌀가루와 활석이네요."

둘 다 뭔가가 섞여 있는 듯했지만 자세히 적혀 있진 않았다.

"시험 삼아 발라 봐도 될까요?"

"그러세요."

주인의 허락을 받은 마오마오는 목화솜으로 손등에 백분을 톡톡 묻혀 보았다. 그리고 발라지는 느낌을 확인하고, 냄새도 맡아 보았다. 둘 다 나쁘지 않았다. 오히려 굉장히 질이 좋았다. 교쿠요 황후가 사용하는 물건에 필적하는 수준이었다.

"어때요?"

옌옌이 묻자 마오마오는 가게 주인 쪽을 흘끔 쳐다보았다.

"기탄없는 의견은 저희에게도 큰 도움이 될 테니 사양 말고 말씀해 주세요."

상품뿐만 아니라 가게 주인의 성격까지 좋다. 녹청관 할멈이

거래하는 것도 충분히 이해가 된다.

"품질은 둘 다 상당히 좋다고 생각합니다. 분말의 입자가 곱고, 피부에도 착 달라붙네요. 하지만 쌀가루에는 신경 쓰이는 부분이 있습니다."

"뭐죠?"

"쌀가루는 썩는 물건이죠. 용기도 크기 때문에 비가 잦은 계절에는 반도 쓰기 전에 곰팡이가 필 것 같아 보입니다. 부패 방지용 약이 섞여 있을지도 모르는데, 뭐가 들어 있는지 모르니 불안하네요."

야오가 쓸 물건이니 안전성을 어느 정도는 점검해 두는 편이 좋을 터였다.

"활석은 썩지 않고, 독성이 있다는 말도 들어 본 적 없습니다. 쓰기 편한 건 이쪽일 것 같군요."

활석에는 이뇨 및 소염 작용이 있으며 저령猪苓, 즉 말굽버섯과 섞어서 약을 만드는 일도 있다. 적어도 마오마오가 약을 조제한 다음 이상한 부작용이 생긴 적은 없었다.

'무슨 일이 생길 수도 있겠지만, 그게 언제 생길지는 아무도 모르지.'

거기까지 신경 써 줄 수는 없다.

"그럼 활석으로 할까요?"

"아뇨, 둘 다 그 외에 또 뭐가 들어 있을지 신경이 쓰이네요.

몸에 나쁜 무언가가 들어 있다면 의미가 없을 테니까요."

자잘한 부분이 마음에 걸린다는 듯한 말에 가게 주인이 한쪽 눈썹을 살짝 늘어뜨렸다.

옌옌은 생각에 잠겨 있었다. 야오는 백분 문제를 옌옌에게 맡겨 버렸는지, 조개껍데기에 담겨 있는 눈썹먹을 구경하고 있었다.

"…그럼 이런 건 어떨까요?"

가게 주인이 가게 안쪽에서 도자기 용기를 가지고 나왔다. 용량은 먼저 보고 있던 용기의 반 정도였다.

"쌀가루에는 다른 식물로 만든 재료밖에 들어 있지 않아요. 먹어도 상관없는 재료들로만 만들어져 있죠. 이 크기라면 썩기 전에 다 쓰실 수 있지 않을까요? 갖고 오신 용기가 없다면 여기에 내용물을 담아 드리죠. 물론 용기 값은 빼고."

'이 주인, 제법인걸.'

손님의 요망에 응하면서, 자주 드나드는 단골로 만들려 한다.

"추천 상품인가요?"

"네. 저도 사용하는 상품이고, 정말로 피부에 착 붙어서 쓰기 편하답니다."

확실히 가게 주인의 피부를 보니 정말로 좋은 물건이라는 사실을 더욱 잘 확인할 수 있었다. 하지만 조금 걸리는 점이 있었다.

"옌옌, 쌀가루면 되지 않아?"

야오가 돌아와서 옌옌에게 말했다.

"네, 만들려 해도 이만큼 고운 가루를 내기는 쉽지 않을 테고요."

직접 만드는 게 훨씬 안전할 거라고 생각한 모양이지만 자고로 떡은 떡집에 맡겨야 하는 법. 제조 지식과 기술까지 가르쳐 주진 않을 것이다.

"그럼 백분을 하나…."

그렇게 말하려 한 순간, 가게 안쪽에서 소녀 하나가 나타났다.

"어머니!"

"일하는 중이잖니."

가게 주인은 얼굴을 찌푸렸으나, 소녀는 마오마오 일행을 향해 고개를 꾸벅 숙이고는 주인에게 귓속말을 했다. 급한 용건인지 소녀의 귓속말에 주인의 표정이 바뀌었다.

"죄송합니다. 잠시 자리를 좀 비워야겠네요."

주인은 손님들을 딸에게 맡기고 가게 안쪽으로 물러났다.

'무슨 귀찮은 일이라도 일어났나?'

궁금하긴 하지만 외부인이 끼어들 일은 아니다. 소녀가 백분을 포장해 주고, 계산도 마쳤다. 거스름돈은 옌옌이 받아 들었는데, 동전이 하얗게 더럽혀져 있었다.

"앗, 죄송합니다."

소녀는 다급히 하얀 얼룩이 묻은 돈을 깨끗한 돈으로 바꿔 주었다. 잘 보니 소녀의 손가락이 하얗게 더럽혀져 있어, 새로 바꿔 준 돈 역시 더러워졌다. 포장된 백분 꾸러미 역시 하얀 얼룩이 묻어 있었다.

"아아! 죄송합니다, 죄송합니다!"

소녀가 사과하자 야오는 "괜찮아, 상관없어." 하고 대답했다.

"검품을 하다 왔나요?"

마오마오는 소녀의 손가락을 보고 물었다. 오른손 손가락 세 개가 더럽혀져 있었다. 손가락 끝으로 백분을 살짝 집어서 촉감을 확인해 보고 있었던 모양이다.

"잘 아시는군요."

"그리고 무슨 이상이 발견되어서 바로 보고하러 왔고요."

"……."

소녀의 표정은 정곡을 찔렸다는 사실을 말해 주고 있었다.

"백분에 이상한 뭔가가 들어 있었던가요?"

옌옌이 달려들었다. 애써 엄선한 상품인데 불순물이 섞여 있다면 의미가 없다.

"뭐죠?"

옌옌은 얼굴을 바짝 들이밀었다.

"옌옌."

야오가 옌옌을 말렸다.

소녀는 거의 울먹이다시피 하고 있었다.

"죄, 죄송합니다. 최근 업자가 새로 들어왔는데, 본인은 주문받은 대로 물건을 가져왔다고 주장하지만 아무래도 촉감이 달라서요. 혹시 뭐가 섞여 있는 게 아니냐고 물었더니 '엉뚱한 트집 잡지 말라'는 거예요. 전 너무 무서워서, 그래서 어머니께…."

'악덕 업자인가, 아니면 단순한 착각인가.'

마오마오는 소녀에게서 이야기를 듣는 입장이다 보니 아무래도 업자가 나쁘다는 인상을 받게 된다.

가게 주인이 아직 돌아오지 않는 걸 보니 이야기가 길어지는 듯했다.

"어머니는 정체 모를 상품을 손님들에게 팔고 싶지 않다고 하셨어요. 오늘 가져온 물건은 늘 사용하는 백분과 똑같은 배합이기 때문에 저는 손끝으로 만져만 봐도 알 수 있어요. 그런데 오늘 온 사람은 '증거가 없다'고 우기면서 돌아가질 않고 버티고 있어요."

'흐음.'

마오마오는 팔짱을 꼈다.

옌옌은 백분의 내용물에 불순물이 섞이지는 않았는지 신경 쓰여 견딜 수가 없는 모양이고, 고지식한 야오는 눈꼬리를 치켜 올리며 화를 내고 있었다.

쌀가루 따위야 사용 조건에 따라 촉감이 얼마든지 변할 수도 있을 텐데.

'이대로는 못 돌아가겠는걸.'

"잠깐 실례하겠습니다."

마오마오는 가게 뒷문 쪽으로 나가는 문을 열었다. 그 안에서는 가게 주인과 업자가 서로 노려보고 있었다. 둘 사이에는 커다란 항아리가 놓여 있었다.

"그러니까 그쪽에서 지시한 배합대로 만들어 왔다니까? 어디가 어떻게 다른지 똑바로 말해 보라고!"

업자 아저씨가 침을 튀기다시피 할 기세로 떠들어 댔다. 입을 크게 벌리고 말하는 통에 앞니가 몇 개 빠진 모습이 드러나 보였다.

"다르다니까. 뭐 다른 걸 섞었지? 만져 보면 알아."

가게 주인은 가슴을 펴고 말했다.

"촉감 같은 건 그냥 그쪽에서 트집 잡느라 하는 소리잖아. 쌀가루 같은 건 습기에 따라 얼마든지 촉감이 달라질 수 있다고."

이야기는 평행선을 달리고 있었다. 끝이 보이질 않는다.

"죄송합니다만 얘기가 끝나질 않는 것 같아서요."

"앗, 손님. 안 됩니다, 이런 곳까지 들어오시면…."

가게 주인이 마오마오를 보고는 부드럽게 타일렀다. 목소리는 상냥했지만 눈은 웃고 있지 않았다.

"미안한데 이쪽은 지금 얘기 중이야. 좀 물러나 있어 주면 안 될까?"

업자도 마오마오에게 조심스럽게 양해를 구했다. 마오마오는 개의치 않고 둘 사이에 놓여 있는 항아리를 들여다보았다. 하얀 가루가 하나 가득 들어 있었다. 마오마오는 그 속에 들어 있던 숟가락으로 가루를 펐다.

"뭐 하시는 거죠!"

마오마오는 가루를 만져 보았다.

"쌀가루네요. 혹시 저희가 사려는 상품과 같은 물건인가요?"

"아뇨, 최근 들어 쌀가루 가격이 급등해서…. 다른 업자에게 같은 배합을 맡겼답니다."

가게 주인이 말꼬리를 흐리며 대답했다.

'쌀가루 가격 급등이라.'

햅쌀이 나올 계절이지만 아무래도 예년보다 작황이 나쁜 것 같다.

만져 보니 쌀가루라는 사실은 바로 알 수 있었다. 색으로 봐도 아까 그 상품과 크게 다를 바 없이 입자가 아주 곱다. 하지만 촉감은 아까 그 물건과 다른 느낌이었다.

"그쪽 손님도 한마디 해 줘. 우리 집 백분은 멀쩡한 물건이란 말이야. 이 욕심 많은 주인이 값을 깎으려고 일부러 트집을 잡는 거야."

"뭐가 트집이라는 거죠? 우리 가게 방침은 손님이 안심하고 사용할 수 있는 물건을 제공하는 거예요. 피부에 닿는 물건은 그만큼 섬세하다고요."

둘 다 옳은 말 같다. 확실히 촉감은 날씨에 따라서도 얼마든지 바뀔 수 있다. 오늘 날씨는 썩 좋지 않다. 평소보다 습도가 높은 것 같기도 하다.

"어느 쪽인지 확실하게 해 주시지 않으면 저도 물건 못 사겠어요."

옌옌도 나섰다. 야오가 쓸 백분이라면 눈빛이 달라진다.

"그럼 확인해 볼까요?"

""""""확인?""""""

마오마오의 제안에 주위가 반응했다.

"이 백분은 식물성 재료로 만들었기 때문에, 사람이 입에 넣어도 문제없다고 했죠? 그렇다면…."

먹어 보겠다는 이야기였다.

"먹어 보겠다니, 가루를?"

"날것을 먹으면 배탈이 나는데, 물에 풀어서 박병薄餠* 으로 만들어 볼까요?"

"잠깐, 그런 걸로 알아낼 수 있어?"

"전 혀에는 자신이 있거든요."

※박병 : 밀전병.

겉멋으로 여태껏 독 시식 담당 일을 해 온 게 아니다.

"만일을 대비해서 여쭈어 보겠는데, 메밀가루는 안 들어 있죠?"

마오마오는 가게 주인과 업자에게 확인했다.

"옥수수는 들어 있어요. 그리고 보리도요."

그렇다면 문제가 없다. 살짝 노르스름해 보였던 건 옥수수가루 때문이었던가 보다.

"그릇과 물, 그리고 냄비와 불 좀 쓸 수 있을까요?"

"저어, 그건 가게 뒤에 집이 있으니 거기 부뚜막을 사용하시면 돼요."

가게 주인의 딸이 말했다. 백분이 가득한 장소에서 불을 사용하면 폭발할 가능성이 있기 때문이리라.

"알겠습니다. 그리고 혹시 푸른 잎채소와 닭고기가 있나요?"

"지금은 좀 자중해요."

옌옌이 재빨리 마오마오의 뒤통수를 때렸다. 기왕 먹을 거라면 맛있게 먹고 싶었는데. 마오마오는 가루가 든 항아리를 가지고 가게 뒤로 향했다.

결과적으로 완성된 박병은 그냥 맛있는 음식이었다.

"욕심을 내자면 옥수수 비율을 조금 더 늘리는 게 좋지 않을까 싶네요. 그리고 하얀 파채와 양고기가 있으면 완벽하겠군요."

"마오마오, 그건 백분을 맛본 감상이 아니잖아요."

옌옌은 박병을 가늘게 찢어 눈으로 확인했다. 저녁 식사로 박병도 괜찮겠다는 생각을 하고 있는 듯했다.

"아가씨, 마오마오가 괜찮다고 하는 걸 보니 백분으로 쓰기에는 문제없나 봐요."

"저기, 두 사람. 주위에서 싸늘한 시선을 보내고 있잖아."

야오가 눈을 흘기며 말했다.

"처음부터 내가 그랬잖아. 이상한 건 안 들어갔다고. 나는 이 배분대로 했을 뿐이야. 그 외에 다른 이상한 건 안 넣었어."

업자 아저씨는 재료가 적혀 있는 목간으로 탁자를 두들겼다.

"……."

가게 주인과 그 딸도 뭐라 말하고 싶은 표정이었으나 아무 말도 하지 않았다. 납득할 수 없다는 표정이었다.

"드셔 보시겠어요? 먹어도 문제없는 맛이라는 건 확실한데요."

"…하지만."

"하지만 촉감이 달랐단 말이죠?"

마오마오는 가게 주인의 손을 잡았다. 손가락 끝에는 하얀 가루가 묻어 있었다. 그리고 손톱은 붉게 칠해져 있었다.

"그럼 이렇게 생각해 보면 어떨까요?"

"무엇을요?"

마오마오는 손가락으로 가게 주인의 손톱을 문질렀다. 손톱에는 하얀 줄무늬가 있었다. 마오마오는 내내 저 손톱이 마음에 걸리던 상태였다.

"불순물을 섞었던 건, 지금까지 거래하던 업자였다고요."

가게 주인의 안색이 창백해졌다.

독극물을 섭취하면 손톱에 증상이 드러나는 경우가 많다. 비소든, 납이든.

"다른 가게에서는 금지된 독 백분을 내놓는 일도 있다고 하셨죠? 업자에 따라서는 가게를 속이고 물건을 파는 일이 있을지도 모릅니다. 예를 들어 품질이 균일하지 않은 백분에 뭔가를 섞어서 안정시킬 수도 있죠."

독의 증상은 다른 무언가를 섞으면 그만큼 옅어진다. 하지만 이 가게 주인처럼 매일 곱게 화장을 하는 사람에게는 증상이 나타날 수밖에 없다.

"빈혈과 식욕 부진, 소화기관 불량, 손 떨림 등의 증상은 없나요?"

가게 주인의 저 화장 밑 피부는 어떻게 되어 있을까. 표정을 보니 마오마오의 질문에 어떤 대답을 할지 충분히 알 수 있었다.

"그럼, 이건…."

옌옌이 방금 산 백분을 내려다보았다. 마오마오는 그 백분을 집어 들고 용기 뚜껑을 열었다.

"다시 한번 박병을 구워 볼까요? 이 백분으로?"

어떻게 구워질지 기대되는 상황이었다.

가게 밖으로 나와 보니 완전히 어두워져 있었다. 묵직한 구름이 울음을 터뜨려 지면을 적셨다.

"우와, 이러다 다 젖겠어."

야오가 당황한 표정을 지었다.

"혹시 이런 일이 있지 않을까 싶어서…."

옌옌이 어딘가에서 우산을 꺼내 내밀었다.

"가져왔어?"

마오마오가 묻자 옌옌은 방금 나온 가게의 간판을 두들겼다.

"비가 내릴 것 같아서 가게 주인 딸에게 사다 달라고 했죠. 이쪽은 피해를 입었으니 위자료로 그 정도는 받아도 문제없잖아요."

"도대체 어느 틈에. 게다가 위자료라니…."

확실히 악의가 없었다고는 하나 건강에 해가 되는 백분을 팔고, 또 업자에게서 사들이고 있었던 건 사실이다. 가게에서 산 백분을 물에 풀어서 구워 보니 명백히 처음에 구웠던 박병과 전혀 다른 무언가가 만들어졌다.

"그건 충분히 받아 온 것 같은데."

옌옌의 손에는 업자가 새로 가져온 안전한 백분이 들려 있었고, 그에 더해 피부에 좋은 향유도 덤으로 받았다. 새 백분은 먹어도 문제없긴 하지만 피부에 그리 착 달라붙진 않는다. 따라서 향유에 개어 물백분으로 사용하기로 했다.

"아뇨, 아가씨의 몸이 상하기라도 하면 큰일이잖아요."

"그 말은 마오마오한테 해. 이상한 것 좀 먹지 말라고."

야오가 어이없다는 표정으로 마오마오를 쳐다보았다. 마오마오는 독이 든 백분으로 구운 박병을 먹으려 했지만 양 겨드랑이를 결박당해 실패했다.

"바로 토해 냈을 테니 문제없었을 거예요. 맛을 확인하고 싶었을 뿐이에요."

"…도대체 뭐가 널 그렇게까지 하도록 만든 거야?"

야오가 한숨을 내쉬었다.

"아가씨, 본격적으로 쏟아지기 전에 장보기를 마치고 돌아가도록 하죠. 저기서 시간을 너무 많이 잡아먹었네요."

옌옌은 우산을 펴고 야오를 안으로 끌어들였다. 마오마오에게는 따로 우산 하나를 건넸다. 우산을 딱 두 개만 준비한 것이 역시나 옌옌다운 행동이었다. 우산 하나에 둘이 들어가면 몸을 밀착해야 하니 말이다.

"이 시간에도 아직 식재료를 파는 곳을 찾으려면 종루 근처로 가야겠네요. 아직 시장이 서 있을 거예요."

종루는 도성의 중심에 있으며 시간을 알려 주는 역할을 하고 있다. 활기 넘치는 장소이기 때문에 가게도 늦게까지 연다.

“이제 슬슬 저녁 종을 칠 때가….”

마오마오가 말을 채 끝맺기 전 어두웠던 하늘이 새하얗게 물들고, 동시에 데엥~ 하는 종소리가 울려 퍼졌다.

“어? 응? 뭐야?”

야오가 두리번두리번 주위를 둘러보았다. 그 찰나, 종소리에 이끌리기라도 한 듯 격렬한 굉음이 울려 퍼졌다.

“!!”

야오가 입을 뻐끔뻐끔 벌렸다 다물었다 하며 옌옌에게 덥석 안겼다. 옌옌은 옌옌대로 마침 좋은 기회라는 듯 야오를 마주 꼭 끌어안아 주었다.

“번개로군요. 꽤 컸네요.”

마오마오는 하늘을 올려다보았다. 굵은 빗방울이 뺨에 떨어졌다.

“아가씨, 괜찮으세요?”

“응, 괘, 괜찮아.”

그런 것치고는 얼굴이 새파랗다.

“번개 구름이 가까우니 금세 큰비가 내릴지도 모르겠네요. 빨리 장보기를 끝내도록 하죠.”

“그, 그러게. 빨리 가자.”

야오는 움찔움찔 하늘을 올려다보면서도 허세를 부렸다. 옌옌은 밀착한 몸을 떼지 않은 채 따스한 눈으로 야오를 바라보고 있었다.

야오를 걱정하면서도 겁먹고 떠는 모습은 귀엽나 보다. 여전히 비뚤어진 애정이다.

'오늘은 이거 못 팔고 가겠네.'

마오마오는 바둑 교본이 든 천 꾸러미를 흘끔 쳐다보고는 두 사람 뒤를 따라갔다.

3 화 : 유행

진시의 집무실에는 평소와 다름없는 광경이 펼쳐져 있었다. 산더미처럼 쌓인 서류, 순서를 기다리는 문관들, 가끔 진시의 얼굴을 엿보기 위해 어디선가 슬그머니 나타나는 관녀들. 여전히 정신 사나운 건 사실이지만 얼마 전까지의 바쁜 일과를 떠올리면 그나마 좀 진정된 편이다.

진시는 평소에도 바빴지만 옆 나라 샤오에서 무녀가 온 후로 일이 배가 되었다. 그 후에 무녀를 초청해 연회가 열리고, 그 와중에 독살 소동까지 벌어졌으니 진시는 잘 시간도 없이 그 뒤처리에 쫓겨야만 했다.

결국 사건은 무녀 측의 자작극으로 밝혀졌으나 이 또한 큰 문제임은 마찬가지였기에, 진시는 머리를 부둥켜안을 수밖에 없었다.

무녀는 목숨을 건졌고, 현재는 전 상급 비였던 아둬의 보호하에 있다. 아둬의 거처를 피신용 절처럼 사용하게 된 것이 미안하게 느껴졌다.

하지만 무녀가 죽은 것으로 해 둔 뒤처리는 진시를 포함한 소수의 사람끼리만 할 수밖에 없다.

샤오가 무녀를 대의명분으로 삼아 공격하지는 않을까, 하고 겁을 주는 관리도 있었지만 그런 일은 벌어지지 않았다. 샤오는 무역을 주된 산업으로 하는 나라다. 전쟁을 선포하는 건 어지간한 뒷배가 없이는 힘든 일이다. 오히려 눈엣가시였던 무녀가 사라져 후련해하고 있을지도 모른다.

그래서 샤오 측에서 제시한 안건은 대략 예상했던 대로였다.

관세 완화, 특히 식량에 걸리는 세금을 낮춰 달라는 요구였다.

노골적으로 '식량이 부족하다'는 말을 하지 않을 거라는 사실은 알고 있었다. 샤오의 전직 무녀는 샤오의 왕과 관리들을 아주 잘 알았다. 성격과 정치적 판단을 고려한, 예상 범위 내의 대응이었다.

너무나 생각했던 대로 돌아가는 바람에 맥이 빠질 뻔했으나, 그렇다고 외교 문제라는 게 그렇게 단순하진 않다.

결국 지금의 산더미 같은 서류들을 보고도 그나마 좀 일단락이 지어졌다고 생각할 만큼, 진시는 바로 며칠 전까지 어마어마한 일에 쫓겨야만 했다.

"진시 님, 여기도 있습니다."

바센이 새로운 서류 더미를 건네주었다. 이래 봬도 많이 솎아서 반 이상으로 줄인 양이다.

"거기서 반으로 더 줄일 수는 없나?"

"아무리 그러셔도…."

서류에 찍힌 도장은 대부분 고관들의 것이었다. 서류를 솎아내는 문관들도 상관의 도장이 들어 있는 서류를 함부로 무시할 수는 없다. 따라서 시시한 안건이라 해도 진시에게 올 수밖에 없다.

진시는 한숨을 내쉬며 도장을 찍었다.

그런 가운데 서류를 분류하고 있던 문관 중 하나가 자리에서 일어서더니 흘끔흘끔 진시 쪽을 쳐다보았다. 예전에 진시의 차에 독이 들어갔을 때 함께 있던 문관이었다. 바센이 완전히 회복해서 돌아오기 전까지 임시로 일을 맡기기로 했던 인재였지만, 일처리가 유능했기 때문에 그대로 눌러 앉혀 놓았다. 본인은 빨리 원래 일터로 돌아가고 싶겠지만, 만년 일손 부족인 진시 입장에선 놓아줄 생각이 없었다.

"무슨 일이지?"

진시 대신 바센이 물었다. 문관이 어깨를 움찔 떨었다.

"아, 아뇨. 아무것도 아닙니다…."

아무것도 아니라면서 왜 어쩔 줄 몰라 하고 있는 걸까. 그러고 보니 며칠 전부터 상태가 이상했다.

혹시나, 하는 마음에 진시가 눈을 가늘게 떴다.

"정말로 아무것도 아닌가? 솔직히 말해."

바센은 재빨리 문관을 추궁했다. 최근 들어 진시 주위에서 불온한 일들이 자꾸만 일어나곤 한다. 혹시 무슨 일이 생기고 나면 이미 늦을 거라는 생각에, 호위도 겸하고 있는 바센은 유난히 더 신경질적으로 굴고 있었다.

"허, 허억!"

문관은 얼굴 근육을 움찔거리고 덜덜 떨며 품에 손을 집어넣었다. 바센이 재빨리 문관을 바닥에 깔아뭉갰다.

무기라도 감추고 있었던 건가, 하는 생각에 바센은 봐주지 않았다.

"누가 사주했지?"

바센이 문관의 손목을 움켜쥐었다. 품에서 나온 것은 종잇조각이었다. 진시는 그 종잇조각을 집어 들었다.

"바센, 놔줘."

진시는 종잇조각을 보고 후, 하고 한숨을 내쉬었다.

"이것 때문에 그렇게 어쩔 줄 몰라 했었군."

"네?"

그게 무슨 말씀이냐며 바센이 고개를 갸웃거렸다.

"아야야야, 놔, 놔주십시오."

문관을 놓아준 바센은 진시가 들고 있던 종잇조각을 들여다보았다.

"이건…."

"어느 틈에 만들었는지 모르지만 용의주도한걸."

종잇조각에는 책을 낸다는 문구가 적혀 있었다. 날짜는 오늘, 도성 내 책방에서 판매를 시작한다고 했다.

"…가, 갖고 싶었습니다. 책은 한 번 품절이 되면 두 번 다시 살 수 있을지 어떨지 모르는 귀한 물건이니까요."

문관은 거의 울먹이다시피 말하며 오른팔을 문지르고 있었다. 바센의 얼굴이 죄책감으로 가득 차올랐다.

책은 고급품이다. 어지간히 인기가 있지 않은 한 같은 것을 다시 한번 만들지는 않는다. 다 팔리고 나면 헌책으로 다시 나돌기를 기다리는 수밖에 없다.

"하지만 일부러 종이에 인쇄해서 나눠 주며 선전하는 걸 보니, 상당한 양을 준비해 놓지 않았을까?"

인쇄를 했다면 꽤 많은 매수의 선전물을 만들어 냈을 것이다. 본전을 찾으려면 보다 많은 책을 내야 한다.

"…모, 모르겠습니다. 인기는 많을 거라고 생각합니다."

"그렇게 인기 있는 작가인가?"

진시는 종잇조각을 꼼꼼히 살펴보았다. 종이에 인쇄해서 불특정 다수에게 나눠 주며 선전한다는 방식은 참신해서 감탄이

나올 정도였다. 대체 누가….

"?!"

봐서는 안 되는 이름을 봐 버리고 말았다. 진시는 후회했다.

바센이 의아한 표정으로 종이를 들여다보았다.

"이건, 칸 태위님인가요?"

진시도 그 이름을 보고 고개를 끄덕였다.

'칸'이라는 성 자체는 드물지 않다. 하지만 '태위'라는 직함을 갖고 있는 사람은 이 나라에 한 명밖에 없다.

'칸라칸'. 통칭 괴짜 군사를 말한다.

"일단 묻겠는데 이 종이는 누구에게 받았지?"

"호, 호부에 있는 친구가, 태위님의 아드님과 아는 사이여서… 아는 사람들에게만 나눠 준 종이를 저도 받을 수 있었습니다."

호부란 재무 분야를 관장하는 부서를 말한다.

라한이다. 라한이 관련되어 있다면 책은 단순히 군사님의 변덕으로 나온 게 아닐 것이다. 본격적인 편집까지 되어 있으리라.

"…바둑 책이라 이 말이지."

그러고 보니 어렴풋이 소문으로 들은 적이 있었다. 바둑 책을 만들겠다며 군사님이 소매를 걷어붙이고 있다고.

설마 이렇게까지 큰일이 되어 있으리라고는 상상도 못 했다.

진시 입장에서는 책을 보급해 준다면 고마운 일이긴 하다. 종이와 인쇄 사업 면에 진시도 어느 정도 관여되어 있으니 말이다.

하지만 이렇게 성실하게 생긴 문관까지 군사님의 책을 갖고 싶어 한다니, 뜻밖이었다.

"군사님께 문재文才가 있는 줄은 몰랐는데."

"문재 같은 건 있으나 없으나 상관없습니다. 그분이 하시는 말씀 같은 건 애당초 해독하는 일 자체가 어렵다고 들었으니까요. 하지만 지금까지 칸 태위님이 둔 바둑의 기보가 실려 있다고 하니, 무시할 수도 없다고요!"

방금 전까지 훌쩍훌쩍 울던 문관이 이번에는 갑자기 열변을 토했다. 말 속에 은근히 라칸의 험담도 섞여 있다. 좋아하는 무언가에 유난히 열중하는 인간은 어디에나 있는 법인데, 이 사내에게는 그것이 바둑인 모양이었다.

"바둑은 살짝 건드려 보는 수준으로만 해 봤는데, 칸 태위님이 그렇게 강한가?"

바센은 실로 의아하다는 표정을 짓고 있었다.

"강하고 자시고, 이 나라에서 태위님을 이길 수 있는 사람은 현 황제 폐하의 스승님밖에 없습니다."

황제의 스승은 기성棋聖이다. 한마디로 이 나라에서 가장 바둑을 잘 두는 사람이란 뜻이다.

진시도 그 스승에게서 몇 번 가르침을 받은 적이 있다. 마지막으로 바둑을 배웠을 때 몇 점을 깔았더라.

"칸 태위님의 방식은 실로 앞을 읽을 수가 없고, 어떻게 둘지 예측이 안 됩니다. 그 기보를 볼 수 있다면 바둑을 두는 사람에게는 그야말로 몹시 탐나는 물건이겠지요."

문관은 주먹을 부르쥐고 눈을 반짝였다. 바센도 괜히 깔아뭉갰다는 미안함 때문인지 태도가 다소 부드러워졌다.

"그나저나 태위님도 인간이긴 했군. 바둑으로 이기지 못하는 상대가 있었다니."

지금까지 바센 역시 군사님에 대한 말투가 별로 곱진 않다. 하지만 하는 말은 사실이므로 진시도 납득했다.

"무슨 말씀을 하시는 겁니까? 바둑에서는 6대 4로 스승님 쪽이 우세하다는 의미입니다. 그 스승님은 바둑이 본업이지만 칸 태위님에게는 일단은 본업이 따로 있지 않습니까."

"……."

"그리고 장기에서는 아무도 태위님을 이기지 못합니다."

"……."

역시 인간 취급을 해서는 안 되는 존재였다.

"알겠다. 바센, 지갑 가지고 왔나?"

"아, 네."

바센은 품에서 지갑을 꺼냈다. 진시는 그것을 문관에게 쥐여주었다. 문관은 당황하면서 진시와 바센을 번갈아 쳐다보았다.

"바센이 폐를 끼쳤군. 적지만 받아 두도록."

"아, 아뇨. 그, 그럴 수는…. 게다가 그건 바센 님의…."

공교롭게도 이것은 바센의 지갑이 아니다. 만에 하나의 상황을 대비하여 바센이 진시의 돈을 대신 관리해 주고 있었을 뿐이다. 보통 얼마를 주는지는 잘 모르지만 위자료로는 충분하리라.

"그리고 오른팔이 아플 테지. 일은 그만 끝내고 그 책방에라도 다녀오도록 해. 책값은 충분히 될 테니까."

"아, 아뇨. 지나치게 많습니다. 이렇게 많이 받을 수는 없습니다."

너무 정직한 자다. 그냥 고분고분 받으면 될 것을.

그렇다면 이렇게 바꿔 말하도록 하자.

"그게 무슨 말이지? 한 권만 사 오라는 말이 아니다. 내 몫도 들어 있다. 여유가 있다면 바센 몫까지 부탁하지. 자, 어서 가라. 다 팔리겠다. 아니면 심부름 값이 따로 필요한가?"

"아, 아닙니다. 알겠습니다. 다녀오겠습니다!"

문관은 다급히 집무실을 뛰쳐나갔다.

진시는 멀어져 가는 발소리가 완전히 사라지자 한숨을 내쉬었다.

"바센, 갑자기 깔아뭉개는 건 너무하지 않아?"

"그, 그건 그렇지만…."

바센이 민망한 표정으로 말했다.

"뭐, 됐어. 팔을 부러뜨리지 않은 걸 보니 힘 조절을 하긴 했군."

바센의 본래 괴력을 생각하면 문관의 뼈는 가루가 흩날릴 정도로 부러졌어도 이상하지 않다. 조금은 성장했나 보다. 인정해 주자.

"진시 님, 저는 바둑 따위에는 흥미가 없습니다만."

자기 몫까지 사 오라고 한 말 때문에 그러는 모양이었다.

"무얼, 배워 둬서 손해 볼 건 없잖아. 규중 영애도 바둑 정도는 교양으로 배우는데. 결혼 상대와 아무리 대화거리가 없어도 바둑 정도는 둘 수 있지 않겠어?"

농담 삼아 한 말이었으나 바센은 얼굴이 새빨개졌다.

"그, 그게, 사, 상대는…."

굳어져 버린 채 바센은 입을 다물었다. 진시는 "응?" 하고 고개를 갸웃거리며 집무 책상으로 돌아갔다가 후회했다.

산더미 같은 서류는 아직도 잔뜩 있다. 일을 시켜야 할 문관을 이제 와서 다시 불러 올 수도 없다.

며칠 후 궁중 곳곳에서는 딱, 딱, 하고 돌 내려놓는 소리들이 울려 퍼졌다.

진시는 집무실로 향하던 중 대기소에서 무관들이 바둑을 두고 있는 모습을 발견했다.

"유행하고 있군요."

"그러게."

바센의 말에 진시는 고개를 끄덕였다.

유행의 불씨가 무엇이었는지는 두말 할 필요도 없다. 괴짜 군사의 책이다. 진시의 손에도 여섯 권이 있다.

문관에게 심부름을 시킨 건 한 권뿐이었는데 왜 여섯 권이나 있느냐….

'누구한테서 받은 물건인데 드리겠습니다.'

짧은 글과 함께 약사, 즉 마오마오가 보냈다. 갑자기 왜 이런 걸 보냈느냐… 호의로 보낸 건 아니다. 슬프지만 아니다. 십중팔구 재고 처분일 게 뻔하다. 그 소녀가 괴짜 군사의 책 따위를 돈 주고 샀을 리가 없으니 아마 군사가 대량으로 떠안겼으리라. 얼마 전 자신이 했던 말의 의미를 기억은 하고 있는지 캐묻고 싶어지는 기분이었다.

마오마오는 괴짜 군사의 딸이다. 본인은 라칸이 아버지라는 사실을 인정하기 싫은 모양이었지만 진시 눈으로는 아무리 봐도 부녀로 보였다.

끔찍하게 싫어하는 아버지가 보낸 선물 따위는 옆에 놔두기도 싫은 모양이었다.

딱히 문관에게 건넨 돈이 돈 낭비였다고 생각하지는 않지만,

같은 책이 여섯 권이나 있어 봤자 쓸모도 없다. 바센도 가지고 있기 때문에 가오슌과 주상, 그리고 아둬에게 나눠 줄까 생각 중이다.

단순히 그 이유뿐일 수도 있고, 또는 그렇지 않을지도 모른다. 약사 소녀는 뻰뻰하고 빈틈이 없기 때문에 다른 의도가 있다고 생각해 두는 게 낫다.

진시는 이런저런 생각에 잠기며 어떻게 해야 마오마오를 설득할 방법을 찾을 수 있을지 고민에 빠졌다. 도망칠 길이 없도록 면밀히 준비하여 겹겹이 막을 필요가 있다. 진시는 한 번 내뱉은 말은 반드시 지키는 남자가 되고 싶다.

가는 도중 멀찍이서 자신을 관찰하는 관녀들이 있긴 했지만, 진시는 집무실에 도착했다.

집무실 앞에는 관리 한 명이 서 있다가 진시를 보고는 다급히 다가왔다.

"무슨 일이지?"

진시 대신 바센이 물었다.

"실례합니다. 이것을…."

관리는 조심스레 편지를 건넸다. 바센은 편지를 펼쳐 보고는 눈썹을 움찔 치켜 올렸다.

진시는 편지를 보더니 얼굴에서 표정을 지운 채 집무실로 들어갔다.

"피해 상황을 바로 보고하도록."

"알겠습니다."

관리는 돌아갔다. 또 새로운 정보가 들어오면 전령이 찾아오리라.

집무실에 들어간 진시가 깊은 한숨을 내쉬었다.

"드디어 시작됐군."

편지에는 간결하게 적혀 있었다.

'황해가 발생했다'는 말이.

소규모 해충 피해는 이미 여러 건 보고가 들어왔다. 진시도 훑어보았으나 바로 자신이 개입할 만한 일은 아니었으므로 부하에게 맡겨 두고 있었다.

아직까지 그렇게 큰 피해는 없었으나….

"수확량이 3할 밑으로 떨어졌다니."

막대한 피해다. 장소가 서부 곡창 지대라는 말을 듣고 진시는 귀를 움찔했다.

"보리 수확치고는 너무 늦지 않나?"

"보리가 아니라 벼입니다. 20년쯤 전부터 대규모 관개 사업이 진행되어, 시험적으로 벼농사를 짓고 있었습니다. 반대로 말하면 그 일대에 아직 수확하지 않은 벼밖에 없었기 때문에 국지적으로만 피해를 입었고, 보리 수확 시기와 겹치지 않아 다행이라고도 할 수 있습니다."

진시의 질문에 대답한 사람은 바둑을 좋아하는 문관이었다. 이름은 세이静라고 한다. 성격이 조금 소심한 것만 빼면 유능한 인재다.

"큰 강에서 물을 끌어오고 있다는 말이지?"

그러고 보니 20년쯤 전 진시가 태어났을 무렵 커다란 치수 공사가 벌어졌다는 이야기를 들은 적이 있다. 그때 물을 끌어오는 공사도 함께 했던 모양이다.

"네. 시험적으로 일부 지방에서 이루어졌습니다. 수확 면에서 볼 때 보리보다 안정적이지만 지나치게 범위를 넓히면 하류 물에 영향이 가기 때문에 그 이상의 확장은 중지되었습니다."

세이는 지도에 커다란 동그라미를 그렸다.

20년 전이라면 여제 시대다. 그 여걸은 터무니없는 정책을 여러 가지 세워, 실행에 옮긴 사람이다.

진시는 동그라미가 쳐진 지도를 바라보았다. 도성에서 가깝지는 않지만 멀지도 않다. 왕복 너댓새면 다녀올 수 있는 거리다.

책상 위에는 여전히 서류가 산더미처럼 쌓여 있었다. 진시는 내내 옆에 서 있는 바센과 불안해 보이는 세이의 얼굴을 교대로 바라보았다. 일이 밀리는 건 원치 않는다. 하지만 신경 쓰이는 부분을 방치해 둘 수도 없다.

진시는 끙끙 앓고 싶은 것을 꾹 참았다.

"…저, 저기."

세이가 조심조심 손을 들었다.

"뭐지?"

진시는 가능한 한 표정을 무너뜨리지 않으려 애쓰며 세이를 쳐다보았다.

"무, 무례하다는 사실은 잘 알고서 드리는 말씀이지만, 달의 귀인께서는 일이 지나치게 많으시지 않은가 사료됩니다."

"나 자신도 그 사실은 잘 알고 있다. 하지만 이걸 어쩌란 말이냐? 다른 자에게 맡길 수도 없는 것을."

진시의 발언에 세이는 살짝 민망한 표정을 지었다.

"대, 대단히 드리기 힘든 말씀입니다만…."

세이가 시선을 슬며시 돌리며 말을 이었다.

"다른 분들께서는 부하에게 맡기는 일도 있으며…."

"그런 부정을 저지르는 자가 있단 말이냐!"

바센이 책상을 내리쳤다. 세이가 "허억!" 하고 몸을 부들부들 떨었다.

"어디에 있는 어떤 놈이냐? 누군지 알고 있을 테지?"

바센이 추궁하자 진시가 슬며시 말렸다.

"바센, 겁을 먹지 않았느냐. 하지만 누가 그런 짓을 하고 있는지는 알려 주었으면 좋겠군."

진시는 부드럽지만 단호한 목소리로 세이에게 말했다.

“그, 그게… 칸 태위님입니다.”

하기야 군사님이라면 그런 짓을 저지른다 해도 납득이 되지만, 세이의 얼굴에는 상황을 얼버무리고자 하는 기색이 가득했다.

“그 외에도 또 있지 않으냐?”

진시가 얼굴을 들이밀자 세이는 뺨을 새빨갛게 붉혔다. 그쪽 기질이 없는 인간을 일부러 골랐는데 너무 얼굴이 가까우면 안 되나 보다. 진시는 얼굴의 흉터를 쓰다듬었다.

“주, 주상께서도….”

“‘…….’”

진시와 바센은 입을 다무는 수밖에 없었다.

“돼, 됐을까요?”

이제 좀 떨어져 달라는 듯 세이는 고개를 숙였다. 하지만 바센은 거기서 끝나지 않을 모양이었다.

“도대체 누가 폐하 대신 일을 하고 있다는 거지?”

콧숨을 거칠게 내뿜으며 다가선 순간….

“가, 가오슌 님이십니다!”

“‘…….’”

또다시 할 말을 잃고 말았다.

“물론 도장 찍는 일은 주상께서 한꺼번에 하십니다. 하, 하지만, 한 사람만 더, 중간에 끼워서 서류를 분류하는 일을 한다면 달의 귀인께 가는 서류의 양은 3분의 1로 줄어들지 않을까 합니다. 그에 상응하는 직책을 내리면 재량권에는 문제가 없을 것입니다."

3분의 1이라는 말에 마음이 흔들렸다. 하지만 서류 분류 작업은 매우 중요한데, 그것을 속내도 모르는 아무 관리에게나 덥석 맡길 수는 없다.

진시는 바센을 쳐다보았다.

가오슌이 하는 일이라니 아들인 바센이 해 줄 수 있다면 좋겠지만 안타깝게도 바센은 책상에 앉아 하는 업무에는 소질이 없다. 일은 꼼꼼하게 하지만 지나치게 고지식한 탓에 융통성이 없으니, 일이 계속 밀리기만 할 것이다.

자신의 일을 맡겨도 될 만큼 집안이 좋고 충성심이 강하면서도 요령 좋게 일을 해치울 수 있는 부하를 원한다고 한다면 너무 욕심이 많은 걸까.

"진시 님."

"뭐지?"

"한 명, 서류 업무에 능한 자를 알고 있습니다."

바센의 말에 진시가 눈을 크게 떴다.

"정말이야? 문관 중에 네 지인은 없을 텐데?"

"아뇨, 한 명 있습니다. 작년에 과거에 합격한 진사進士이지만 현재는 관직이 없습니다."

"…혹시."

진시도 짚이는 인물이 한 명 있었다.

"네. 바료馬良, 료 형님이라고 하면 아실 겁니다."

바료. 이름을 보면 알 수 있듯이 마馬 일족의 일원이며, 바센의 형이다.

4 화 마(馬) 남매

바료. 가오순의 아들이자 바센의 형.

마 일족은 주로 무인을 많이 배출한 집안이지만, 당사자는 문무文武 중에서 문文 쪽의 재능을 마음껏 발휘하고 있었다. 본래 진시의 심복이 되었어야 할 인물은 형인 바료였으나 가오순은 바료의 성격을 아주 잘 알고 있었다. 그래서 어설프게 검술 훈련을 시키려 들지 않고 대신 책을 주었다. 몸 쓰는 일에는 숙주나물보다도 허약했던 이 사내는 물 만난 고기처럼 면학에 힘썼다고 한다.

그리고 작년, 4년에 한 번 치러지는 과거의 첫 시험에 합격했다. 과장 없이 말해도 바료는 문관으로서 아주 유능한 인물이다. 하지만 그런 유능한 인물이 관직을 얻지 못했다고 한다.

그 이유는 현재 바료가 처한 상황을 보면 쉽게 설명할 수 있다.

"역시 대단하군."

하루하루 산더미처럼 쌓여 가던 서류는 반대편이 보일 정도의 높이로 줄어들어 있었다.

진시는 안도의 한숨을 내쉬며 방 한구석에서 묵묵히 일하는 인물을 쳐다보았다.

입구에서는 사각의 위치에 있고, 칸막이가 되어 있기 때문에 거기에 누가 있는지 방문자에게는 보이지 않는 구조다. 가능하면 사방에 벽을 두르고 싶어 했다고 하지만 아무리 그래도 그건 안 된다면서 바센이 말렸다. 그렇게 칸막이 안쪽에 숨어 있는 인물이 누구였느냐….

"진시 님…."

서류를 한꺼번에 모아 들고 오는 사내는 허약한 체격에 중키, 그리고 피부색은 다소 창백했다. 건강 상태가 나쁘다고 하면 충분히 납득이 가는 얼굴인데, 옆에 있는 건강 우량아 바센과 얼굴만은 꼭 닮은 모습이 재미있다. 키는 바센보다 한 치* 정도 작은 듯한데, 등이 구부정해서 더 작아 보인다. 바센이 동안이 아니었다면 누가 형인지 알아보기 힘들었으리라.

바센보다 한 살 많은 형이며 가오슌의 아들이기도 한, 바료다.

※한 치 : 약 3센티미터.

마 일족은 대대로 무관을 많이 배출했다. 황족 호위는 마 일족이 주로 맡는다. 가오슌은 주상을, 바센은 진시를, 하는 식으로 말이다. 사실 바료는 진시의 호위가 될 예정이었다. 가오슌의 둘째이며 장남이니 그래야 했지만 이런 비실비실한 약골에게 호위를 맡길 수는 없었다.

바료馬良는 '마馬'라는 이름을 얻었지만, 그다음 해에 태어난 동생 바센 또한 일족을 나타내는 한 글자를 받게 되었다고 한다.

"빠르군. 벌써 다 끝났나?"

"네. 진시 님이 장식품이라서 일이 빨리 끝납니다."

"…그게 무슨 뜻이지?"

대화라고 하기에는 문장이 너무 많이 생략되어 있다. 진시는 이해할 수가 없었다. 하지만 그때 한 명의 인물이 재빠르게 나타났다.

"바료는 이렇게 말하고 있습니다."

장신에 눈매가 날카로운 미녀가 서 있었다. 어디서 나타났는지 진시조차 한순간 이해할 수 없을 정도의 움직임으로 진시 일행 앞에 불쑥 모습을 드러냈다. 바료가 흠칫 몸을 떨었다.

"'진시 님은 장식품처럼 아름다워 아예 인간으로 보이지 않는다. 따라서 인간이 불편한 나라도 인간과는 다른 생물이라고 여기고 편안하게 대할 수 있으므로, 일에 집중하기가 쉽다'는 뜻입니다."

"……."

이 말을 도대체 어떻게 받아들여야 좋을지 모르겠다. 그리고 은근히 사람 취급을 안 해 주고 있다. 아니, 이건 옛날부터 원래 그랬지만.

바료의 말을 통역해 주는 눈매 날카로운 미녀는 바료와 바센 형제의 누나다. 이름은 마메이麻美라고 하며, 이래 봬도 두 아이의 어머니다. 바센 형제는 아버지 가오슌을 닮았지만 마메이는 어머니를 닮았다. 이 어머니는 진시의 유모이기도 했기 때문에 진시 입장에서는 왠지 모르게 불편한 느낌이 든다.

성격도 어머니를 닮았다. 기질이 강하여 남편도 쥐락펴락하고 있다고 한다. 몇 년 전까지 마메이는 아버지인 가오슌을 마치 털벌레처럼 싫어했다. 지금은 나방 정도는 됐다고 한다.

하지만 개별적으로는 다루기 힘든 바료의 고삐를 자유자재로 쥐고 조종할 수 있는 사람은 마메이 하나밖에 없다. 바료는 높은 성적으로 과거에 합격했지만 병약하고 사고방식이 독특한 탓에 일을 그만두었다. 인간관계를 새롭게 구축하는 데에도 서툴러, 저도 모르는 사이 주위에서 반감을 사고 만다. 그래서 직장에 익숙해지기도 전에 동료와 상사들에게서 괴롭힘을 당하는 바람에 위장에 병이 났다.

유능한 건 유능하지만 성격에 문제가 매우 많다.

어떤 의미에서는 라 일족과 매우 비슷해 보이기도 하지만 그쪽 인간들은 애석하게도 강인한 정신을 갖고 있어, 오히려 주위 사람들의 위장에 병이 나게 만든다. 그 뻔뻔함은 오히려 부러워 보일 정도다. 반까지는 아니더라도 한 10분의 1만 나눠 줬으면 좋겠다. 그 주변 사람들 생각은 손톱만큼도 안 하는 성격을 말이다.

진시가 한숨을 내쉬고 있는데 분류된 서류를 바센이 책상 위에 올려놓았다.

진시는 받은 서류를 확인했다.

"……."

서류 한 장을 훑어본 진시가 미간에 주름을 잡았다. 전에 진시가 다른 부서로 보냈던 품의서였다. 내용은 불가 처리되어 있었다. 이게 벌써 몇 번째일까.

"역시 안 되는군."

"안 되었나요?"

"시기가 문제였던 것 같다. 내년이었다면 그나마 나았을 텐데."

"내년에는 무과거武科挙가 있으니까요."

"그래, 무과거를 기다리라는 뜻인가 보다."

안 된 것은 군사 강화 문제였다. 북부에 병사를 늘려 달라고 제안했는데 보기 좋게 각하되어 돌아왔다. 무과거란 과거 시험의 무관 판을 말한다. 과거만큼 대규모로 치러지지는 않지만 그래도 싸움깨나 하는 주먹들이 제법 모여들어 무관을 채용하는 시험을 본다.

요 몇 년 사이 군부는 축소 경향을 보이고 있었다. 이유는 두 가지였다. 하나는 전쟁이 없다는 것, 또 하나는 군 상층부의 면면들 때문이었다. 주로 정점에 서 있는 두 사람이 문제다.

"칸 태위와 루魯 대사마 말씀이시죠?"

대사마란 군사 쪽에서 최고위직에 있는 관리를 말한다. 태위는 삼공三公 중 하나이며 대사마와 마찬가지로 군 관계 직책이다.

"칸 태위님은 대체 어떻게 태위가 되셨을까요?"

그건 진시도 알고 싶다. 하지만 묘한 소문은 몇 가지 나돌고 있었다.

라칸이 자신을 적대시하는 상대를 전부 몰아내 버렸더니 윗사람이 모두 사라지고 말았다거나.

선제의 모친인 여제의 눈에 들어 출세를 약속받았다거나.

주상이 선제 붕어 후 황위를 노리는 외척들을 먼저 치워 버렸다거나.

"솔직히 잘 모르겠다."

하지만 본인이 권력을 손에 넣은 이유는 대략 예상이 된다. 예전에 마오마오가 싫은 표정을 지으면서도 라칸 이야기를 해 주었기 때문이다.

권력을 잡지 않으면 손에 넣을 수 없는 무언가가 있었다고.

라칸이라는 사내는 원하는 것을 손에 넣기 위해서라면 무슨 짓이든 다 한다. 하지만 원하는 것이 무한히 늘어나는 부류의 인간은 아니다.

"군인이라면 더 욕심을 부려도 될 텐데 말이야."

대의명분을 만들어 자신이 가지고 있는 패를 늘리려 하는 사내였다면 차라리 이야기가 빠르다.

하지만 라칸은 바둑 및 장기와 가족, 그리고 단것만 있으면 만족하는 사람이다.

본래 욕심이 없는 인간이지만 행동력이 너무 뛰어난 탓에 주위에 민폐를 끼친다.

"칸 태위께 직접 말씀을 드려 보면…."

"오히려 더 방해하고 나설걸."

"……."

진시는 라칸에게서 미움을 받고 있다. 이유는 말할 필요도 없다. 라칸은 가끔 진시의 집무실에 찾아와서 방해를 하고, 과자를 먹으며 서류를 더럽힌 다음 돌아가곤 한다.

최근 그리 자주 찾아오지 않는 이유도 알고 있다. 의국에 열심히 드나들고 있기 때문이다. 마오마오의 싫어서 죽을 것 같은 표정도 쉽게 상상이 된다.

"그럼 루 대사마께 이야기를 해 볼까요?"

대사마라는 자리에 있는 사람과 그리 쉽게 이야기를 나눌 수는 없겠지만 진시는 황제의 아우다. 그러니 이야기 정도는 들어 줄 거라고 생각했겠지만, 바센의 생각은 물렀다.

"루 공이 어느 진영에 있는지 잊었어?"

대사마가 지금 위치에 올라설 수 있었던 데에는 현 황제의 영향이 컸다. 그리고 왜 현 황제가 루를 추천했느냐….

"어마…. 아니, 황태후 전하께서 과연 그걸 허락하시겠어?"

현 황제와 진시는 나이 차이가 많이 나긴 하지만 동복형제다. 황태후는 후궁 입궁 당시 일개 궁녀였으나 선제의 승은을 입고 비가 되었다. 후궁에서는 당시 황태후의 목숨을 노리는 자들이 넘쳐 났다고 한다. 선제의 형제들은 모두 돌림병에 걸려 죽었다. 현 황제, 즉 자신의 형이 동궁이 된 건 자명한 이치였다.

황태후 주위에는 권력의 떡고물이라도 받아먹을까 하던 수많은 관리들이 공물을 들고 찾아왔다는데, 루는 황태후가 아직 궁녀일 때부터 이래저래 신경을 써 줬다고 한다.

당시의 황태후는 나이가 채 열 살이 되었을까 말까 했다. 선제의 눈에 들어 궁녀이면서도 후궁 밖으로 나가는 일이 간혹 있었던 황태후의 호위를 우연히 루가 맡았다고 했다.

아이를 낳기에는 아직 너무나 작고 여린 체구의 궁녀를 보고 루가 무슨 생각을 했을까. 호위는 루 외에 또 있었다고 하지만, 그렇게까지 마음을 써 준 사람은 루 하나뿐이었다.

루는 황태후의 신뢰를 얻었다. 하지만 동시에 죄책감도 느꼈는지, 황태후의 명령은 거역하질 못한다. 황태후는 지나치게 인정이 많다. 안 그래도 축소 경향을 보이던 노예 제도를 완전히 폐지하게 된 데에는 황태후의 의향이 강하게 작용했다. 후궁에서도 선제가 손을 대는 바람에 후궁 밖으로 나갈 수 없게 된 궁녀들에게 따스한 손길을 내밀어 주었다.

하지만 황태후의 선의는 가끔 폐해로 작용한다.

황태후는 전쟁을 싫어한다. 큰 소리 내어 입 밖으로 내뱉은 적은 없으나, 주상과 대사마에게 영향을 주고 있다.

주상은 이야기를 하면 이해해 주고, 이미 뜻도 전달했다. 하지만 품의가 통과되지 않으니 아무리 주상이라 해도 절대 군주가 아닌 이상, 본인에게 서류가 오지 않으면 도장을 찍을 수가 없다.

진시가 군사 업무를 보는 직책이었다면 그나마 좀 나았겠지만 오랜 세월 후궁에서 환관 노릇을 해 왔고, 왕제로서의 일이라고는 제사 말고 거의 한 것이 없다. 결과적으로 다른 사람들은 진시를 어떻게 다뤄야 할지 알 수가 없었던 모양이다. 진시가 받은 직책은 태보太保였다. 명예직이며 본래는 은퇴하는 자에게 주어지는 직책이다.

왕제이니 수상 자리에 앉혀야 한다는 목소리도 있었다. 하지만 나이가 지나치게 젊다는 이유, 그리고 수상으로 추천할 만한 사람이 따로 있다는 이유 때문에 그 목소리는 사라졌다. 명예직이라면 명예직이라는 이유로 일을 안 할 수나 있으면 좋겠는데 이상하게 잡다한 서류가 자꾸 날아들어 하루하루가 너무 바쁘다. 자신을 무슨 심부름꾼으로 착각이라도 하고 있는 것 같다.

"아까부터 정말이지 번거롭고 귀찮은 이야기만 하고 있군요."

마메이가 이야기에 끼어들었다. 미지근해진 차를 새것으로 바꿔다 주던 참이었다.

"누님, 정사는 섬세한 일입니다."

"바센 네 입에서 '섬세'라는 말이 나올 줄은 몰랐다."

마메이는 살짝 놀리는 듯한 말투로 말했다. 바센은 끙끙거리며 입술을 뒤틀었다. 성질 급한 사내지만 누이에게는 절대 이길 수 없다는 사실을 잘 아는 눈치였다.

"요컨대 상대가 이쪽의 요구를 들어줄 수밖에 없게끔 하면 되는 일이지 않습니까?"

"그게 그렇게 쉬운 일이라면 나도 고생 안 하지."

진시도 마메이가 끼어드는 게 썩 기분 좋은 일은 아니었다. 마메이의 역할은 어디까지나 자신들의 보좌일 뿐, 정치에 참견할 권리까지는 없다.

"쉽게 이루어질 일은 아니지요. 하지만 가능성은 높일 수 있다고 저는 생각하는데요."

마메이는 갑자기 무언가가 생각났는지 칸막이 건너편에 있는 바료 쪽으로 향했다. 칸막이 너머에서는 "누님…." "앗, 마음대로…." "제발…." 등 바료의 목소리가 울려 퍼졌다. 바센뿐만 아니라 바료 역시 마메이에게는 꼼짝도 못 한다.

돌아온 마메이의 손에는 바둑 교본이 들려 있었다. 일부러 동생 책상으로 쫓아가서 빼앗아 오지 않아도, 진시의 서랍 속에 잔뜩 있는데 말이다.

"이걸 아십니까?"

마메이는 책 속에 끼워져 있던 종잇조각을 꺼냈다. 전에 봤던 책 선전물인가 했더니 내용이 달랐다.

"바둑 대회?"

"네."

바둑 대회가 열린다는 이야기였다.

"내 책 속에는 아무것도 끼워져 있지 않았는데?"

마오마오에게서 받은 책은 그렇다 치더라도, 문관 세이가 사온 책 속에도 들어 있지 않았다.

"진시 님이 직접 구매하셨습니까?"

"아니, 심부름을 시켰는데."

"아하, 그렇다면 진시 님이 반대하실 수도 있겠다고 생각했나 보군요."

마메이가 검지로 대회 요강을 가리켰다. 연말에 개최될 예정이라고 한다. 참가 자격은 동전 열 개. 그리고….

진시는 눈을 커다랗게 떴다. 대회 장소는 궁정 내 무예 연습장이었다.

"……."

벌어진 입이 다물어지지가 않는다.

"직권 남용이 지나친데요."

바센도 어처구니없어했다.

"바둑을 둘 줄 아는 자는 인구 중 100분의 1이라고 합니다. 도성을 포함한 이 주위의 인구가 80만, 8천 명의 바둑 애호가가 있다면 그중 몇 명이나 참가할까요?"

마메이가 질문하는 방식으로 설명해 주었다.

책을 사지 않아도 친구들끼리 이야기를 하다 보면 금세 소문이 퍼질 것이다. 동전 열 개는 어린애도 용돈을 모으면 낼 수 있는 가격이다. 책이 어디까지 나돌고 있는지, 바둑에 흥미를 가진 사람이 얼마나 되는지 인원수를 확실히 알 수 없기 때문에 참가자가 얼마나 올지 무서워진다.

"만일 시정에서 대회가 열린다면 장소는 한정됩니다. 주요 광장에는 시장이 열리기 때문에 그리 쉽게 허가를 얻을 수가 없죠. 상공회는 특유의 기준으로 움직이기 때문에 고관이라 해도 도리를 지키며 대해야지, 고압적으로 나갈 수는 없습니다."

"그렇다고 궁정 안에서 하는 건 무리이지 않은가?"

“네, 참가자들도 달가워하지 않을 것입니다. 궁 안에 들어올 수 있는 참가자는 뻔하니까요. 만일 시정에서 제대로 된 행사장을 구할 수 있다면 쌍수 들고 환영하겠지요.”

그 점을 노리라고 말하려는 듯이 마메이가 딱 하고 손가락을 튕겼다.

“…그렇군.”

진시는 서류 더미를 쳐다보았다.

“네, 진시 님은 지금 온갖 일들을 다 강제로 떠맡고 계시지만 가끔은 직권을 이용하시는 것도 괜찮지 않을까 생각됩니다.”

마메이가 날카로운 눈을 가늘게 떴다.

“내 주위에는 강하고 현명한 여성이 매우 많군.”

“그렇지 않습니다.”

마메이가 부정했다.

“강하고 현명한 여자가 아니면 진시 님께 다가올 수가 없는 거죠.”

겸손이 아니었다. 진시는 바센과 얼굴을 마주 보고는 어이없다는 표정을 지었다.

방금 전에 한 말을 철회해야겠다. 마메이는 정치에 대해 매우 잘 아는 사람이다.

약사의 혼잣말

5화 : 패

가지고 있는 패를 쓰려면 최대한 빠른 편이 좋다.

진시는 마메이의 말에 등을 떠밀려 라칸의 집무실 앞까지 와 있었다. 전날 전령을 보내 방문하겠다는 말은 전해 놓았으나, 솔직히 안에 있을지 없을지 모를 일이다.

어차피 없겠지, 하고 생각하며 들어가 보니….

"실례하지요."

"무슨 볼일이십니까, 왕제 전하?"

긴 의자에 반쯤 눕다시피 한 자세로 호리병을 쪽쪽 빠는 괴짜 군사가 보였다. 아무리 봐도 그냥 농땡이를 피우고 있는 듯 보이지만, 서기관이 탁자에 서류를 올려놓고 라칸에게 도장을 강제로 들려 주고 있었다.

왕제 전하라고 부르고는 있지만 심부름꾼을 보낸 사람이 진시라는 사실을 알기는 한 걸까. 마오마오의 말에 따르면 이 괴짜 군사는 사람의 얼굴을 인식하는 능력이 단순히 낮은 정도가 아니라 아예 존재하지 않는 수준이라고 한다.

진시가 똑같은 짓을 하면 바센에게 몹시 야단을 맞을 것이다. 그리고 문진 대신 월병을 올려놓지는 말아 줬으면 좋겠다. 동그란 기름 자국이 생긴단 말이다. 호위로는 바센 말고 다른 자가 따라왔다. 아무리 봐도 바센과는 영 상성이 나쁜 상대인데, 그렇다고 무장도 없이 혼자 괴짜 군사를 만나러 갈 수는 없었기 때문이었다.

그리고 또 한 사람, 마메이도 따라왔다. 라칸은 호위와 마메이를 흘끔 쳐다보고는 진시에게 시선을 돌렸다.

암만 봐도 라칸은 진시를 싫어한다.

"뭐, 서서 이야기를 나눌 수도 없으니 의자에라도 앉으시지요. 자, 손님께 과자 좀 대접해 드려라."

지극히 당연한 소리를 하나 했더니 라칸은 자기가 마시던 호리병에서 과일 음료를 따라 내주었다. 얼마 전 병 주둥이에 직접 입을 대고 음료를 마시다가 식중독에 걸렸던 일은 잊어버렸나 보다.

부관이 다급히 음료를 바꿔 주었다.

"그래서 무슨 용건이십니까?"

외알 안경 군사는 일부러 그러는 것처럼 비뚤배뚤한 수염을 쓰다듬었다.

“흥미로운 대회를 고려하고 계신다고 들었습니다. 하지만 개최 장소가 좋지 않더군요.”

진시는 바둑 교본 속에 끼워져 있던 종이를 팔락팔락 흔들며 책상 위에 올려놓았다.

“궁정 안의 무예 연습장에서 개최하겠다니, 허가는 받았습니까?”

“그 이야기였군요.”

라칸은 시선을 회피하며 토라진 듯 입술을 삐죽였다.

“일단 나도 책임자이긴 하지만, 그래도 뭔가 불만을 늘어놓으러 올 거라면 루 영감님이 와야 할 텐데요. 왕제 전하는 관할 외의 문제 아닙니까?”

너는 상관없으니 물러나 있으라는 소리다.

진시는 미소를 무너뜨리지 않았다. 하지만 아무리 웃고 있어 봤자 저 괴짜 군사의 눈에 타인의 얼굴은 그냥 바둑돌을 늘어놓은 모습으로밖에 보이지 않는다. 진시가 유일하게 자신 있는 무기가 전혀 통하지 않는 상대다. 하지만 상대의 부관에게는 너무 잘 들었는지 얼굴을 새빨갛게 붉히며 고개를 푹 숙였다.

“고지식한 왕제 전하는 잘 모르시겠지만, 서쪽의 사자가 돌아간 후 다들 오락에 굶주려 있거든요.”

“굶주려 있다니? 예전보다 유통되는 상품도 늘어난 것 같은데요.”

시장에 새로운 물건들이 늘어나 활기를 띠고 있다는 이야기는 들었다.

"하하, 그야 그럴 수도 있겠지요. 하지만 커다란 행사가 한 번 지나간 후에는 다들 배가 부르기 마련입니다. 혀도, 눈도. 더 재미있는 게 없는지 찾게 되죠. 하지만 아무리 신기한 것들이 시장에 나돌아도 돈이 없으면 의미가 없습니다. 최근 들어서는 세금도 조금씩 올라가고 있고요. 뭐, 미미한 수준이긴 하지만 농촌 지역에서는 배율이 높게 책정되어 있다는 이야기를 들었습니다. 그 외에도 묘한 법령을 들었는데, 벌레를 먹도록 권유하고 있다지 않습니까? 아무래도 난 벌레 먹는 건 꺼려져서요. 왕제 전하는 잘 드십니까?"

"……."

"바둑은 돌만 있으면 즐길 수 있는 오락이지요. 백성들 사이의 답답한 분위기를 해소시켜 주는 데에도 그리 나쁜 수단은 아니지 않겠습니까?"

아픈 곳을 찔렸다. 말라비틀어진 황충을 직접 먹어 본 입장으로서는 맛이 있었느냐 없었느냐를 묻는다면 당연히 후자다.

세금을 높인 것 역시 곡물이 부족해졌을 때를 대비한 비축 의도였다. 증세 법안만은 유난히 통과가 쉬운 게 솔직히 달갑진 않았다.

바센이 있었다면 라칸에게 시비를 걸었을지도 모른다. 놔두고 오길 잘했다.

진시는 숨을 한 번 들이쉬고 나서 여전히 얼굴에 웃음을 띤 채 입을 열었다.

"아무래도 라칸 공께서는 뭔가 착각을 하고 계시는 모양이군요."

진시는 바둑 대회 개요를 손가락으로 짚어 쭉 따라가다 '개최 장소'라는 글자에서 멈췄다.

"내가 불만스럽게 여기는 것은 바둑 대회 그 자체가 아닙니다. 어디까지나 개최 장소의 문제지."

"하지만 그럼 어디서 개최하란 말씀이십니까? 난 친구도 별로 없으니 시정 상인들을 설득할 연줄도 없는데 말이지요."

알고 있다. 오히려 친구가 한 명이라도 있긴 한 건가, 하는 의문이 들긴 했지만 지금 여기서 할 말은 아니었다.

"이곳은 어떨까요?"

진시는 종이 한 장을 내밀었다. '백종극원白鐘劇院'이라고 쓰여 있었다.

이곳은 예전에 바이냥냥이 기묘한 재주를 선보였던 바로 그 극장이었다. 바이냥냥이 사로잡힌 뒤 극장은 일시 폐쇄된 상태였다. 입지가 좋고 큰길가에 면해 있으므로 더할 나위 없이 조건 좋은 장소다.

어째서인지 몰라도 바이냥냥 안건은 전부 진시에게 맡겨져 있다. 이런저런 잡다한 일들을 맡아 하다 보니 드디어 그것들이 도움이 될 기회가 온 셈이다.

마메이가 진시에게 가르쳐 준 패는 바로 백종극원이었다. 마메이의 말에 따르면 이대로 한없이 극장을 폐쇄해 놓을 수도 없고, 극장 소유자는 바이냥냥의 계획에 가담했다는 의심을 산 것만으로도 충분히 큰 벌을 받은 꼴이 되었다고 한다.

물론 관리들 중에는 바이냥냥 때문에 약물 중독이 된 사람도 있다. 장소만 빌려줬을 뿐 자신은 아무것도 몰랐다는 말로 시치미 뚝 뗄 수 있는 문제가 아니다. 마메이의 말에 고지식한 바센은 반대했지만 달변인 마메이는 이렇게 반론했다.

"바싹 졸라매기만 하는 게 정치는 아닐 테지요. 풀어놓고 지켜보면서 마음껏 움직이게끔 만들고, 거기서 불만이 나오지 않을 정도로만 조이는 게 명군 아니겠습니까? 무슨 일이 생긴다 해도 어차피 행사를 주관하는 사람은 칸 태위님 아닌가요? 주위에 무관들이 우글우글 지키고 서 있으면 충분히 견제가 될 겁니다."

라칸은 이리 보나 저리 보나 민폐 덩어리인 사람이지만 그래도 부하 복은 많다. 당일에 행사를 도와주러 올 부하도 있을 것이다.

수많은 무관들이 득시글거리면 주변을 견제할 수 있다.

마메이가 남자였다면 진시의 부관으로서 유능하게 일했으리

라. 두뇌도 명석하고, 시집가기 전까지 검술도 배웠다. 한쪽으로만 편향된 동생들과 다르게 뭐든지 다 잘하는 부류였다.

라칸은 진시의 제안에 얼굴을 일그러뜨리긴 했지만 그래도 흥미는 있어 보였다.

"백종극원이란 말이지요. 거긴 어떤 곳인가?"

라칸은 진시가 아니라 자신의 부관을 향해 물었다. 제법 이름이 알려진 곳이라고 생각했는데 설마 모를 줄이야….

"도성 북쪽, 주택가 근처에 있는 극장입니다. 예전에 바이냥냥이라 하는 기이한 술법을 쓰는 자가 공연을 했던 탓에 현재 폐쇄되어 있는 장소입니다."

"바이냥냥?"

마오마오도 관심 없는 분야는 아예 기억을 하려 들지 않는 성격이지만 라칸은 더하다. 그렇게 큰 소동을 일으켰던 바이냥냥을 기억 못 하다니.

"전에 리쿠손 씨와 라한 님이 마오마오 님과 함께 공연을 보러 가셨던 극장입니다."

"앗! 거긴가!"

라칸은 탁자를 쾅 내리치며 누워 있던 긴 의자에서 벌떡 일어났다. 그 일이 생각났는지 분노로 바들바들 떨고 있었다. 아마 자신도 가고 싶었던 모양이다.

"이야기를 계속 진행해도 되겠습니까?"

진시는 어이가 없는 얼굴로 라칸을 쳐다보았다.

라칸은 뚱한 표정이었지만 고분고분 의자에 다시 앉았다.

“백종극원은 입지로 볼 때 조건이 아주 좋습니다. 넓이도 충분하고요. 궁중 관계자 이외에는 들어올 수 없는 무예 연습장에 비하면 훨씬 낫다고 생각합니다.”

“…그런 장소를 주선해 주실 수 있단 말입니까?”

“네. 현재는 폐쇄되어 있지만 나는 다시 열 수가 있지요. 하지만 느닷없이 통상 영업을 재개시키는 것보다는, 누군가 힘 있는 인물이 주최하는 행사를 여는 편이 훨씬 보기에 좋지 않겠느냐는 이야기가 올라와서 말입니다.”

진시의 말에 거짓은 없다. 거짓말은 하지 않았다. 하지만 식은땀은 났다. 라칸이라는 사내는 표면만 보고 사람을 판단하지 않는다. 얼굴을 구별하지 못한다는 단점이 있으나, 다른 장점이 있다.

타인의 거짓말을 꿰뚫어 보는 데 능하다.

지금 라칸은 진시의 얼굴 가죽을 겹겹이 벗겨 그 속의 진실을 들여다보려 하고 있으리라. 라칸은 진시의 눈을 뚫어져라 들여다보며 턱을 쓰다듬었다.

“목적이 뭡니까?”

저도 모르게 침을 꿀꺽 삼킬 뻔했으나 진시는 간신히 참았다. 한 호흡 쉬고, 마음을 가다듬었다.

“그걸 가져오도록.”

드디어 마메이가 앞으로 나섰다. 그리고 들고 있던 서류를 책상 위에 올려놓았다.

“원래 라칸 공께서 처리하셔야 할 안건이라는 생각에 가지고 왔습니다. 물론 다른 관리들에게도 각각 할 일을 되돌려 주고 있지요.”

“…그랬군요.”

라칸은 실로 귀찮다는 표정을 지으며 서류를 쳐다보았다. 방금 전까지 라칸이 의욕 없이 처리하고 있던 서류 양의 세 배는 된다. 오늘은 가져올 수 있을 만큼의 양을 마메이에게 날라 오게 했지만, 진시의 집무실에는 아직도 더 많이 남아 있다.

진시는 너무 고지식한 탓에 받은 서류를 전부 자기 힘으로 해치우려 했다. 부관 바센은 책상에 앉아 하는 일에 소질이 없고, 바둑을 좋아하는 문관 세이는 다른 곳에서 파견되어 온 서기관이기 때문에 쓸데없는 말을 하지 않았다. 바료와 마메이가 온 후에야 남의 일을 원래 주인에게 돌려줄 수 있게 된 셈이었다.

“내가 거부할 거라는 생각은 안 했소이까, 왕제 전하?”

“거부할 정도의 양도 아닐 텐데요. 과자를 집어 먹고 하품이나 하면서 해치워도 오후 안에는 다 끝날 양 아닌가요?”

라칸의 부관이 겁을 먹었다.

진시의 말은 도발이나 다름없었다. 하지만 여기서 저자세로 나가 봤자 좋은 결과는 나오지 않는다.

기분을 상하게 만든다 해도, 진시는 라칸이 이 요구를 받아들이게 만들 자신이 있었다.

"백종극원 및 그 주위 일대의 하루 사용권을 나 말고 다른 누구에게 부탁할 수 있을까요?"

라칸은 부관을 쳐다보았다.

"만약 수련장에서 극장으로 장소를 바꾸면 어떻게 달라지지?"

"참가자가 확 늘어납니다. 준비를 포함해 당초 예정이었던 하루로는 부족할지도 모릅니다. 일반인, 어린아이 참가도 늘어날 수 있겠죠."

불쌍하게도 이 부관은 자기 업무가 아닌 다른 분야까지 떠맡고 있는 모양이었다.

"라한 님과 상의해 봐야 확실히 알 수 있겠지만 회의 준비를 포함해 최소한 사흘은 주시지 않으면 어려울 겁니다. 또한 참가자가 어느 정도나 될지 알 수 없으므로 바둑판을 얼마나 준비해야 하는지, 예정보다 많을 경우에는 인원 제한을 해야 하는지, 여러모로 다시 생각해야 할 부분이 많습니다."

방금 전까지는 오들오들 떨고 있던 부관도 지금은 시원시원하게 이야기를 늘어놓았다.

"인원 제한을 하고 싶지는 않아. 가능한 한 많은 사람들이 바둑을 하게끔 만드는 게 목적이니까.”

라칸의 입에서 나왔다고는 생각하기 힘든 발언이었다. 온통 자기밖에 모르는 남자인 줄 알았는데….

‘이번의 아버님은 좀 다를 겁니다. 그 바둑 책은 제 양어머니와의 추억이니까요.’

라한에게 미리 이야기를 했더니 이런 대답을 해 주었다. 바둑 대회를 열겠다는 생각 자체가 우선 라칸답지 않은 일이었다. 하지만 이유를 들으니 납득할 수 있었다.

마오마오의 생모인 전직 기녀는 라칸이 낙적해 데려왔지만 그 후 1년쯤 지나 죽고 말았다. 라칸은 바둑의 명수였던 아내와의 기록을 남기기 위해 책을 만들었다고 한다. 대회 개최 또한 그 연장선상에 있는 일이리라.

평소의 유흥과는 조금 다른 무언가인 모양이다.

진시가 생각에 잠겨 있는 사이 라칸의 부관은 간단한 일정표를 완성시켰다.

“사전에 참가비를 지불하면 반액으로 깎아 주는 방식을 통해 흥미를 가진 사람들의 머릿수를 파악할 수 있지 않을까 싶습니다. 참가비가 동전 다섯 개라면 저소득자도 참가할 수 있을 겁니다. 상위 성적을 올린 자에게는 상금을 주는 일도 고려하고 있습니다.”

동전 한 개로는 찐빵 하나를 살 수 있다고, 전에 마오마오가 가르쳐 준 적이 있었다.

특기 분야가 나와서 그런지 부관은 아까처럼 겁을 먹고 덜덜 떠는 눈치는 아니었다. 라칸의 예전 부관이었던 리쿠손에 비하면 비교적 상식적인 사람으로 보였는데, 그래도 아주 평범한 인간은 아니었던가 보다.

라칸은 팔짱을 끼고 산더미처럼 쌓인 서류들을 쳐다보았다. 아직 불만스러운 눈치였으나 조금만 더 흔들어 보면 넘어올 것 같았다.

"그리고 한 가지 더, 이것을."

마메이가 옆에서 끼어들었다. 무엇을 꺼내나 봤더니 명부였다. 이 명부에는 의관들의 이름이 가득 적혀 있었다.

"만일 커다란 행사가 열린다면 소동이 일어날 가능성도 있습니다. 경비 인원 외에도 의료에 밝은 자들을 배치해 두는 편이 낫지 않을까 싶습니다."

관녀로서는 지나치게 나서는 행동이었으나 진시는 마음속으로 '잘했어!' 하고 엄지를 치켜들었다. 진시가 거론하면 오히려 상대를 불쾌하게 만들 화제지만, 라칸은 눈을 반짝이고 있었다. 명부에는 라칸이 사랑해 마지않는 딸과 숙부의 이름이 있었다.

"무, 무슨 일이 있어도, 꼭 도움이 필요하다면야, 어쩔 수 없지."

진시는 웃음을 참느라 벅찰 지경이었다. 항상 자신을 골탕 먹이기만 하던 상대와 극적으로 타협을 성사시켰으니 말이다.

아주 사소한 한 걸음이긴 하지만 진시에게는 커다란 첫걸음이었다.

감격에 젖어 있는데 마메이가 옆에서 쿡쿡 찔렀다. 아직 방심하지 말라는 말이 그 눈에 쓰여 있었다.

"그럼 자세한 사항은 문서로 만들어 보내 주시지요."

"…음."

라칸은 타협은 했지만 아직 떨떠름한 모양인지, 텅 빈 호리병을 흔들며 부관에게 새 과일 음료를 가져오라고 시켰다. 부관은 다급히 어딘가에서 병을 가져와 라칸에게 건넸다. 라칸은 그것을 한 모금 입에 머금었다가 뿜어냈다.

"라칸 님?"

"이게 뭐야?"

"그게, 과일 음료입니다만…."

부관이 걱정스러운 표정으로 내용물을 확인했다.

"맛이 다르잖아. 항상 가져오는 곳에서 가져온 음료가 아니야."

매우 기분이 나빠 보였다.

"죄, 죄송합니다. 과일주였던가 봅니다."

부관이 다급히 물을 가져왔다.

"그럼 나는 이만 실례하도록 하지요."

진시는 표정이 무너지기 전에 자리를 피하고 싶어 방을 나가려 했지만, 다음 손님이 복도에서 기다리고 있었다.

"아, 앗. 다, 달의 귀인이시여!"

다급히 고개를 숙이는 젊은 문관은 팔에 차고도 넘칠 정도로 많은 목간을 끌어안고 있었다. 부서에 따라서는 종이가 아니라 목간을 선호하는 곳도 있다. 쓸데없이 예절을 중시하는 곳일수록 목간을 애용하는데 도대체 어느 부서일까.

"어디, 이리 가져와 봐."

라칸은 긴 의자에서 일어나 젊은 문관에게서 목간을 받아 들고 집무실 한구석에 있는 커다란 책상으로 향했다. 지도 위에는 장기 말 같은 무언가가 놓여 있었다.

라칸은 목간을 보면서 말의 위치를 바꿔 나갔다.

"이렇게 하면 되겠지."

"아, 네."

문관이 말의 움직임을 재빨리 옮겨 적는 모습을 곁눈질로 보며 진시는 방을 나섰다.

괴짜 군사라는 별명이 온 궁중에 널리 퍼져 있긴 하지만, 그래도 라칸은 이 나라의 군사다. 저 사내가 말을 움직이는 모습에 따라 수백, 수천, 때로는 수만의 병사까지도 움직이게 된다.

왕제 신분이면서 유명무실한 관직만 받은 진시와는 다르다.

자신의 평범함에 한숨을 내쉬고 싶어지면서도, 범인凡人이 천재를 앞지르기 위해서는 어떻게 해야 할지에 대해 자꾸만 생각하게 된다.

6 화 천둥 번개

어느 가을 오후, 마오마오와 아버지는 고개를 갸웃거리고 있었다.

“해가 서쪽에서 떴나?”

아버지가 의국 창으로 하늘을 올려다보았다.

“뭐 잘못 먹은 거 아냐… 아닐까요?”

마오마오는 하마터면 반말을 쓸 뻔했다가 얼버무렸다. 가까이에 다른 의관도 있었기 때문이었다. 야오와 옌옌은 없다. 의관 보조 관녀들은 할 수 있는 일의 양이 늘어났기 때문에 각자 다른 장소에서 일이 주어지는 경우가 많았다. 오늘의 마오마오는 아버지가 있는 의국에 출장 나와 일을 돕고 있었다.

아버지는 손에 전령서를 들고 있었다. 어떤 인물로부터의 명령이었다. 그 어떤 인물이 문제다.

“그분도 일을 하긴 하시는구나.”

가까이 있던 젊은 의관이 무심코 중얼거렸다. 마오마오가 진시 직속이었을 때 얼굴을 마주했던 의관이었다. 참고로 아직 이름은 기억하지 못한다.

"일단 일을 하고는 있을 게야, 일단은."

아버지의 목소리는 평소보다 훨씬 힘이 없었다.

"그런데 왜 갑자기 칸 의관님께 칸 태위님이?"

즉, 괴짜 군사가 아버지에게 일을 시켰다는 이야기였다. 서면을 보아하니 명령이라기보다는 부탁에 가까웠지만, 내용이 본인답지가 않았다.

"심지어 탐문 수사 같은 걸 과연 내가 할 수 있을지 모르겠구나."

어떤 용의자의 사정 청취를 부탁하는 내용이었다. 사실 법무 관계 부서에서 해야 할 일인데, 왜 의관에게 부탁했는지 정말 이상한 일이다.

"이건 사실 더 내밀하게 해야 하는 일일 텐데…."

"그러게나 말이야."

마오마오의 의문에 아버지도 동의했다. 사정 청취를 할 상대는 무관 세 명이다. 한마디로 내부 수사라는 뜻이다.

"어떤 내용을 탐문해야 하는 건가요?"

젊은 의관은 성실해 보였지만 그래도 흥미는 있는 모양이었다.

"…공공연히 하고 싶지 않은 이유는 이해가 가네. 여성 문제야."

"여, 여성…."

숙맥 의관은 머쓱한 듯 고개를 숙였다.

'그걸 왜 아버지한테?'

달리 적임자가 없었던 걸까 싶었지만 사정 청취를 할 상대의 이름을 보고 마오마오는 또 고개를 갸웃거렸다.

"다들 성이 똑같네요."

리국에서 주된 성은 몇 십 종류밖에 안 되기 때문에 겹치는 일은 드물지 않지만, 세 사람 모두 성이 같다면 희한한 일이다.

"셋이 모두 형제라는구나. 그리고 세쌍둥이야."

"세쌍둥이?"

마오마오와 젊은 의관이 고개를 갸웃했다.

"어떤 여성이 셋 중 하나에게 변을 당했다고 하는데, 누구에게 당했는지 알 수가 없어 소송을 걸었다고 해. 그 여성의 친척 중 무관이 있어서, 내부 수사부터 시작하게 되었다고 하는데…."

"그런데?"

"세쌍둥이의 부친이 형부刑部의 고관이라 누가 저질렀는지 확실히 하지 않으면 처벌을 내릴 수가 없다고 주장하고 있다는구나. 게다가 그 아들들은 아버지의 권위를 등에 업고 저지른 다른 죄도 많다나 보다."

'우와.'

마오마오는 무심코 얼굴을 찌푸렸다.

"딱 한 번의 사정 청취를 통해 누가 저지른 일인지 밝혀내야만 해. 실패는 용납될 수 없지."

괴짜 군사가 아버지에게 부탁하는 것도 이해가 된다. 왜 갑자기 일을 하기 시작했는지는 알 수 없지만, 인선은 틀리지 않았다.

아버지는 하나를 들으면 열을 아는 천재다.

다음 날, 아버지는 바로 세쌍둥이의 이야기를 들으러 가기로 했다.

"마오마오, 같이 가서 이야기를 듣고 문서로 정리해 주지 않겠니? 제삼자도 입회해 주면 좋을 것 같아서 말이다."

"…이상한 게 따라올 것 같아서 싫어."

괴짜 군사가 동석한다면 거부하겠다며 마오마오는 고개를 가로저었다.

"라칸은 안 올 테니 안심하려무나."

"그럼 갈게. 그런데 야오 씨네한테는 뭐라고 해?"

마오마오가 옆을 흘끔 쳐다보았다. 오늘은 두 사람 다 같은 일터에 있기 때문에 마오마오가 자리를 비우면 바로 들킨다.

"둘에게는 이미 이야기를 했단다. 야오에게는 속기를 못하면 데려갈 수 없다고 해 뒀지.”

‘나도 못하는데….’

마오마오는 그 말을 하려다 그만두었다.

어설프게 말리면 야오는 자기가 꼭 가겠다며 말을 듣지 않을 것이다. 그리고 여성과 관련된 다양한 문제를 일으킨 용의자들과 한자리에 있는 건 옌옌이 용서하지 않으리라.

야오는 자신의 실력이 부족해서 그렇다는 사실을 알면 분한 표정을 지으면서도 납득하고 물러나 주는 성격이기 때문에 마오마오는 그냥 아무 말 안 하는 편이 현명하다.

아까부터 야오가 기둥 뒤에 숨은 채 분한 얼굴로 마오마오를 쳐다보고 있었다. 그 뒤에서 옌옌이 ‘빨리 다녀와요’라고 말하기라도 하는 듯 하얀 손수건을 흔들었다.

“알았어. 그럼 가자.”

빨리 끝내고 빨리 돌아오고 싶었다.

준비된 장소는 군부 회의실이었다. 넓지도 않고 좁지도 않아, 회의실이라기보다 심문실에 가까운 넓이라고 할 수 있겠다.

이야기할 내용은 닷새쯤 전 14세의 소녀에게 손을 댔는지 안 댔는지에 관한 문제였다. 잘생긴 얼굴에 끌려 쉽게 따라간 소녀에게도 문제가 있다고 할 수 있을 것이다. 하지만 그날은 갑자기 번개가 치고 비가 쏟아지는 바람에 종자와 떨어지고 만

소녀는 번개에 몹시 겁을 먹었다고 한다.

'야오와 옌옌과 장을 보러 갔던 날인가….'

뇌우에 겁을 먹은 소녀를 꼬드겨 속이다니, 무슨 일이 있어도 처벌하고 싶은 기분이었다.

'안 되지, 안 돼.'

공평해져야 한다. 세쌍둥이 중 누가 저질렀는지도 아직 모르고, 어쩌면 여자 측의 자작극일 가능성도 있다.

"오, 왔군."

방 앞에서 맞이해 준 사람은 낯익은 대형견, 아니 리하쿠였다.

"잘 부탁하네."

아버지가 정중하게 인사를 건넸다.

"네, 무슨 일이 벌어지면 바로 불러 주십시오. 방 안에도 서기관 한 명을 대기시켜 놓긴 했습니다만, 아무래도 문관이라서."

리하쿠는 탄탄한 가슴팍을 팡팡 쳤다. 여전히 시원시원한 성격이었다.

"왜 리하쿠 님이 여기에?"

마오마오는 고개를 갸웃거리며 물었다.

"위에서의 명령이야. 상대가 상대인 만큼 비위를 거스르기라도 하면 큰일이잖아. 그러니 주먹 좀 쓰는 호위가 필요할 수밖에. 그래서 그 세쌍둥이보다 계급이 높고, 무엇보다 너에 대해서 아는 내가 선발된 거지."

"그랬군요."

그 논리는 이해가 된다. 마오마오를 안다기보다는, 마오마오에게 관심이 없다는 사실을 알고 있다고 말하는 편이 정확하겠지만.

"가끔은 이런 일도 괜찮은 기분 전환이 되고 말이야."

싱긋 웃는 쾌남의 허리에는 전과 다른 계급 술장식이 달려 있었다.

"굉장히 순조롭게 출세하고 계시나 보군요."

"그래. 덕분에 요즘은 책상에 앉아서 하는 일이 늘어서 몸이 둔해지니 난감해."

수입이 얼마나 올랐냐고 묻고 싶었지만 그럴 수는 없으니 참기로 했다. 리하쿠가 사랑하는 연인인 녹청관의 바이링을 낙적해 오려면 앞으로 얼마나 남았을까.

"이야기 나누는 중 미안하지만 몇 가지 물어도 될까?"

아버지가 리하쿠를 쳐다보았다.

"아, 죄송합니다. 말씀하시죠."

"세쌍둥이와 면식이 있다면 세 사람이 각각 어떤 성격을 갖고 있는지 알고 있는가?"

아버지의 물음에 리하쿠는 턱에 손을 짚고 고개를 갸웃거렸다.

“글쎄요, 이거 뭐라고 해야 하나. 셋 다 잔머리가 잘 굴러가는 영악한 인물들이라고 해야겠군요. 얼굴은 서로 꼭 닮았고, 목소리도 아주 비슷하죠. 성격도 다 비슷비슷하다고 봐야겠습니다. 셋을 구분할 수 있을 만큼 오래 알고 지낸 입장이 아니다 보니 저도 잘 모르겠네요. 처음 만나는 사람은 전혀 구분을 못 하기 때문에 그 점을 이용해서 젊은 아가씨들을 마음대로 건드리고 다녔다고 합니다. 생김새는 반반하니 꿈꾸기 좋아하는 젊은 아가씨들은 홀랑 넘어갔겠죠.”

“호오.”

“그래서 물정에 어두운 젊은 아가씨들만 노렸고…. 그 가운데 열두 살짜리 어린애에게까지 손을 댔다는 이야기도 들었습니다.”

리하쿠는 도저히 이해가 안 된다는 표정을 지었다.

‘사라져 버렸으면 좋겠네.’

아직 초경도 왔는지 안 왔는지 모를 어린애에게까지 손을 대다니, 어처구니가 없다. 변을 당한 여성들도 그저 엉엉 울며 꾹 참은 경우도 많았으리라.

아버지는 고개를 끄덕였다.

“세쌍둥이는 형제 사이가 좋은 편인가?”

“아뇨, 그렇지는 않을 겁니다.”

리하쿠는 단호하게 부정했다.

"예전에 업무에 실수가 있었을 때, 셋 중 누구의 실수인지 추궁한 적이 있었는데 그때 실제 실수를 한 자를 감싸는 눈치는 전혀 없었습니다. 오히려 셋 다 서로 피해 좀 끼치지 말라는 태도였죠."

"그 실수라는 걸, 셋이서 서로 들키지 않도록 감싸 주는 일은 없었고?"

"그게 가능할 것 같으십니까? 라카… 아니, 외알 안경 아저씨 앞에서 얼버무릴 수가 있겠어요?"

전에 마오마오가 했던 말을 아직도 기억하는 고지식한 리하쿠였다.

괴짜 군사는 기본적으로 인간으로서 글러 먹은 요소를 한 몸에 다 가진 생물이라고 할 수 있지만 바둑과 장기, 그리고 사람 보는 눈만은 뛰어나다.

'이번에도 그냥 본인이 직접 하면 될 텐데.'

라고 말하고 싶은 심정이지만 충분한 증거가 없으면 안 될 터였다. 아무리 그 남자가 나선다 해도 이용하는 것은 직감일 뿐, 증거까지 제시할 능력은 없다.

"참 재밌었죠, 그때는. 아, 그래서 생각났는데."

"무엇이?"

"세쌍둥이 중 둘은 정직하게 이야기할 거라고 생각합니다. 부모의 권세를 등에 업고 제멋대로 만행을 저지르고 있지만, 자기가 벌을 받을 생각은 없으니까요. 그러니 자신에게 잘못이 없다면 굳이 형제를 감싸 주려 하지도 않을 테고, 켕기는 데가 없으면 거짓말을 하지도 않을 테죠."

"그 말, 믿어도 되겠는가?"

아버지가 눈을 가늘게 뜨며 확인했다.

"믿어 달라고 말씀드리고 싶긴 하지만 반드시 절대적으로 그렇다고는 할 수 없죠. 뭐, 경향으로 볼 때 상대를 감싸기 위해 자신이 불리해질 만한 거짓말은 안 할 거라고 생각해 주십쇼."

"자네는 아주 정직한 사람이군."

아버지의 눈이 가늘게 호를 그렸다. 미소를 지으면 꼭 노파 같다.

"그, 그런가요?"

"고맙네. 그럼 무슨 일이 생기면 바로 달려와 주게나."

아버지는 그렇게 말하고는 방 안으로 들어갔다.

마오마오도 그 뒤를 따랐다.

방에는 문관으로 보이는 남자 한 명이 더 있었다. 리하쿠가 말했던 서기관으로 보였다.

서기관은 마오마오와 아버지를 보고는 의자에서 일어나 고개를 숙였다.

"이제 곧 올 겁니다. 이쪽에 앉으시지요."

"미안하네."

아버지는 의자에 앉았다. 탁자에는 서류가 한 장 놓여 있었다.

'협박인가?'

서류에는 세쌍둥이의 직책과 그 친족이 누구인지가 쓰여 있었다. 괴짜 군사의 명령을 받고 오긴 했지만 '너한테는 벌을 내릴 권리가 없다'는 의미로 보였다.

"자, 이제 어떻게 할까."

세쌍둥이의 이야기는 따로따로 한 명씩 들을 예정이었다.

아무튼 맨 처음 사람이 들어왔으므로 이제부터 이야기를 시작해야 한다.

마오마오는 가능한 한 많이 받아 적기 위해 붓끝을 먹물로 적셨다.

○●○

뭔가 착각하고 있는 것 같은데 난 아무 짓도 안 했어요.

일단 열네 살밖에 안 된다는 어린 여자애한테 손을 댄다는 것 자체가 상상도 안 되는 일이잖아요. 무슨 근거로 내가 의심을 받아야 하는 겁니까?

음? 닷새 전에 뭘 했느냐고요?

그야 일 끝나고 거리에 나가서 그냥 어슬렁어슬렁 돌아다닌 게 다죠. 한 잔 걸치는 거야 누구나 다 하는 일 아닙니까.

그냥 싸구려 술을 원 없이 마시고 싶은 기분이어서 남쪽으로 갔습니다. 싸고 맛있는 포도주를 내놓는 가게가 있거든요.

유곽까지는 안 갔네요. 거긴 술을 즐기는 장소가 아니니까. 무엇보다 이런 식으로 누명을 씌우려 드니까 여자가 무섭다고요.

번개?

아, 그 요란한 번개 얘기하는 건가. 기억하고 있습니다. 상당히 큰 소리가 울려 퍼졌으니까요.

도성 근처에 떨어졌나 보더라구요. 하늘이 번쩍 빛나고 나서 잠시 후 커다란 소리가 났죠. 깜짝 놀랐습니다. 그 후 비도 억수같이 쏟아지는 바람에 그칠 때까지 술집에 있었습니다.

언제쯤이었느냐고요?

저녁 종이 울렸을 때쯤이었네요. 먼저 하늘이 빛나고, 종이 울리고, 그다음에 바로 천둥소리가 들렸으니까요.

네, 그러니 나하고는 아무 상관도 없는 일입니다. 뭣하면 술집 주인한테 물어보셔도 되죠.

사고를 친 건 동생 둘 중 하나일 테니 마음대로 하시고요.

하지만 근거도 없이 어림짐작으로 우리 중 누군가를 범인으로 몰았을 경우 어떻게 될지는 알고 있겠죠?

○●○

첫 번째는 장남이었다. 듣던 대로 잘생긴 얼굴이다. 하지만 안색이 나쁘고 가끔 움찔움찔 경련을 일으켰으며, 주먹을 꽉 부르쥔 채 문답을 이어 갔다. 술고래라는데 숙취라도 있는 건지, 아니면 긴장해서 몸 상태가 안 좋은지는 알 수가 없다.

그러나 질의응답 태도는 시원시원했고 마치 누가 범인인지 알고 있다는 투였다.

마오마오는 짜증을 참으며 계속 받아 적었다.

아버지는 "흐음…." 하고 턱을 쓰다듬으며 생각에 잠겼다.

마오마오나 서기관이 굳이 적지 않아도 아버지라면 한 자 한 자 틀림없이 암기할 수 있을 터였다. 그만큼 유능한 사람이다.

장남과 교대해 들어온 사람은 장남과 얼굴이 완전히 똑같이 생겼지만 혈색이 좋았다. 서류를 보니 다음은 차남의 차례였다. 알기 쉽도록 위에서부터 순서대로 들어오는 모양이었다.

○●○

정말 민폐네요. 일하다 말고 불려 와서 심문을 당해야 한다니, 내가 범인이 아니면 어쩌려고 이러는 겁니까?

뭐, 무죄는 확정되어 있으니까 할 얘기나 빨리 하고 돌아가도록 하죠.

닷새 전 어디 있었느냐는 거죠. 마침 그날 비번이어서 가볍게 말을 탔습니다. 그다음 날은 일하러 가야 하니 당일치기로 저녁 무렵에는 돌아왔지만요.

네? 어딜 갔었냐고요? 도성에서 그렇게 멀리 가진 않았습니다. 금방 비가 내릴 것 같아서 바로 돌아왔으니까요.

지쳤기 때문에 집에 돌아가서 바로 잠이 들었습니다. 우리 집이 어딘진 알죠? 아버지가 누군지 알고 있다면 뭐. 아니, 모르나? 알았다면 이런 식으로는 못 불러냈을 테니까.

누구 증언해 줄 사람 없느냐고요?

말한다 한들 우리 집 하인 말은 안 믿을 것 아닙니까? 명령을 받고 거짓말을 하는 거라면서 트집을 잡을 게 뻔한데.

네, 그렇습니다.

내 방은 본채가 아니라 떨어져 있어서, 아마 아무도 몰랐을 겁니다.

저녁 종이 칠 때는 어쩌고 있었느냐고요?

아, 그거. 번개 쳤을 때 말이죠? 그 후 큰비가 내려서 난감했었죠.

깜짝 놀랐네요. 종소리와 함께 하늘이 번쩍 밝아지고 그 후 격렬한 천둥소리가 울려 퍼져서요.

종 치던 사람도 놀랐을 겁니다. 그렇게 높은 곳에 서 있었다면 벼락을 맞을 수도 있었겠죠?

뭐, 그런 걱정은 없었던 모양이지만요.

그만 됐죠?

일하러 돌아가겠습니다.

형하고 동생 둘 중 누가 저지른 일인지 확실히 조사해요.

뭐, 물론 절대 틀리면 안 되니까 아주 잘 생각해 보길 권합니다.

○●○

상당히 도발적인 말투였다. 시종일관 사람을 바보 취급하는 것처럼 웃고 있었다. 얼핏 보인 손바닥에는 굳은살이 박여 있었다. 무관이라면 검술이나 승마 등 굳은살이 박일 일 한두 가지 정도는 당연히 하고 있으리라.

마오마오는 실눈을 뜨며 계속해서 받아 적었다.

아버지는 또다시 고개를 끄덕이며 손가락을 빙글빙글 돌리고 있었다.

이런 촌극은 빨리 끝내고 싶다.

세 번째, 막내의 심문이 시작되었다.

말할 필요도 없이 똑같이 생긴 얼굴이었기에 슬슬 질릴 것 같았으나 참아야 했다. 막내는 딱히 건강이 좋지도 나쁘지도 않은, 평범한 상태로 들어왔다.

○●○

뭐야, 내가 마지막인가. 형들이 자백했으면 나까지 이런 일을 당할 일도 없었을 텐데.

아, 빨리 끝내 주면 안 될까요? 오늘은 이제 일도 다 끝난 참이라.

닷새 전에 어디 있었느냐 하면 하루 종일 일을 하고 있었지요.

음, 집에 갈 시간이긴 했는데, 갑자기 귀찮은 일을 떠넘기는 바람에 그만.

서고에 있는 책을 꺼내 오는 일 따위는 문관한테 시키면 될 것을. 아, 진짜 그 괴짜 군사…. 아니, 아무것도 아닙니다. 아무튼 그 책을 가지러 갔는데, 때마침 괜찮게 생긴 관녀가 들어와서 우연히 즐겁게 이야기를 나눴습니다. 네, 열네 살짜리 어린 애가 아니고요. 이름과 부서…. 으음, 뭐라고 했더라? 기억 안 나는데요.

어느 서고였냐고요?

서측 서고였는데요. 무관이 흔하게 들르는 장소는 아닌데, 뭐. 새로운 만남에 감사해야겠죠.

뭐, 아무튼 이러쿵저러쿵 하다 보니 퇴근 시간이 지나 버렸습니다.

으음, 저녁 종소리가 울릴 때쯤에는 서고에 있었던 것 같네요. 밖은 이미 가랑비가 똑똑 떨어지기 시작하고 있었고요.

종소리는 안 들렸지만, 아마 그때쯤일 겁니다.

천둥소리라면 들렸습니다.

양손에 서간을 들고 있다가 갑자기 번쩍하는 바람에 놀라서 다 떨어뜨렸거든요.

그걸 주우려고 허리를 숙였는데 꼭 지축을 흔드는 것 같은 굉음이 들리더군요. 그 소리 정말 요란했죠.

허리를 굽힐 때까지의 시간?

좀 멍하니 있긴 했지만 기껏해야 4, 5초 정도였을 겁니다.

빨리 가고 싶은데 이쯤 대답했으면 됐겠죠?

네, 그럼 전 그만 가 보겠습니다.

○●○

셋의 이야기를 모두 들어 봤지만 아무 소득도 없었다. 한 사람 정도는 쓸 만한 이야기가 나와야 하는데 말이다.

마오마오는 쓰는 데까지 열심히 쓰고 나서 완전히 지쳐 버렸다.

하지만 아버지만은 납득한 표정으로 고개를 열심히 끄덕였다.

서기관은 아직 일이 안 끝났는지, 기록한 문서를 재빨리 정서하고 있었다.

마오마오는 서기관에게 들리지 않을 만큼 작은 목소리로 아버지에게 귓속말을 했다.

"아버지, 뭐 좀 알아냈어?"

"뭐, 대략. 자료는 대충 갖춰졌달까."

아버지는 천연덕스럽게 대꾸했다.

마오마오의 얼굴에는 물음표가 떠올랐다.

아버지에게서 다양한 것들을 배우긴 했지만, 아직까지도 모르는 점이 많다.

이 나이 든 환관의 머릿속은 도대체 어떻게 되어 있을까.

"자, 그럼 돌아가서 정보를 좀 정리해 보자."

지팡이를 짚고 비틀거리는 몸을 지탱하며 아버지는 의자에서 일어났다.

방 밖에서 "내가 나설 일이 없었네?" 하고 다소 아쉬워하는 리하쿠의 얼굴이 보였다. 대의명분을 핑계로 짜증나는 세 바보들의 얼굴을 때려 주고 싶었던 모양이다.

의국으로 돌아오자마자 아버지는 도성과 그 주위 지도를 달라고 했다.

서고에서 빌려 오면 되려나, 하고 마오마오가 생각하고 있는데 류 의관이 꺼내 줘서 다행이었다.

"더럽히면 안 된다네."

그 위에 이것저것 쓸 생각이었던 아버지는 슬며시 붓을 내려놓았다.

대신이라고 하긴 뭣하지만, 주위를 둘러보고 약봉지가 날아가지 않도록 눌러 두는 작은 색색의 도자기 장식품을 가져왔다.

"뭘 하시는 건가요?"

야오와 옌옌이 흥미진진한 표정으로 다가왔다.

오늘은 둘 다 일이 끝난 시간이다. 류 의관도 근무 시간이 아니라면 별말 하지 않는다.

"정보를 좀 정리해 볼까 하는데, 두 사람 다 도와줄 수 있을까?"

자신에게 기대하는 듯한 말을 듣자 야오는 얼굴을 살짝 붉히며 '할 수 없네요'라고 말하기라도 하는 것처럼 고개를 홱 돌렸다. 고분고분 '네'라고 대답하지 못하는 게 실로 야오다웠다.

옌옌은 그런 아가씨의 모습을 마음속 화폭에 깊게 아로새겨 넣고 있었다. 눈빛이 위험했다.

"우선 여기에 하나."

아버지는 빨간 장식품을 도성의 중심에 올려놓았다.

"그게 뭔가요?"

"저녁 무렵, 여기서 종소리가 울리지 않았니?"

"틀림없이 그곳이에요. 도성에 다 들리도록 배치했으니까요."

그 천둥 번개 치던 날 마침 근처를 지나가고 있었기에 또렷하게 기억이 난다.

다음으로 남색 장식품 세 개를 올려놓았다. 각각 동그라미, 삼각형, 사각형 모양이었다.

"동그라미는 첫째가 있었다고 주장하는 곳, 삼각형은 둘째가 말했던 자택 위치, 그리고 막내가 말한 서쪽 서고는 이곳이니까 마지막 사각형."

"사건 당일 각자가 서로 다른 장소에 있었다고 주장하고 있군요."

"그래. 그리고 그 아가씨가 말했던 장소는 여기였지."

아버지는 빨간 장식품을 가리켰다. 상점들이 늘어서 있는 장소였다.

"여긴…."

마침 마오마오 일행이 있었던 장소 근처다.

야오는 복잡한 표정을 지었다.

"만약 우리가 겁먹은 그 소녀를 발견했더라면 이런 소동이 일어나지 않았을지도 모르겠네요."

야오는 분한 얼굴로 고개를 숙였다.

비가 오고 벼락이 치는 바람에 앞이 잘 보이지 않았다. 빨리 장보기를 끝내고 돌아가려 서두르고 있었기에 그럴 여유는 없었다.

"이미 지나간 일에 '만약'은 없단다. 앞으로 또 다른 피해자가 나오지 않도록 노력하는 수밖에."

아버지가 자상하게 말했다.

"세 사람 다 목격자가 있다고 주장하고는 있지만 모두 수상합니다. 누가 거짓말을 하고 있는지 혹시 알아내셨나요?"

야오와 옌옌 앞이었기에 마오마오는 어느 정도 말투를 조심하며 물었다.

"그래. 하지만 그 전에 조금 더 정보를 수집해야겠구나."

아버지는 마오마오 일행 세 사람을 바라보았다.

"닷새 전 벼락이 쳤다는 사실은 기억하고 있니?"

"네, 굉장히 큰 소리가 났어요."

"밖에 있었던 참이라 깜짝 놀랐죠."

"종루 근처에 있었다고 했던가."

아버지가 빨간 장식품을 두드렸다.

"그리고 벼락이 떨어진 장소는, 이야기를 듣자 하니 도성의 북서쪽이라고 하는구나."

도성 성벽 밖에 노란 장식품을 내려놓았다.

마오마오와 야오와 옌옌은 눈만 깜빡거렸다. 아직, 아버지가 뭘 하려는 건지 이해할 수가 없었다.

"한 가지 더 물어도 될까?"

"네, 말씀하세요."

"벼락 불빛과 소리, 그리고 저녁 종소리가 들린 순서를 혹시 기억하고 있니?"

아버지의 질문에 힘차게 손을 든 사람은 옌옌이었다. 별일이 다 있다.

"우선 하늘이 빛남과 동시에 저녁 종소리가 울리고, 이어서 천둥이 울려 퍼졌습니다."

"정확하게 기억하고 있구나."

아버지가 감탄했다.

마오마오는 옌옌의 그 기억력은 아마 천둥 번개에 놀란 야오가 끌어안으며 매달린 감촉과 함께 선명하게 아로새겨졌을 거라고 생각하고 수긍했다.

그것밖에 없다.

'아버지는 왜 그런 걸 묻지?'

마오마오는 지도를 보고 도자기 장식품이 놓여 있는 위치를 확인했다.

'?!'

마오마오는 아까 자신이 열심히 적어 놓은 내용을 확인했다.

장남, 차남, 막내가 말한 각각의 증언을 훑어봤다.

"마오마오, 왜 그래?"

"잠깐, 이것 좀 읽어 보세요. 어떤 생각이 드시죠?"

야오에게 기록을 보여 주었다. 주로 천둥이 쳤을 때의 부분을.

"…응? 뭔가 이상하지 않아?"

야오는 장남의 기록을 빤히 쳐다보았다.

"여기서는 순서가 다른데?"

장남의 증언을 살펴보니 '하늘이 빛난 다음 저녁 종이 울리고 나서 천둥이 쳤다'고 적혀 있었다.

"어? 이쪽도."

차남의 증언에는 '하늘이 빛남과 동시에 저녁 종이 울리고 나서 격렬한 천둥소리'가 났다고 되어 있었다.

"이것 하나만 일치하네. 저녁 종이 언제 울렸는지는 모르겠지만."

막내의 증언은 '하늘이 빛나고 나서 4, 5초 후에 지축을 흔드는 것 같은 굉음이 울렸다'였다.

"장남과 차남이 거짓말을 하고 있는 걸까?"

"아니, 그건 아니에요."

야오의 말을 마오마오가 부정했다.

'그렇구나, 그런 일이었어.'

마오마오는 아버지를 쳐다보았다.

아버지는 부드러운 표정 그대로 세 사람이 정답에 도달할 수 있을지 없을지 지켜볼 요량인 듯했다.

"적어도 두 사람은 거짓말을 하고 있지 않아요."

리하쿠의 말을 믿는다면 말이다. 대형견이 나설 기회는 없는 듯했지만, 대신 리하쿠는 상당히 재미있는 정보를 알려 주었다.

삼형제는 서로를 감싸 주지 않는다.

그 점을 생각하면 소녀에게 손을 댄 한 명 외에는 딱히 켕기는 점이 없다면 거짓말을 할 이유가 없다.

그렇다면….

"마오마오, 그게 무슨 뜻인지 설명 좀 해 줘요."

옌옌이 물었다.

마오마오는 아버지를 슬쩍 바라보았다. 아버지는 "설명해 보렴."이라면서 미소만 짓고 있었다.

그런 말을 들으니 마오마오는 틀린 답을 말하고 싶지 않아졌다. 깊은 한숨을 내쉰 뒤, 어디서부터 설명해야 알아듣기 쉬울까 머릿속으로 정리했다.

"야오 씨와 옌옌은 천둥이 친 장소가 자기가 있던 장소에서 가까운지 먼지 알 수 있나요?"

"소리의 크기를 들으면 알 수 있잖아? 그리고 빛이 난 다음 바로 소리가 울려 퍼지면…."

야오도 기본적으로 머리가 좋은 아이다. 조금만 가르쳐 주면 금방 알아차린다.

"즉, 소리가 먼저 들렸을수록 천둥과 가까운 장소에 있었다는 뜻이야?"

아버지가 고개를 끄덕였다.

세 사람의 증언을 늘어놓아 보았다.

야오가 미간에 주름을 잡았다.

"시간 순서를 통 모르겠네. 천둥 번개는 몰라도 종소리에 차이가 있어서."

혼란에 빠지는 것도 이해가 된다.

하지만 마오마오는 이렇게 생각했다.

"천둥이 치고, 그 소리가 거리에 따라 들리는 게 다르다고 하면 마찬가지로 종소리에도 차이가 있지 않을까요?"

그렇다면 천둥소리와 종소리가 앞뒤에 있는 이유도 알 수 있다.

그리고 그 생각이 맞다면 이상한 증언을 한 사람이 한 명 있다.

"차남이군요. 만일 그저께 번개가 쳤을 때 집에 있었다면 모순이 생기는데요."

옌옌이 손가락으로 노란색과 빨간색, 남색 장식품의 위치를 확인했다.

"대략적인 거리지만, 만약 집에 있었다면 번갯불과 거의 동시에 종소리가 들린 건 이상한 일이라고 볼 수 있겠죠."

종의 위치는 차남이 있었다고 주장하는 자택과는 먼 곳이다. 하지만 들린 순서는 마오마오 일행과 거의 비슷하다. 다시 말해 차남은 마오마오 일행과 가까운 곳에 있었다는 뜻이 된다.

"차남이 원래 있었던 장소는 이곳입니다."

마오마오는 삼각형 남색 장식품을 빨간 장식품 옆에 올려놓았다.

그곳은 삼형제 중 한 명이 소녀에게 말을 걸었다는 장소였다.

""""……""""

마오마오를 비롯한 세 사람은 아버지를 바라보았다.

아버지는 처음부터 이것을 노리고 질문을 시작한 걸까.

'어떤 사람이 소리로만 상대의 위치를 확인할 수 있을까.'

도저히 믿을 수가 없다.

"자, 그럼 서기관이 기록한 것도 있으니 라칸에게 보고하마."

아버지는 영차, 하고 몸을 일으켰다.

"…왜 저런 엄청난 사람이 환관이 된 거지?"

야오가 문득 중얼거린 한마디에 마오마오도 동감하며, 다리가 불편한 아버지의 몸을 부축해 주었다.

더 높은 평가를 받아도 되는 의관이란 말이다.

약사의 혼잣말

7 화 : 원정

건조한 바람이 진시의 뺨을 쓸어내렸다.

고작 며칠 정도라고는 하나 멀리 나온 건 서도 여행 이후 처음이었다. 마차에 흔들리며 밖을 내다보는 일도 싫진 않지만, 말을 타고 초원을 마구 달리고 싶은 기분도 없지는 않다.

"여긴 저희에게 맡겨 주세요. 빈자리 며칠 지키는 정도라면 할 수 있으니까요."

가슴을 펴고 말하는 마메이에게 등을 떠밀리고, '앗, 저를 놔두고 가시는 건가요?'라는 듯한 바료의 시선은 못 본 척하며 진시는 시찰을 나섰다. 목적지는 황해가 일어난 마을이었다.

흔들리는 마차를 타고 달리길 하루 반. 가능하면 빨리 끝내고 싶은 마음에 마을에 들를 때마다 말을 바꾸고 마부도 교대시켰다. 그래도 호위를 포함해 부하를 열 명 정도는 끌고 왔다.

진시의 신분으로 보자면 다소 적은 인원수로 나선 원정이지만 규모가 커지면 시간도 더 걸린다. 현장을 빨리 확인하고 싶었던 진시는 원정을 무리하게 강행했다.

또한 시찰을 원활히 끝내기 위해 조금 고집을 부려 자신이 원하는 인선을 감행했다.

"계속 앉아만 있으니 힘들지 않으신가요?"

"그렇다면 말을 타게 해 줘."

"안 됩니다."

지금 옆에 앉아 있는 종자는 바센이 아니라 가오슌이다. 바센은 말을 탄 채 호위들 속에 섞여 있다.

바센에게는 미안하지만 진시의 보좌 일은 아직까지 가오슌이 더 능숙하게 해내 준다. 그래서 주상에게서 빌려 왔다.

그간 주상이 가오슌을 이용하여 일을 편하게 해 온 게 아니냐는 앙갚음의 의미도 담겨 있지만 말이다.

"마메이가 함께 있다 해도, 바료는 정말 괜찮을까?"

바료가 걱정이 된다.

"그 녀석은 옛날부터 몸이 약했는데. 병 때문에 자택 요양을 했다고 들었다만."

그래도 억지로 지금의 자리로 끌어온 게 진시 자신이긴 하지만, 또 건강을 해치진 않을까 마음이 쓰였다.

"병이라고는 해도 그냥 늘 앓는 병입니다."

가오슌은 진시에게 귤을 내밀었다. 그리고 껍질을 벗긴 과일의 딱 한 조각만 자기 입에 넣었다. 이런 곳에서까지 독 시식이 필요한지 어떤지는 잘 모르겠지만, 습관이 되어 있으면 음식에 독을 타려 덤비는 패거리도 줄어드는 법이다.

"이야기는 대략 들었는데…."

진시는 고개를 갸웃거리며 아직 새콤한 맛이 강한 과일을 입에 넣었다. 목을 축이기에 딱 좋았다.

"네. 같은 부서 내의 상사와 마음이 잘 맞지 않아 위장에 구멍이 났다고 하는군요. 상사의 책상 위에 엄청난 양의 피를 토하고 바로 의국으로 실려 간 뒤 퇴직했습니다. 석 달 전 일입니다만."

전혀 괜찮지 않다. 예전부터 인간관계를 어려워하고, 마음이 맞지 않는 사람을 접하면 배탈이 난다는 이야기를 들었던 일이 떠올랐다.

진시의 불안한 표정을 알아차렸는지 가오슌이 주석을 달았다.

"마메이가 있으니 문제없을 겁니다. 마메이도 아이가 태어난 후로 전보다 성격이 많이 둥글어졌고요."

"둥글어진 거라고?"

변함없이 기가 세다는 인상밖에 느껴지지 않았다. 그렇기 때문에 괴짜 군사에게 일을 떠맡길 수도 있었던 거라고 생각했는데.

"네, 요즘은 손자를 만질 때 손을 씻으면 아무 말도 안 하더군요."

"……."

딸을 둔 아버지의 숙명일까. 가오슌은 마메이에게 오랜 세월 바퀴벌레 취급을 받아 왔다.

가오슌은 아련한 눈빛으로 창밖을 내다보았다.

"슬슬 보입니다."

진시도 밖을 내다보니 고요한 전원 풍경과 함께 오도카니 자리 잡고 있는 마을이 보였다. 가까이 다가가니 소박한 생김새의 집들이 나란히 늘어서 있는 모습을 직접 확인할 수 있었다. 그중 커다란 저택이 하나 있었다.

마을 입구에는 문지기가 있었다. 문지기들은 진시 일행을 신기하다는 듯 바라보았다.

"촌장의 집으로 바로 갈 생각인데 괜찮으시겠습니까?"

"아니, 그 전에 리하쿠를 불러 주지 않겠어?"

리하쿠, 어딘가 모르게 대형견 같은 분위기를 지닌 무관이다. 진시의 얼굴을 봐도 크게 동요하지 않고, 게다가 호방하며 소탈한 성품까지 지닌 귀중한 인재였다. 이번에도 지명해서 호위로 데려왔다.

"알겠습니다."

가오슌이 창밖으로 리하쿠를 불렀다. 진시가 직접 부르는 편이 빠르겠지만 얼굴을 너무 밖에 내놓지 않는 편이 낫다. 밖에 나가면 복면을 쓸 예정이다.

수상해 보이지만 가오슌이 나서면 촌장도 딱히 깊이 추궁하진 않으리라. 전에도 비슷한 일을 바센이 해 준 적이 있었는데, 그때는 조마조마했다.

"무슨 일이십니까, 진시 님?"

리하쿠가 이동하는 마차 안으로 펄쩍 뛰어 들어왔다.

환관 시절의 진시를 알고 있는 이 남자는 '달의 귀인'이라느니 하는 번거로운 이름을 사용하지 않고 바로 진시라고 부른다.

"너는 지방 출신이라고 했었지. 이 마을을 보면 어떤 생각이 드나?"

"지방이라고는 해도 이 근방이 아닌데요. 어떤 생각이 드냐니…."

리하쿠는 대답하기 어려운 눈치였지만 그래도 주위를 둘러보았다.

"농촌치고 집들을 번듯하게 잘 지어 놓았군요. 높으신 분들 눈에는 수수해 보이겠지만 잘 지은 집입니다. 하지만 피해가 꽤 심했던 모양입니다."

소박해 보였던 이유는 기둥들이 유난히 부슬부슬 떨어져 나갔기 때문이었다.

"할아버지한테서 들은 얘긴데, 황충은 곡식을 먹어 치울 뿐만 아니라 집 기둥과 옷까지 갉아 먹는다고 합니다."

무시무시한 식성이다. 식食뿐만 아니라 의衣와 주住까지 빼앗아 간다니.

"보고에 따르면 남은 곡식은 수확을 마치고 창고에 보관해 놓았던 게 전부라고 합니다. 그 외에는 거의 다 날아갔다는군요."

가오슌이 보고서를 읽었다.

"골치가 아파지는 얘기네요."

리하쿠가 떨떠름한 표정을 지었다.

"안타깝긴 하지만 이 시기, 이 지역이라 행운이었을지도 모르겠네."

보리 수확 시기였다면 더 피해가 컸으리라. 만약 남쪽으로 갔다면 벼농사 지대였으니 위험할 뻔했다.

"여기서는 잘 안 보이지만 지면 곳곳에 죽은 벌레가 떨어져 있습니다. 미리 해충 구제 준비를 해 놓았던 만큼, 저래 봬도 피해가 적은 편이라고 할 수 있겠군요."

리하쿠는 고개를 절레절레 저으며 한숨을 내쉬었다. 다소 불손한 태도이긴 하지만 일단은 자신의 분수를 잘 아는 사내이므로 이 정도는 봐줄 수 있다. 무엇보다 진시 입장에서는 편했다. 가오슌도 그런 진시의 마음을 잘 알고 있었기에 아무 말 하지 않는다. 만일 옆에 바센이 있었다면 덤벼들어 물어뜯을 테니 다소 귀찮아졌을 것이다.

"그럼 전 나가 보겠습니다. 안 그러면 바센 님이 노려보실 테니까요.”

하지만 리하쿠가 나갈 틈도 없이 마차가 멈췄다. 촌장의 집에 도착한 듯했다. 진시가 리하쿠를 귀중한 인재로 여기고 있다는 사실이 바센에게는 썩 달갑지 않아 보였다. 대형견 같은 사내는 재빨리 마차에서 나갔다.

진시도 복면을 쓰고 마차 밖으로 나섰다.

촌장의 집은 기둥과 지붕이 다소 낡아 먹히긴 했지만 충분히 으리으리한 구조였다. 야유하는 듯한 리하쿠의 표정을 보니 알 수 있었다.

“집이라기보다는 저택 같네요.”

굳이 입 밖에 내어 말할 정도로.

저택 주위에는 수로가 나 있고, 마당 중앙에는 연못이 만들어져 있었다. 세련된 구조로 보이지만 초록이 없으니 허전했다.

주변에 있는 논만 보다 연못을 보니 세련된 느낌이 들어 보이는 것 같았으나, 그 점은 굳이 언급하지 않도록 하자.

진시는 가오슌 뒤로 가서 섰다.

촌장은 손을 비비며 가오슌에게 고개를 숙이면서 수상한 복면남 진시 쪽을 흘끔흘끔 쳐다보았다.

저택 안도 농촌의 촌장 집치고는 상당히 훌륭한 축이었다. 진시는 복면 아래로 리하쿠가 했던 말을 되뇌어 보며 추측을 했다. 단순해 보이지만 리하쿠는 눈치도 빠르다.

"이쪽으로 오시지요."

안내받아 간 곳은 연회 준비가 되어 있는 방이었다. 궁정 요리를 먹다 질린 진시에게는 변변찮아 보이는 음식들이었으나 시골 농촌에서는 지나치게 사치스러운 요리라 할 수 있으리라.

"……."

가오슌은 진시에게 눈길도 주지 않았으나 주인이 하고 싶은 말이 뭔지는 금방 알아챈 듯했다.

"연회를 열러 온 것이 아니다. 마을 상황을 바로 보고하도록."

"아, 네."

평소 가오슌의 정중한 말투에 익숙해져 있다 보니 이렇게 고압적인 말투는 왠지 신선하게 들렸다. 마오마오에게조차 정중하게 말하는데 말이다.

촌장은 당황하며 고용인을 시켜 긴 탁자를 깨끗이 치우도록 했다. 방은 깔끔하게 청소되어 있었고, 창을 통해 마당이 잘 보였다. 본인 입장에서는 자랑스러운 마당일지 모르지만 곳곳에 죽은 벌레들이 떨어져 있다는 사실을 알 수 있었다.

촌장은 마을 겨냥도를 가져왔다.

"서론은 생략하고 핵심만, 대신 자세히 보고하라."

"네, 반달 전 일이었습니다…."

촌장이 이야기를 시작했다.

반달 전, 북서쪽 하늘에서 시커먼 구름이 보였다고 했다.

우기도 아닌데 비구름이 나타난 것을 보고 관찰하고 있었더니 귀에 거슬리는 소리가 가까워져 왔다. 아무것도 없는 지평선 위에 나타난 검은 구름의 정체는 황충 대군이었다.

황충 대군은 마을에 들어오자마자 수확도 안 한 벼들을 마구 먹어 치웠다. 마을 사람들은 횃불과 그물을 들고 응전했지만 아무리 죽이고 잡으려 해도 황충은 줄지 않았다. 게다가 벼만으로는 모자라 마을 사람들의 옷과 신발, 머리카락과 살점까지 뜯어먹었다.

남자들은 황충을 잡아 태우고 붙잡아다 죽였다.

여자와 아이들은 집 안으로 숨었다. 여자들은 집 틈새로 들어오는 벌레를 잡아 죽이고, 아이들은 방 한구석에서 떨었다.

황충 습격은 사흘 낮 사흘 밤을 이어졌다.

"이게 그때 입었던 옷입니다."

촌장이 슬며시 옷을 내밀었다. 튼튼한 마 의복이 드문드문 찢겨 있었다. 옷 색깔은 바래지 않았으므로 시간에 의해 열화된 것이 아니라는 사실을 알 수 있었다.

"벌레 죽이는 약도 만들었지만 그 대군 앞에서는 임시방편에 불과했습니다."

약으로는 역시나 부족할 수밖에 없겠군, 하는 생각에 진시는 입술을 깨물었다.

"그리고 이것도…."

촌장은 마당으로 나가 나무줄기 하나를 쓸어내렸다.

"시퍼렇게 한가득 우거졌던 잎사귀를 전부 먹어 치웠습니다."

그리고 깊은 한숨을 내쉬었다.

"벌레는…."

"죽일 수 있는 건 죽이고 태울 수 있는 건 태워서 마을 뒤에 그 사체들을 다 모아 놓았습니다. 보시겠습니까?"

결코 기분 좋은 광경은 아니겠지만 진시 입장에서는 볼 수밖에 없었다.

촌장의 안내에 따라 진시는 저택 뒤로 향했다. 가까이 다가갈수록 벌레 사체가 늘어나, 버석버석 짓밟으며 걸어가야 했다.

"……."

자세한 묘사는 하지 않겠다. 그냥, 커다란 구덩이가 파여 있고 거기에 시커먼 산이 불쑥 튀어나와 있다고만 말하도록 하자.

호위들 중에서도 벌레를 싫어하는 자가 있는지 입을 틀어막고 구토를 간신히 참는 모습도 보였다.

"이게 전부인가?"

가오슌이 촌장에게 물었다.

"처분할 수 있는 만큼은 그렇습니다."

"어느 정도 달아났는지 혹시 알 수 있나?"

"파악도 안 됩니다."

가오슌이 턱을 쓰다듬었다.

"바센."

"네."

아버지에게 불린 바센이 힘차게 앞으로 나섰다.

"주변 마을에도 가서 자세한 피해 사항을 알아보고 오도록. 빠른 말을 타면 반 시간 안에 돌아올 수 있을 것이다."

"알겠습니다."

바센은 바로 마을 사람에게 주변 마을에 대해 물으러 갔다.

진시는 복면 속에서 눈썹을 움찔거렸다.

"무슨 일이시죠?"

가오슌이 슬그머니 진시에게 물었다.

"아니…."

여기서 진시가 해야 할 일 중에는 이미 다 끝난 일의 뒤처리도 있다. 하지만 그 이상으로 해야 하는 일이 틀림없이 있을 것이다.

만일 여기에 그 이상한 약사 소녀가 있었다면 어떻게 했을까.

진시는 문득 지면에 쪼그리고 앉았다.

죽어서 꼼짝도 하지 않는 황충은 배가 불룩하게 부풀어 있었다. 전에 무리로 움직이는 황충은 어두운 색으로 변하고, 다리가 짧아진다고 들었다. 이것 역시 틀림없이 수수한 색을 띠고 있다.

진시는 품에서 단도를 꺼냈다.

"……."

그리고 그 단도를 황충의 몸통에 꽂았다. 별로 기분 좋은 일은 아니었다. 하지만 마오마오가 여기 있었다면 반드시 했을 일이다.

한 마리, 또 한 마리, 황충을 해체해 나갔다.

마을 사람들은 의아한 눈빛으로 수상한 복면의 남자를 쳐다보았으나 그런 걸 신경 쓸 여유는 없었다.

진시는 황충을 조각내서 몸통을 늘어놓았다.

"이건…."

가오슌은 진시가 뭘 하려는지 알아차린 모양이었다.

진시는 벌레의 생태에 대해 잘 알지 못한다. 하지만 그 속에 뭐가 들어 있는지쯤은 상상할 수 있다.

부풀어 오른 배 속에는 길고 가느다란 노란색 관 같은 것들이 차 있었다.

계절은 가을, 가을이 끝나면 겨울. 벌레는 추운 겨울을 넘기지 못하고 다음 세대로 넘어간다.

"알인가요?"

속삭이는 듯한 가오슌의 목소리에 진시가 고개를 끄덕였다.

배 속이 꽉 찬 황충은 그다음 어떤 행동을 할까.

"황해는 아직 끝나지 않았어."

진시는 복면 속에서 그렇게 중얼거렸다.

“땅을 불태워야 해.”

살아남은 벌레의 알을 태워 죽여야만 한다.

봄에는 밀 수확이 있다. 알을 까고 나온 벌레들에게는 차려 놓은 밥상인 셈이다.

약사의 혼잣말

8 화 : 괴롭힘

쌀쌀함이 느껴지는 가을의 이른 아침. 의국에서 평소와 다름없이 일을 하려던 마오마오에게 짐이 도착했다. 선물이라면 기뻤겠지만 도저히 산뜻하다고는 할 수 없는 물건이었다.

"너, 혹시 괴롭힘이라도 당하고 있는 것 아니야?"

야오가 평소에는 지을 일 없는, 불쌍하다는 시선을 보내고 있었다. 그러면서 얼굴을 일그러뜨리며 후다닥 뒤로 물러났다.

"그런 건 아니지만…."

의심받는 것도 이상한 일은 아니다. 바구니 속에는 갈색의 무언가… 엄청난 양의 벌레 사체들이 들어 있었으니 말이다.

황충이었다.

원래는 이 정도로 많은 양을 모으기가 쉽지 않을 것이다. 하지만 눈앞에 이렇게 떡하니 나타난 걸 보니, 이만큼을 모을 수 있는 환경이 존재했다는 사실을 알 수 있었다.

"위에서 보낸 물건이라 일단 맡아는 뒀다만, 빨리 가져가 다오."

나이 든 류 의관이 쌀쌀맞게 말했다. 의국 안에서도 높은 지위를 차지하고 있는 이 노의관은 상대가 누구든 항상 엄격한 태도를 취하곤 했다.

'가져가라니….'

바구니 하나 가득 든 황충 따위를 가져가고 싶진 않았다. 누가 보냈는지 대충 상상이 되었기에, 마오마오는 어쩔 줄 몰라 황망해졌다.

류 의관도 아무래도 어렵겠다고 판단했는지 이쪽으로 오라며 손짓을 했다.

"옆 동에 있는 빈방을 쓰면 된다. 사실은 우리 관할 밖 일이긴 하지만, 한가한 사람 몇 명 데려다 빨리 일 끝내고 오도록 해라."

우선순위가 의국 잡일보다 높은 사안인 모양이다.

그렇다면….

"어? 응? 뭐야?"

마오마오는 야오의 소맷자락을 잡아끌었다. 야오의 예쁜 얼굴이 일그러졌다.

마오마오는 히죽 웃으며, 얼어붙는 야오를 벌레가 있는 장소로 안내하기로 했다.

야오는 얼굴이 새파래진 채 저울에 벌레를 올려놓았다.
그런 야오를 옌옌이 얼굴을 붉히며 관찰했다.
마오마오는 묵묵히 황충의 다리와 날개 길이만 쟀다.
"어, 언제 끝나는 거야…?"
벌레를 싫어하는 야오는 젓가락으로 조심조심 벌레를 집어서 올려놓았다. 저울에 열네 마리를 올려놓고, 그 평균 무게를 달고 있었다.
"전부 달아 볼 필요는 없을 거예요. 하지만 수는 많으면 많을수록 좋아요."
마오마오는 벌레 크기를 재면서 색이 다른 벌레가 나오면 따로 분류해 놓았다.
"아가씨, 너무 힘드시면 제가 할게요."
옌옌이 배려하는 척 야오에게 말했으나….
"괘, 괜찮아. 이, 이것도, 일이니까…."
야오의 승부욕에 오히려 불을 붙인 셈이었다. 물론 옌옌도 다 알고 한 말이리라.
"아가씨…."
옌옌은 얼굴을 붉히고 가슴을 두근거리며, 소름 끼친다는 얼굴로 벌레를 집어 드는 야오를 바라보고 있었다.
'비뚤어졌다니까.'

마오마오는 실눈으로 두 사람을 쳐다보며 작업을 해 나갔다.

벌레가 3분의 1쯤 정리되었을 때, 손님이 찾아왔다.

"안녕."

생글생글 웃는 손님은 곱슬머리에 안경을 낀 몸집 작은 사내였다. 말할 필요도 없이 라한이었다.

마오마오는 뚱한 얼굴로 계속 작업만 했다. 라한은 신경 쓰지 않고 마오마오 일행이 조사한 수치를 살펴보았다.

"흐음…. 마오마오, 이 숫자가 뭔지 오빠한테 설명 좀 해 주지 않겠니?"

"……."

무시했다.

"전에 말했던 보수를 가져왔는데, 마오마오는 혹시 잊어버렸나?"

라한이 슬그머니 귓속말을 했다.

마오마오는 야오와 옌옌을 흘끔 쳐다보았다. 야오는 알아차리지 못했고, 옌옌은 눈치채긴 했지만 그냥 모르는 척하고 있었다. 분명 저 둘에게는 비밀로 하고 서쪽 무녀에 대해 조사했을 때의 이야기가 틀림없다. 무녀의 독살 미수 사건 때문에 유야무야되긴 했지만 라한은 기억하고 있었나 보다.

마오마오는 겨우 손을 멈췄다.

"이걸로 대략 304마리쯤 돼. 다리와 날개 길이, 색, 무게와

함께 암컷은 배 속에 알이 얼마나 차 있는지를 세어 보고 있어. 이 황충들은 먼 지역에서 날아온 것 같아."

"응, 그래."

라한은 팔랑팔랑 종이를 넘겨 보며 뭔가 생각에 잠겼다. 얼핏 보기엔 수수하고 재미없어 보이는 숫자의 집합이지만 이 몸집 작은 사내에게 숫자는 그 무엇보다 재미있는 존재였다.

진이 쭉 빠진 얼굴의 야오는 겨우 라한의 존재를 알아차렸는지, 지친 모습으로나마 인사를 건넸다. 여기서 한숨 돌리는 편이 낫겠다는 생각에 마오마오는 차를 준비하려 했으나, 지금 야오 앞에 먹을 것을 갖다주는 일은 너무 잔혹한 짓일 듯했다.

"드시죠."

옌옌이 라한 앞에만 차를 내려놓았다. 라한은 숫자에 푹 빠져, 황충 사체 더미 따위는 신경도 쓰지 않은 채 차를 마셨다.

"마오마오, 이 숫자는 뭐지?"

라한은 따로 분류되어 있는 숫자를 가리키며 물었다.

"그건 이 지역 황충의 수치야. 갈색이 아니라 녹색을 띠고 있어. 색과 모양, 무게로 미루어 볼 때 먼 곳에서 날아온 녀석들이 아니라 원래 이 지역에 있었던 황충이 아닌가 생각돼서 따로 기록해 두었어."

황충이 황해를 일으킬 때는 황충 자체의 몸통에도 변화가 일어난다고 한다. 먼 곳에서 날아온 황충들은 날개가 가벼워지게끔 발달된 개체들이었다.

"그랬구나. 그럼 이 황충이 하늘을 난다고 하면, 어느 정도 거리를 이동할 수 있을까?"

"……."

그것은 마오마오의 전문 분야가 아니다. 야오와 옌옌도 이야기에 끼어들어 고개를 갸웃거렸다.

"그렇게 멀리는 못 날지 않을까요? 기껏해야 몇 리* 정도 되겠죠. 벌레니까."

야오가 입을 열자 라한은 고개를 끄덕이며 이야기를 이어 갔다.

"재미있게도 황충이 크게 발생한 마을 주위에서는 다른 황충 피해가 벌어지지 않았어. 이렇게나 많은 양의 황충이 나타났다는 건 어딘가에서 먹이를 잔뜩 먹고 성장했다는 뜻일 텐데 말이야."

그러나 주위 마을에서는 황충이 발생하지 않았다.

라한은 품에서 지도를 꺼냈다. 나라 전체가 그려져 있는 커다란 지도였다.

"아까 벌레니까 몇 리밖에 날지 못할 거라고 했지?"

"네. 몇 리도 넉넉하게 잡은 건데요."

※1리는 약 0.4km.

"하지만…."

라한은 끈을 꺼내 지도 위에 올려놓았다. 지도에 직접 낙서를 하기 싫어 끈으로 선을 표시하려는 모양이었다. 북서쪽에서부터 비스듬하게 배치하여 마을이 있는 장소까지 이어지게 해 놓았다.

"이 방향에서 계절풍이 불고 있어."

"바람을 타고 날아왔다는 말씀이신가요?"

"그래. 그렇다면 몇 리가 아니라 몇 십 리도 가능하지."

그리고 이번에는 지도 위에 바둑돌을 올려놓았다.

"이 바둑돌은 무엇인가요?"

옌옌이 하얀 돌을 가리키며 물었다.

"황충 피해가 있었던 지역이야. 이 지역들을 중계점 삼아 더욱 먼 북서쪽 지방에서 황충이 날아오고 있다고 생각하는 게 타당하겠지."

"북아련이 있는 방향이군요."

"……."

불길한 식은땀이 흘러내렸다.

야오는 사실을 말하고 있을 뿐, 아무것도 알아차리지 못했다. 라한이 하고 싶은 말은 그 너머에 있었다. 옌옌은 눈치를 챈 듯했지만 굳이 지적할 생각도 없는지, 아가씨에게 한결같이 애정 어린 시선만을 보내고 있었다.

라한은 수치를 기록한 종이 다발을 한데 모았다.

“대략 이 정도쯤 되면 이제 문제는 없겠지. 뒷일은 다른 사람에게 맡기지 그러니?”

“…처음부터 그러라고 해 주지.”

마오마오가 불평하자 라한은 아니지, 아니야, 하면서 검지를 흔들었다.

“나는 황충 조사를 부탁한 게 아냐. 기록이 제대로 되어 있는지를 확인해 달라고 했을 뿐이지. 이래 봬도 굉장히 바쁘다고.”

라한은 바둑돌을 만지작거리며 살짝 화를 냈지만 전혀 박력은 없었다. 뭐가 그렇게 바쁜지는 손에 들려 있는 바둑돌이 모든 것을 말해 주고 있다. 부업을 지나치게 열심히 하고 있는 모양이다.

“정확하지 않은 수치를 모으면 보일 게 보이지 않게 되거든. 처음에는 확실히 측정해 줬으면 해.”

무슨 말을 하고 싶은지는 알겠다. 유용한 수치는 이미 손에 넣었으리라.

라한이 그만 돌아가려 하는데 마오마오가 소맷자락을 잡았다.

“잊은 것 없어?”

“오오, 그랬지.”

라한은 짐짓 뒤늦게 깨달은 체하며 짐을 꺼냈다. 꾸러미 속에는 뿌리채소 하나가 들어 있었다.

"!!"

마오마오는 저도 모르게 콧구멍을 킁킁거리고 말았다.

"그럼 난 간다."

받을 것을 받았으니 라한 따위 가든 말든 신경 안 쓴다.

"그게 뭐야? 인삼?"

야오가 쳐다보았다.

"분명 인삼이네요. 하지만 그건…."

옌옌은 이것이 무엇인지 알고 있는 모양이었다.

하지만 마오마오는 그 인삼을 멍하니 들여다보는 수밖에 없었다. 시선을 떼려 해도 뗄 수가 없었다. 저항할 수 없는 매력이 흘러넘쳤다.

"우후후후후후후."

"왜, 왜 그래?"

"우후후후후후후후."

"옌옌, 마오마오가 뭔가 이상해!"

"아가씨, 마오마오는 원래 이상했어요."

두 사람의 말 따위는 한 귀로 들어와 한 귀로 빠져나갈 뿐이었다. 지금 눈앞에 있는 물건에 비하면 아주 사소한 일일 뿐이다.

"후후후후후후후후후후후후."

"역시 이상하잖아! 방금 받은 저 물건, 이상한 약 아니야?!"

"아가씨, 괜찮아요. 저건 약은 맞지만 이상한 건 아니에요."

마오마오는 인삼 꾸러미를 높이 치켜든 채 빙글빙글 돌았다.

"인삼이다~"

인삼이다.

인삼이라고는 해도 단순한 인삼이 아니다. 약용 인삼으로, 아주 오랜 옛날부터 사람이 재배하지 못해 자연에서 나는 것을 찾는 수밖에 없었던 물건이다. 봉퇴棒槌라고도 한다.

껍질을 벗기지 않고 뜨거운 물에 살짝 데쳐서 말린 적삼赤蔘. 크기가 이만큼이나 크다니 엄청난 고급품이다.

마오마오는 벌레 사체로 가득한 방 안에서 당황하는 야오와 냉정한 옌옌의 시선을 받으며 오랜만에 기쁨의 춤을 추고 말았다.

약사의 혼잣말

9 화 : 진시의 의도

질문. 일이 너무 많아서 힘들다. 어쩌면 좋을까.

답. 다른 사람에게 일을 맡긴다.

뻔히 아는 답이지만 실행에 옮기긴 힘들다. 하지만 마메이가 와서 열심히 일해 준 덕분에, 원정에서 돌아온 후에도 일은 생각보다 많이 쌓여 있진 않았다.

원래 진시는 오로지 신분 때문에 높은 관직을 받았다. 들어오는 잡일들을 본래 부서에 되돌려 줬을 뿐이다.

황해 문제도 그렇다.

“도수감都水監이나 사농司農에게 떠맡기면 그만이죠.”

도수감은 치수, 사농은 화폐와 곡물을 관장하는 부서다. 진시는 예전에 그 둘에게 말해 본 적 있긴 하지만 “저희가 할 일이 아닙니다. 바쁘니까 안 돼요.”라고 거절당했다.

하지만 설명해 봤자 상대는 마메이다.

"네? 그냥 떠넘기시라니까요. 아무리 형식적이라고는 해도 지위는 진시 님이 더 높으시잖아요. 자기가 젊다고 상대 눈치를 보는 건가요? 상대를 배려하겠다니, 누구를요? 대낮이 다 되어서야 슬금슬금 기어 나와서는 차만 마시고 집에 가는 놈들에게 일을 시키면 그만 아닌가요? 바쁘다고요? 시간이 안 나? 아침까지 유곽에서 놀고 있는 현장을 검거하면 되잖아요. 그런 인맥은 충분히 갖고 계실 텐데요."

입으로는 절대 이길 수 없다. 바센도 바료도 하고 싶은 말이 있는 눈치였으나 누님에게는 도저히 못 이긴다.

마메이는 유능하지만 성별 때문에 일이 주어지지 않는다. 바센이 1, 바료가 5의 처리 능력을 갖고 있다면 마메이는 3 정도의 능력은 될 텐데 아까운 일이다.

바료보다 일하는 양은 적지만 보좌 자리에 앉히면 커다란 힘을 발휘한다. 바료가 갖고 있는 5의 처리 능력을 두 배, 세 배로 늘려 줄 수 있다.

마메이가 남자였다면 진시의 보좌가 되었으리라. 하지만 어마어마한 말솜씨를 생각하면 여자라 다행이라는 생각도 들긴 한다.

마메이는 더욱 몰아붙이려는 듯 또다시 입을 열었다.

"그리고 진시 님의 시야가 좁아져 있는 것 같으니 충고 한 말씀 드리겠습니다."

"…뭐, 뭐지?"

진시는 저도 모르게 경계 태세를 취했다.

"지극히 일반적인 말씀을 드리자면, 벌레를 대량으로 보내는 행위는 괴롭힘 외의 그 무엇도 아닙니다. 특히 상대가 여성이라면."

"……."

진시는 어깨를 축 늘어뜨리고 이마에 손을 짚었다.

"일은 배분합니다. 쓸 수 있는 자라면 누구든 다 씁니다. 쓸 수 없는 자는 방해가 되지 않도록, 독도 약도 되지 않는 다른 일을 맡깁니다."

마메이의 말에 의해 진시는 집무실에서 쫓겨났다. 권력을 마구 휘두르고, 그걸로 부족하면 미남계를 써서라도 일을 떠넘기고 오라는 소리였다.

마메이는 진시 스스로가 직접 가면 태도가 바뀔 거라고 했지만 진시는 별로 내키지 않았다.

진시가 직접 가면 그만큼 깊은 의미가 있을 거라고 넘겨짚는 사람들이 많기 때문이었다. 환관 시절이었다면 얼마든지 이 상황을 이용할 수 있겠지만, 왕제라는 입장이다 보니 권력을 남용하기가 꺼려졌다.

그래도 너무 바빠 정신없는 것보다 나으니 가고는 있지만.

"…미남계는 너무한걸."

"죄송합니다, 저희 누이 때문에…."

호위로 따라온 바센이 말했다. 마메이 앞에서 고개를 못 드는 사람은 진시 하나뿐이 아니다.

"하지만 누님 말도 이해가 되긴 합니다."

바센이 주위를 둘러보았다.

"일을 팽개치고 노는 자들이 너무 많군요."

진시와 바센이 다가가자 후다닥 무언가를 숨기는 모습들이 눈에 띄었다.

"아무리 유행한다고는 해도 전보다 더 심해진 것 같은데. 조금 눈에 거슬리는군."

난간에 걸터앉아 바둑 책을 읽는 자도 있었고, 휴게실에서는 바둑판 주위를 관리 여러 명이 둘러싸고 있었다.

진시를 보자마자 바둑을 접고는 시치미를 뚝 떼며 시선을 돌리는 자도 있었지만 개중에는 승부에 푹 빠져 알아차리지 못하는 자도 있었다.

일 좀 하라는 마메이의 의견도 틀린 말은 아니다.

진시는 지금껏 자신이 자는 시간도 줄여 가며 죽도록 일했던 게 바보처럼 느껴졌다.

"진시 님, 이런 곳에 게시되어 있는데 어떻게 생각하십니까?"

바센이 쳐다보고 있는 건 원래 공문이 붙어 있어야 할 게시판이었다.

"일단은, 장소를 바꾸긴 했군."

거기에 붙어 있는 건 새롭게 인쇄한 바둑 대회의 개요였다. 진시가 한몫 거듦으로써 마침 잘됐다는 듯 더욱 크게 선전을 하고 있었다.

"하지만 대회에 나가려 한다 해도 다들 너무 과하게 열중하고 있는 것 아닌가?"

진시의 의문에 대한 대답은 벽보에 적혀 있었다.

"칸 태위에게 도전할 권리가 은 열 개라고 합니다."

관심 없다는 표정의 바센이 손가락으로 은 열 개라는 글자를 덧그렸다.

참가비가 동전 열 개라기에 양심적인 줄로만 알았더니 이런 곳에서 장삿속을 드러낼 줄이야. 주판알을 튕기는 괴짜 군사 양자의 얼굴이 어릿어릿 보였다. 애당초 행사 주최 같은 걸 라칸이 할 수 있을 리가 없으니, 대부분의 일은 라한이 도맡아 하고 있었으리라.

"그리고 신간 발매가 있습니다. 묘수풀이 바둑 모음집을 팔겠다고 합니다. 5백 권 한정이라는데 팔리긴 할까요?"

"팔 생각이겠지."

어디까지 세게 나오려는 걸까.

아니, 그 정도는 하지 않으면 아마 라한 역시 못 해 먹을 일인지도 모른다. 작년, 여우 군사는 별궁 하나를 세울 수 있는 정도의 은을 기녀 하나 낙적해 오는 데 썼다. 작년 말, 후궁 벽을 부순 수리비도 아직 남아 있다.

"하지만 바둑 시합 한 번에 은 열 개는 너무 비싼 것 아닙니까?"

은 열 개가 있으면 서민은 한 달을 살 수 있다. 마오마오나 가오슌에게 금전 감각을 배우란 소리를 여러 번 들어 온 덕분에 그렇게 저렴하지 않은 액수라는 사실은 진시도 알 수 있었다.

하지만….

"오히려 싼 편이겠지."

"싸다고요? 아무리 그래도 그건 아닐 겁니다."

바센이 부정했다. 하기야 지도를 받는 값이라 생각하면 비싸지만….

"만일 칸 태위를 이긴다면, 거스름돈이 나올 정도로 싼값 아니겠어?"

"?!"

그것만으로도 주위에서 높은 평가를 받을 수 있다.

"도전자는 검은 돌에 공제 없이 한다는군."

바둑은 선공인 검은 돌이 유리하다. 따라서 평등하게 하기 위해 바둑돌 중 흰 돌을 몇 개 많이 계산한다.

"…그러고 보니 칸 태위는 바둑과 장기에 강한 사람을 대할 때는 비교적 경의를 갖고 접하는 것 같기도 하군요."

"놀이 상대를 무시하면 시합을 할 수 없으니까 그렇겠지."

물론 '비교적'일 뿐이지 '상식적'이라고 하긴 힘들다.

"만약 진시 님이 이기시면, 툭하면 집무실에 찾아와 방해하다 돌아가는 일은 안 하게 될지도 모릅니다. 대회가 끝나면 다시 원래 일을 하러 돌아가야 하지 않던가요?"

진시는 라칸에게 현재 대회 장소와 맞바꾸어 일을 시켰다. 끝나면 또 무슨 앙갚음을 하지 않을까, 하고 바센은 두려워하는 모양이었다.

설령 진시가 검은 돌을 쥔다 해도 상대는 여우 군사다. 어설픈 바둑 전문가보다 훨씬 강하다.

하지만 도전해 볼 가치는 있다.

"은 열 개라."

싸긴 하군, 하고 진시는 중얼거렸다.

아직 해도 지기 전에 퇴근할 수 있다는 건 정말 편했다. 마메이에게 감사할 일이다.

"그럼 전 이만."

바센은 자기 집으로 돌아갔다. 밤 경호는 다른 사람이 맡는다. 전에는 숙직까지 하면서 경비하겠다고 기세가 등등했으나 솔직히 하룻밤 내내 옆에 있어 봤자 진시가 피곤하기 때문에 사양하고 싶다.

궁으로 돌아오자마자 스이렌이 맞이해 주었다.

"우선 식사부터 하셔야지요."

초로의 시녀는 미소를 지으며 진시에게 확인하듯 말했다.

"아니, 목욕부터 먼저…."

진시가 정정하려 했으나 평소와 궁 분위기가 달랐다. 보통은 진시가 좋아하는 향을 피워 놓는데, 오늘은 평소와 살짝 다른 달콤한 향이 강했다.

안에 있는 호위도 평소와는 다른 얼굴이었다.

"손님인가?"

"네."

그리고 진시의 궁을 찾아오는 손님은 한정되어 있다.

복도의 호위들이 고개를 숙이는 가운데 진시는 거실로 향했다.

예상했던 바로 그 인물이 거실에 편하게 앉아 있었다.

"오늘은 후궁에 가지 않아도 괜찮으신 겁니까?"

진시는 고개를 숙이고 주상에게 물었다.

"최근 온 관리자가 자꾸 새로운 비만 권해서 말이다."

아름다운 수염을 기른 위엄 있는 장부는 술잔을 기울이며 책을 읽고 있었다. 눈앞에는 바둑판이 하나 놓여 있었다. 여기에도 유행을 따르는 사람이 한 명 있었다.

"짐의 취향에 맞아 보이는 여인들만 계속 밀어붙이지 않더냐."

즉, 거유의 여성들이라는 뜻이다. 하지만 일국의 왕인 이분은 오로지 그것만으로 비를 고르진 않는다. 어설프게 취향에 맞는 비가 있다 한들 정치적으로 어울리지 않는 인물이라면 곤란하다. 주상의 '곤란하다'는 말은 그런 뜻이리라.

하지만 이유는 그뿐만이 아니다.

비에서 황후, 즉 정실이 된 교쿠요 황후가 있다. 또한 그 부친인 교쿠엔이 현재 도성 안에 체재하고 있다. 앞으로 서도로 돌아갈 것인가, 아니면 중진으로서 도성에 남을 것인가. 가능성은 후자 쪽이 높다.

"장인의 눈이 신경 쓰이십니까?"

이곳은 진시의 궁이다. 어느 정도 허물없는 이야기도 가능하다.

"어느 시대에나 관을 쓰는 자는 뭇 사람들의 안색을 살펴야만 하지."

주상은 딱 소리를 내며 바둑돌을 놓고는 빈손으로 앉으라며 손짓했다.

진시는 그 모습에 웃음을 지으며 주상의 맞은편 의자에 앉았다. 놓여 있는 바둑돌 통에는 흰 돌이 들어 있었다.

"교쿠요도 마찬가지다. 짐이 장인이라면 교쿠요는 시어머니의 눈을 하루 온종일 신경 써야만 하지."

교쿠요 황후는 후궁을 나와 황태후의 궁 근처에 거처를 마련했다. 교쿠요 황후 입장에서는 후궁 생활보다 더 갑갑할 것이다.

"그러고 보니 얼마 전 만나러 갔다가 부탁을 받았다."

"어떤 부탁 말씀이십니까?"

"새로운 삶이 불안하니 독 시식 담당 시녀를 붙여 달라더군. 가능하면 원래 알던 자라면 좋겠다고 했다."

진시는 얼굴이 굳어지려는 것을 꾹 참았다.

"…그리하면 어찌하시겠습니까, 그 소녀를 데려가시겠습니까?"

"그 **소녀**?"

"……."

주상은 즐기고 있는 듯, 들고 있던 책을 흔들며 내보였다. 진시를 놀리기 위해 한 말이 분명했다. 교쿠요 황후와 마찬가지로 주상 역시 장난기가 있는 인물이었다.

"소녀의 태생이 더 평범했다면 좀 생각해 봤겠지만…."

주상은 책을 내려놓았다. 말할 필요도 없이, 괴짜 군사의 책이었다.

라칸이라는 사내는 궁내의 그 어떤 파벌에도 속하지 않는다. 그렇다고 스스로 파벌의 중심이 되려 하지도 않았기에, 궁 안에서는 괜히 건드리지 말자는 게 공통의 인식이었다.

줄곧 독신이었고 양자까지 들였기에 아무도 친자식이 있으리라는 생각은 해 보지도 않았다. 본인 입장에서는 딱히 감춘 것도 아니었고, 그저 그 행동거지 때문에 주위에서 멋대로 착각한 것에 불과한데 말이다.

마오마오가 후궁에 오기 전에도 "아빠란다~"라면서 잔뜩 들떠서 찾아가곤 했지만 매번 녹청관 할멈이 물세례를 퍼부었다고 한다.

주위 사람들 눈에는 좋아하는 기녀를 만나러 갔다가 출입 금지를 당한 귀찮은 아저씨로밖에 보이지 않았으리라.

어떤 의미에서는 참 대단하다.

물론 후궁의 벽을 부수려 들고, 의국에 툭하면 쫓아가 일을 훼방 놓으니 "응? 딸이 있었어?" 하고 주위에서도 알아차릴 수밖에 없었겠지만.

마오마오는 절대로 인정하지 않겠지만 마오마오가 어떻게 행동하느냐에 따라 궁내의 역학 관계마저 좌우될 수가 있다.

지금 교쿠엔은 나는 새도 떨어뜨릴 정도의 세력을 자랑하는 인물이다. 라칸의 피붙이가 교쿠요 황후의 시녀가 된다면 그 세력은 더욱 커지리라.

"교쿠엔은 이름도 받고, 지위도 올라가게 되지. 그 이상 뭐가 더해지는 건 지나친 일이야."

장인의 눈이 무섭다면서도 주상은 그런 생각을 하고 있었다.

결코 다른 곳에서는 말할 수 없는, 혼잣말 같은 말이었다.

스이렌이 진시에게 잔을 가져다주었다. 그 속에 든 내용물은 피처럼 붉은 액체였다.

투명한 유리에 비쳐 보며, 아름다운 액체를 이리저리 돌리며 즐겼다.

"이 포도주는 산미가 강하군."

주상 옆에는 이미 잔이 놓여 있었다.

"제 취향에 맞춰져 있어서요."

"짐도 싫지는 않지만, 최근 들어서는 달콤한 술이 유행하고 있다고 들었는데."

달콤한 술이라는 말을 들으니 마오마오가 싫은 표정을 짓는 모습이 문득 떠올랐다.

"왜 그러지?"

"아뇨, 아무것도 아닙니다."

웃음이 날 것만 같아 진시는 다급히 표정을 바꿨다.

주상은 의아한 얼굴로 술잔을 흔들었다.

"그러고 보니 바둑 유행 때문에 눈에 덜 띄는 듯하지만, 시정에도 수입품이 유행하고 있다는군."

"그렇더군요."

진시도 알고 있었다. 얼마 전 서역의 무녀가 찾아옴과 함께 이국의 물건들도 많이 들어와 나돌고 있었다. 일시적으로 세금을 낮춘 덕도 있을 터였다.

"그중 가장 인기 있는 품목이 무엇인지 아느냐?"

"무엇입니까?"

황제는 히죽 웃었다. 평소 일할 때는 긴장을 풀 수 없는 만큼, 진시 앞에서는 익살스러운 표정을 짓는 일이 드물지 않다.

"포도주라는구나."

"포도주요?"

진시가 고개를 갸웃거렸다.

"서도에서 빚은 술 말고 말입니까?"

교쿠요 황후의 고향, 서도 주변에서 포도 농사가 이루어지고 있으며 포도주 역시 생산된다. 지금 진시와 황제가 마시고 있는 포도주 역시 서도산이었다.

"서도에서 생산되는 포도주에는 독특한 산미가 있지? 하지만 수입품은 단맛이 강하고 맛이 좋다고 한다."

"그렇게 품질이 좋은가요?"

진시는 포도주를 한 모금 머금었다. 서도산 포도주는 산미가 있지만 품질은 나쁘지 않다. 하지만 본래는 더 달콤하다는 사실을 알고 있다. 서도에서 마셨던 포도주는 마치 꿀을 섞은 것처럼 달았다.

문득 포도주 때문에 떠올랐다. 그게 언제였더라. 작년, 마오마오가 후궁을 그만두고 나서 진시 밑에서 일하기 시작했을 무렵이다.

진시는 잔을 흔들었다.

"그건 정말로 수입품일까요?"

"짐은 아직 마셔 본 적이 없지만, 대신은 맛있다면서 마시던데."

"드시지 않는 게 좋을지도 모릅니다."

진시는 스이렌에게 눈짓을 했다. 그리고 다가온 스이렌에게 귓속말을 했다.

유능한 시녀인 스이렌은 진시의 의도를 알아들었는지, 방을 나갔다가 천으로 싼 무언가를 가지고 돌아왔다.

"그게 무엇이지?"

진시는 수염을 쓰다듬는 황제에게 꾸러미 속의 내용물을 보여 주었다. 금속으로 된 잔이 들어 있었다.

"예전에 받았던 물건입니다. 작년이었을까요."

진시는 문득 작년 봄의 일을 떠올렸다.

○●○

"그 포도주는 드시지 않는 편이 좋을 듯합니다."

무뚝뚝한 약사 소녀는 식기를 정리하며 말했다. 식후 포도주를 마시기 위해 잔에 따르고 있을 때였다.

"왜지? 방금 독 시식도 하지 않았나?"

진시는 고개를 갸웃하며 잔을 흔들었다.

약사는 얼마 전 후궁을 나가 유곽으로 돌아갔다. 하지만 급료를 잘 쳐 줄 테니 오라며 진시가 시녀 겸 독 시식 담당으로 고용한 참이었다.

"독 시식은 했습니다. 포도주에 딱히 독으로 보이는 무언가가 들어 있진 않았습니다. 굳이 말하자면 산미가 강하다는 점일까요."

진시는 달기만 한 술보다 산미가 강한 맛을 좋아한다. 스이렌이 진시의 취향에 맞춰 준비해 주었으리라. 서도산 포도주다.

"그럼 문제없을 텐데."

"하지만 잔이 문제입니다."

"잔?"

진시는 금속제 잔을 바라보았다.

"잔에 독이라도 발라져 있던가?"

"아뇨."

"그럼 대체 뭐지?"

약사는 진시에게서 조심스레 잔을 받아 들었다.

"실례하겠습니다."

젓가락을 잔 속 포도주에 담갔다가 꺼내서 한 방울만 입에 넣었다. 그리고 천천히 맛을 본 뒤, 슬그머니 방 밖으로 나갔다.

입에 머금었던 것을 뱉고 헹구기 위해서였으리라.

금세 돌아온 약사는 포도주가 든 병을 들고 있었다.

“독이 되어 있습니다.”

“‘되었다’고?”

약사는 의미심장한 말을 늘어놓았다.

“제가 마신 것보다 조금 달아졌습니다. 조금 더 두었다 마시면 아마 맛이 더 달콤해질 겁니다.”

“무슨 말인지 잘 모르겠는데, 내 의견을 말해도 될까?”

“말씀하시지요.”

약사는 표정을 바꾸지 않은 채 고개를 끄덕였다.

“단독으로는 독이 되지 않는다. 그러나 두 가지를 합치면 독이 된다는 뜻인가?”

진시의 의견에 약사가 희미하게 입꼬리를 올렸다. 정답인가 보다.

“금속은 산미가 강한 액체에 녹는 성질이 있습니다. 이 잔은 납으로 만들어져 있을 테지요. 납과 시큼한 포도주가 섞이면 납이 녹아서 나온 그 무언가가 포도주를 달게 만든다고 합니다. 서방에서는 포도주에 납을 넣어서 감미료로 사용한다고 들은 적이 있습니다.”

그리고 그것을 마신 사람은 중독 증상을 일으키는 경우가 많다고 한다.

"어디까지나 제 양부의 견해입니다만, 그것이 원인으로 중독이 될 가능성이 높지 않을까 싶습니다."

약사의 양부는 원래 후궁에서 의관 노릇을 하던 우수한 의사다. 서방에서 유학한 경험도 있다고 한다.

"……."

진시는 조심스레 납으로 된 잔을 내려놓았다.

"한두 번 마신 것 가지고 갑자기 중독 증상이 일어날지 어떨지는 모르겠습니다만, 상시로 마시면 위험할 수도 있습니다."

단언은 하지 않는다. 억측만 가지고 매사를 판단하기 싫어하는 게 이 약사의 특징이다.

"가령 이것이 독이라면 어떤 증상이 일어날 수 있지?"

진시의 질문에 약사는 한순간 생각에 잠겼다.

"…후궁의 독 백분 사건을 기억하고 계십니까?"

"음, 잊을 수가 없지."

"그것은 납에 식초를 넣어서 만든다고 들은 적이 있습니다."

한마디로 백분 중독과 같은 증상이 일어난다는 뜻일까.

진시는 납득했다.

"진시 님께 포도주 마시는 법을 가르쳐 주신 분이 있다면, 그 분 본인이 어떻게 마시는지 조사해 두는 편이 나을 것 같습니다."

그 당사자도 납으로 된 잔에 포도주를 따라 마시고 있다면 악의 없이 선의로 진시에게 가르쳐 줬을 것이다. 그렇지 않다면 악의가 있을 가능성이 있다는 말이다.

진시는 여러 번 목숨을 위협당한 적이 있다. 상대가 어떤 의도로 무엇을 했는지, 그것은 조사할 필요가 있다.

"거기에 더해 한 가지 더 말씀드려도 좋을까요?"

"뭐지?"

약사는 아직 잔에 따르지 않은 포도주를 바라보았다.

"진시 님은 이 포도주가 본래 신맛이 나는 이유는 산지의 특성이라고 생각하고 계시지만…."

그리고 약사는 병을 흔들었다.

"장기간의 이동에 의해 술이 식초가 되어 가고 있을 뿐이라고 여겨지는데요."

"……."

즉, 진시가 즐겨 마시는 맛은 질이 떨어진 술의 맛이라는 이야기였다.

"운송 방법을 조금 더 신경 쓰면 술이 변질될 일도 없지 않을까요."

서도는 상당히 멀다. 게다가 덥다.

"하지만 내 입에는 맛있게 느껴지는데."

고개를 갸웃거리는 진시를 보고 마오마오가 눈을 가늘게 떴다.

"몸이 피로하면 미각이 둔해져, 신맛을 느끼지 못하게 된다고 합니다만….”

“…….”

“그리고 제 취향은 더 독한 술입니다.”

독 시식 담당이 자신의 요망을 피력했다.

안타깝게도 진시는 원래 새콤한 맛을 좋아한다고 말하고 싶다. 그렇게 생각하고 싶다.

“한동안 계속 포도주로 하지.”

“알겠습니다, 도련님.”

스이렌이 흔쾌히 대답하자 약사는 싫은 표정을 지었다.

○●○

“그런 일이 있었군.”

주상이 잔을 비웠다. 곁에는 스이렌이 준비해 온 구운 과자가 놓여 있었다.

“흐음…. 그럼 지금 나돌고 있는 술이란 건….”

“품질이 조악하거나, 또는 가짜일 가능성이 높다는 뜻이군요.”

이국에서 운반되어 온 포도주이니, 서도보다 운송 기간이 길게 틀림없다. 그렇게 되면 품질을 일정하게 유지하기는 매우 어려우며 시정에 나돌 만큼 양이 많다면 필연적으로 조악한 상품이 늘어난다.

팔기 위해서는 달콤하게 가공해야 한다. 그렇다면 나도는 술은 전부 독이 든 포도주라는 뜻이 된다.

또한 수입품을 사칭하며 포도주를 생산했다면 그것은 사기다. 수입품에는 그만큼의 세금이 붙는다. 설령 세금을 낮춰 줬다 해도, 운송료나 희소가치 때문에 서도산 포도주보다 가격이 배 이상 뛰게 된다.

어쩌면 우연히 품질 좋은 수입산 포도주가 나돌고 있을 경우도 있겠지만, 가능성은 낮다.

"백분과 같은 독이란 말이지."

주상이 수염을 쓰다듬으며 잔을 흔들었다.

"그러고 보니 후궁에서 독 백분을 금지했을 때, 시정에서도 마찬가지로 판매를 금지시켰더구나."

"네. 그것이 타당한 조치라고 생각했습니다."

"백분 재료를 포도주의 감미료로 바꿔 썼다고 생각할 수도 있지 않을까?"

"?!"

주상의 말에 진시는 눈이 커졌다.

왜 미처 깨닫지 못했을까. 가능한 이야기다.

"자세히 조사해 보겠습니다."

진시는 잔을 내려놓고, 마음을 진정시키기 위해 구운 과자를 집었다. 폭신폭신한 색다른 과자로, 건조 과일을 다져서 같이 반죽했다. 희미하게 주정 향이 났다. 한 입을 깨무니 사르륵 사그라지는 듯, 부드럽고 달콤한 맛이 났다.

스이렌은 주상이 오리라는 사실을 알고 있었던 듯했다. 스이렌은 진시의 유모지만 주상의 유모이기도 하다. 색다른 과자를 준비해서 즐겁게 해 주고 싶었던 모양이다.

"스이렌의 과자는 언제 먹어도 맛이 좋군."

주상은 마음에 들었는지 재빨리 입 안에 가득 넣었다. 한 조각을 전부 먹어 치운 뒤, 새로 따른 포도주로 목을 축였다.

"오랜만에 한번 둘까?"

주상은 수염을 쓸어내려 과자 부스러기를 털어 낸 뒤 빈손으로 검은 돌을 쥐었다.

"네가 후궁에 들어가기 직전에 둔 게 마지막이었지."

그립다는 표정으로 바둑돌을 다시 통에 집어넣었다.

진시가 열세 살 때 선제가 붕어했다. 동궁이 된 그 해에, 진시는 주상에게 바둑을 두자고 제안했다. 그 시합에서 승리한 진시는 환관 진시로서 후궁에 들어갈 권리를 얻었다.

자신의 동궁이라는 지위를 버리기 위해….

"내기 바둑은 결코 할 것이 못 된다고, 그 이후로 쭉 생각했다."

"…이제 와서 뒤집을 수 있는 일도 아니지 않습니까."

"황위를 갖고 싶다 했으면, 시간이 지나면 주게 될 일이거늘."

주상은 아직까지 진시와의 약속을 지키지 않았다.

“저는 필요치 않습니다.”

동궁 따위는 되기 싫다며 떼를 썼다.

당시 황제에게는 자식이 없었다. 선제의 자식은 이미 오래전 다 죽어 진시 외에는 아무도 없었다.

그 결과, 새로운 대역을 세우기로 했다.

“그때만큼 바둑에서 지고 후회한 적은 없었느니라.”

“그렇지도 않으실 텐데요.”

현 주상은 교쿠요 황후와의 사이에 둔 자식, 동궁은 물론이고 링리 공주도 예뻐하고 있다. 리화 비가 낳은 자식도 있다. 이제 와서 진시를 동궁으로 되돌릴 의미는 없다. 그래 봤자 괜한 불씨를 뿌리게 될 뿐이다.

이제 곧 가을 원유회가 열린다. 새롭게 이름을 얻은 교쿠엔도 드디어 소개될 것이다. 샤오 무녀의 암살 사건만 없었다면 이미 끝났을 일이다.

주상도 이 이상 장인을 화나게 하는 짓을 하고 싶진 않을 테고 말이다.

그리고 진시 또한 다음 황제의 조부 될 사람의 심기를 거스를 수는 없다.

자신의 존재가 전쟁의 씨앗이 되어서는 안 된다.

그와 동시에 이리 튀고 저리 튀는 불똥을 피해야만 한다.

지금의 진시는 할 일이 너무 많지만, 그것을 실행할 수단은 지나치게 부족하다.

더 힘이 필요하다.

"…주상, 한 가지 부탁을 드려도 되겠습니까?"

"또 좋지 않은 생각을 하고 있는 것 아니냐? 이제 내기는 하지 않을 터인데."

"그리 대단한 부탁은 아닙니다."

진시는 검은 돌 통을 집었다. 하지만 주상도 검은 돌을 원하는지, 놓아주질 않았다.

"제가 이기면 바둑 스승, 기성棋聖을 잠시 빌려주셨으면 합니다."

진시의 부탁에 주상은 의아한 표정을 지으면서도 검은 돌 통을 놓아주었다.

약사의 혼잣말

10화 : 백탕

독특한 공기가 방 안을 맴돌았다. 마오마오는 자기 방에서 만든 약을 보며 만족하고 있었다. 일이 끝나고 방에 돌아온 후의 얼마 안 되는 시간. 마오마오는 겨우 자기가 하고 싶은 실험을 할 수 있었다.

'이거 괜찮지 않아?'

상처 자리에 나쁜 독이 들어가지 않도록 해 주는 약초와 몸을 활성화시켜 주는 약초. 그 두 가지를 잘 혼합하고, 건조를 막는 기름과 밀랍을 섞어서 만든 연고.

마오마오는 음, 하고 만족하며 왼쪽 소매를 걷고 단도를 준비했다. 주정으로 피부 표면을 깨끗이 닦은 뒤 단도를 높이 들어 내리쳤다.

"꺄악!"

목소리가 들렸다. 누군가 했더니 야오가 있었다.

"마오마오, 뭐 하는 거야!"

"뭘 하냐니…."

마오마오는 왼팔에 상처를 입힌 단도를 내려놓았다. 방 안에서 새로운 약을 시험해 보고 있었을 뿐이다. 마오마오 입장에서는 일상적인 풍경이지만 야오의 눈에는 이상한 광경으로 보였을 게 분명했다.

"괜찮습니다. 여기 약이 있으니까요."

하지만 잘 들을지 어떨지는 알 수 없다. 새 약을 만드는 일은 시행착오의 반복이니 말이다.

'달리 실험할 사람이 있으면 좋겠지만.'

그러면 아버지가 달가운 표정을 짓지 않는다. 가끔 튼튼해 보이는 무관에게 약을 사용해 보곤 했지만, 딱 좋은 인재일수록 한 번 치료하면 그다음에는 안 오는 일이 많다. 더 크게 다쳐 오면 좋을 텐데, 하고 불경한 생각도 했다. 쥐를 사육하면 야단을 맞고, 전에 고양이 마오마오의 털을 자르고 그 자리에 머리카락 나는 약을 시험해 볼까 했더니 녹청관 사람들에게서 비난이 빗발쳤기에 실행에 옮기지 못한 적도 있다. 깎은 털은 붓으로 만들어 쓸 거라고 했는데도 말이다.

그러니 마오마오는 자신의 몸을 이용하는 수밖에 없었다.

"바보야!"

야오가 화를 냈다.

"무슨 일인가요?"

야오의 목소리를 듣고 옌옌도 다가왔다.

마오마오의 왼팔을 잡고 화를 내는 야오와 그 모습을 지켜보는 옌옌.

"옌옌, 너도 뭐라고 한마디 좀 해 줘!"

"무엇을 말인가요?"

옌옌은 저녁 준비 중이었는지 손에 배추를 들고 있었다. 오늘은 전골 요리일까. 옌옌의 백탕은 해산물과 돼지뼈 국물이 진하게 우러나서 매우 맛있다. 나중에 얻어먹어야겠다.

"뭐냐니, 이것 말이야. 좀 봐, 이 너덜너덜한 왼팔."

"네. 어차피 약 효과를 시험해 보고 있었겠죠."

"그런 거야?"

"맞아요."

옌옌은 날카로워서 굳이 보지 않았어도 이미 알아채고 있었던 모양이었다.

"왜 알면서 말리지 않은 거야? 전혀 나을 기색이 없다 했더니 계속 새 상처를 만들고 있었잖아."

야오는 붕대에 대해 지적한 적이 없었다. 알아차리지 못해서가 아니라, 일단은 배려하여 화제로 삼지 않았던 모양이었다.

"아가씨, 그건 마오마오가 스스로 하는 일입니다. 단순한 자해 행위가 아니라 약을 완성시키겠다는 목적이 있다면 저는 막을 필요가 없다고 판단했습니다."

"네. 의미가 있는 일이에요. 약과 독은 종이 한 장 차이이니 어떻게 배합해야 좋은지는 시험해 봐야만 알 수 있거든요."

의료 종사자라면 약 실험이 얼마나 중요한 일인지 알 것이다. 약의 효용을 시험하기 위해 의국에서는 동물을 여러 종류 키우고 있다. 야오도 복잡한 표정으로 지켜보긴 하지만 불평을 하진 않았다. 필요한 일이라는 사실을 알고 있기 때문이다.

마오마오는 남이 간섭할 권리는 없다고 생각하지만 야오는 눈살을 찌푸리며 물러설 기색을 보이지 않았다.

"그렇다고 이대로 내버려 둘 수도 없잖아."

야오는 마오마오의 손을 놓아주지 않았다.

"친구가 이런 짓을 하고 있었는데!"

"""……."""

마오마오와 옌옌이 눈을 동그랗게 떴다.

"친구, 그렇군요. 친구 정도까지라면. 네, 뭐…."

옌옌이 살짝 질투하는 듯 마오마오를 쳐다보았다.

"친구였군요."

그러고 보니 최근 들어 일할 때 외에도 함께 식사를 하거나 외출을 하고, 잡담도 했다. 이건 친구로서의 교제로 분류해도 좋을 수도 있겠다.

옌옌과 마오마오가 각자 확인하듯 한마디씩 하자 야오의 얼굴이 점점 빨개졌다.

"아, 아니야! 친구가 아니고, 도, 동료! 동료야! 동료가 이상한 약을 실험하고 있으면 당연히 말려야지! 옌옌도 그렇지 않아?"

야오가 동의를 구하자 옌옌은 잠시 생각에 잠겼다.

"…솔직히 마오마오라면 말려 봤자 소용도 없을 테고, 무엇보다 의미 있는 일이라면 그냥 하게 두는 편이 옳다고 생각합니다."

마오마오도 고개를 끄덕였다.

"그럼 나도 똑같이 할래!"

"안 돼요!"

옌옌이 즉시 대꾸했다. 들고 있던 배추가 바닥에 떨어졌다.

"야오 님의 아름답고 가녀린 피부에 한 줄기 상처라도 내는 건 용서 못 해요, 말도 안 돼요, 그런 일은 있어서는 안 돼요. 만일 그런 일을 하시면 저는 그 열 배, 아니 백 배의 상처를 제 몸에 내겠어요. 그래도, 정말 그래도 괜찮으시겠어요?"

옌옌은 정색을 하고 빠른 말투로 말을 쏟아 내며, 야오의 양어깨를 잡고 흔들어 댔다.

마오마오는 찬밥 취급을 받고 있는 것 같았지만 대상이 야오라면 어쩔 수 없다.

상대에게 집착할수록 상대의 행동을 제한하고 싶어지는 법이다. 그것이 자해 행위로 이어지는 일이라면 더욱 그렇다.

마오마오는 야오가 놓아준 왼팔에 약을 바르고 붕대를 감았다. 옌옌이 떨어뜨린 배추도 주워 들었다.

"저기, 어디서 타는 냄새가 나는데요."

마오마오가 코를 킁킁거렸다.

"…냄비를 불 위에 올려놓고 그냥 왔어요."

"""……."""

세 사람은 다급히 주방으로 향했다.

냄비 말고도, 옌옌이 만들고 있던 군만두는 숯 덩어리가 되어 버렸다. 개수는 3의 배수였기에 마오마오 몫도 빠짐없이 만들어 줬다고 믿고 싶지만 시커멓게 탄 무언가를 먹을 마음은 전혀 들지 않았다.

"나중에 설거지할게요."

옌옌은 어깨를 축 늘어뜨렸다. 식재료를 낭비한 일보다는, 표면이 시커멓게 그을린 냄비를 닦을 생각을 하니 기운이 빠지는 모양이었다.

'저건 힘들겠다.'

일행은 죽과 냄비 요리로 평소보다 간소한 식사를 마쳤다. 수저로 떠서 국물을 맛보니 옌옌이 만드는 백탕은 여전히 맛있다. 조리법을 물어본 적이 한 번 있었으나 옌옌은 가르쳐 주지 않았다. 하지만 옌옌이 야오를 살며시 바라보며 히죽 웃는 걸 보니 자세히 묻지 않은 게 정답이었는지도 모른다.

'뭐가 들어 있는 걸까?'

야오와 다르게 마오마오는 괴식도 잘 먹으니 그냥 신경 쓰지 말자.

야오는 반찬 수가 다소 적은 게 섭섭한 눈치였으나 옌옌의 풀이 죽은 모습을 보니 아무 말도 할 수가 없는 듯했다. 이 주종主從이 잘 지내는 것도, 옆에서 보면 지나치게 일방적인 듯한 옌옌의 애정을 야오가 다 받아들여 주는 덕분이리라.

마오마오는 말린 관자를 젓가락으로 집어 입에 넣었다. 아직 진한 맛이 남아 있었다.

"그러고 보니 야오 씨, 뭐 볼일이 있었던 건가요?"

옌옌이 냄비를 태운 근본적인 원인은 야오가 마오마오의 방을 찾아온 일이었다. 쑥스러움을 많이 타는 야오가 아무 의미도 없이, 또는 이유도 달지 않고 마오마오를 찾아오는 일은 없다.

"잊고 있었네."

야오는 돼지고기를 집었던 젓가락을 내려놓고 품에서 종이를 꺼냈다.

"이거, 일정표."

"일정표?"

의국에서는 제사가 있을 때마다 의관을 배치하는 일이 많다. 따라서 의관이 불려 갈 만한 행사가 없는지 알기 위해 한 달 치 일정표가 배부된다. 종이를 펼치니 그리운 글자가 적혀 있었다.

"원유회."

그렇다. 겨울을 코앞에 둔 이 계절, 후궁의 비들이 두려워하는 원유회가 있다.

"주된 행사는 원유회랑 연말 제사 정도군요."

옌옌도 고개를 들이밀었다.

"원유회를 하기엔 좀 늦지 않았나요?"

전에 원유회가 열렸던 시기는 지금보다 한 달은 빨랐던 것 같다. 정원에는 이제 보고 즐길 만한 꽃도 남아 있지 않다.

"늦네요. 하지만 이번에는 원유회라는 말은 그냥 핑계인 것 같아요."

정보통 옌옌이 '원유회'라는 글자를 손가락으로 쓸었다.

"유야무야되었던 새 '이름을 부여받은 자' 소개가 있지 않을까요?"

"'교쿠玉' 말인가요?"

'교쿠', 즉 교쿠요 황후의 부친 교쿠엔을 말한다. 리국의 서쪽, 서도를 다스리는 교쿠엔을 도성으로 불러들인 지 어느덧 반년이 다 되었다.

사실은 더 일찍 선을 보였어야 했다. 그 샤오 무녀의 독살 사건만 아니었더라면.

야오와 옌옌의 안색이 살짝 어두워졌다.

이 둘은 무녀가 살았는지 죽었는지 모른다. 야오는 뭔가 눈치챘을 수도 있지만 옌옌은 전혀 모를 것이다. 알고 있었다면 야오에게 목숨을 건 옌옌은 아마 무슨 짓이든 저질렀으리라.

"서쪽에서 새로운 징병이 시작되었다고 하네요. 서도는 국경 근처에 있고, 도성과는 독립된 생각을 갖고 움직일 수도 있으니까요. 교쿠엔 님이 서쪽으로 가시게 되면 어떻게 될지는 모르겠지만요."

'도대체 어디서 듣는 거야, 그런 정보는.'

정보통 옌옌의 능력에는 늘 놀라곤 한다.

"징병이라고?"

"네. 단순한 군 확장이라면 괜찮겠지만 중앙에서는 별다른 움직임이 없네요. 내년에 무과 시험이 있으니 그걸 대비하고 있는지도 모르겠군요."

'타국에서 공격을 받을 가능성도 상정하고 있는 건가?'

그렇다면 중앙에서도 바로 징병이 이루어져야겠지만 아직 그런 움직임이 없다면, 발목을 잡는 뭔가가 있는지도 모른다. 아무튼 의관 보조 마오마오가 끼어들 만한 이야기는 아니다.

"옌옌, 하나 물어도 될까?"

"뭔가요?"

"서도 사람들을 신용할 수 있어?"

야오의 지나치게 솔직한 질문에 마오마오는 주위를 둘러보았다. 식당에는 아무도 없었다. 춥기 때문에 문도 창문도 꽉 닫아 놓았다. 누가 들었을 리는 없다.

"아가씨."

"알고 있어. 그러니까 여기서 묻는 거잖아."

야오도 바보는 아니다. 여기에 이 셋밖에 없기 때문에 물은 거다.

"확실히 교쿠요 황후에 대한 소문을 듣긴 했어요. 아름다운 분이시지만 거만하지 않고, 후궁에서도 아랫사람들에게 상냥하게 대해 주셨다더군요. 그 부분은 마오마오가 더 잘 알겠지만요."

"교쿠요 황후는 나라를 기울게 할 사람이 아니고, 주상께서도 여성에게 홀릴 만한 분이라고는 생각할 수 없습니다."

이때 마오마오는 자신이 너무 지나친 발언을 했다는 사실을 깨달았다.

"라고 후궁 의관이 말하더군요."

돌팔이 의관을 끼워 넣어 두었다.

마오마오가 후궁에서 일했다는 사실은 알고 있지만 비취궁에서 일했다고까지는 말하지 않았다. 옌옌은 알고 있을지도 모르지만 입 밖에 내지 않는 편이 무난하니 그냥 입 다물기로 했다. 물으면 대답하겠지만 묻지 않았으니 말할 필요는 없다.

"나라를 기울게 할 사람이 아니라고는 하지만."

야오는 수저로 죽을 떴고….

"과거에 존재했던, 나라를 기울게 한 미녀들 중 몇 명이 진짜 악녀였을까."

수저에서 죽이 흘러내렸다.

야오가 한 말의 의미는 알고 있다.

"교쿠요 황후가 아무리 좋은 사람이라 해도 그 친족들까지는 모를 일이지요."

마오마오는 교쿠엔이라는 사내에 대해 아는 바가 거의 없다.

서도의 징병도 생각하기에 따라서는 무섭게 느껴질 수 있다. 시 일족의 반란도 있었기에 바보짓을 하리라고는 생각할 수 없지만 가능성이 아주 없지는 않다.

평소에는 직설적이고 감정적인 편인 야오지만 가끔 묘하게 날카로울 때가 있다.

"그래. 교쿠요 황후는 허울 좋은 도구가 아니라고 생각하고 싶어."

"야오 님."

옌옌이 걱정스러운 표정으로 야오를 바라보았다.

숙부에게 도구처럼 이용되던 소녀는 최고의 출세 도구로서 온 나라 여자들의 정점에 서려 하는 교쿠요 황후를 어떻게 생각하고 있을까.

야오는 또다시 수저로 죽을 떠서 입에 넣었다.

11화 장난과 두려움

원유회를 며칠 앞두고, 교쿠요는 방에서 시녀들과 의상을 확인하고 있었다.

"교쿠요 님, 역시 수수하지 않을까요?"

잉화가 의상에 장식품을 맞춰 보며 고개를 갸웃거렸다. 의상 색은 빨강. 비 시절부터 변함없이 사용하는 색이지만 그 색감이 다소 어두웠다.

"왠지 탁해진 느낌인데요?"

"연회석의 색 조합을 맞추려면 이 정도가 좋아. 무엇보다 폐하와의 조화도 생각해야지."

교쿠요의 머리를 빗어 주던 시녀장 홍냥이 대답했다. 하지만 홍냥 역시 색감이 너무 차분하다고 생각했는지, 빗을 내려놓고 의상실에 들어갔다가 잉화가 가지고 있던 장식품에 비녀 하나를 더 추가했다. 예전에 후궁에 있을 때라면 다른 비들보다 얼마나 더 눈에 띄게 치장해야 할지를 기본적으로 생각해야 했다. 따라서 어느 정도 상식적이면서도 어떤 특이 요소를 넣을지가 시녀들의 즐거움이었으나 지금은 상황이 조금 다르다.

"홍냥 님, 그걸 넣으실 건가요?"

홍냥이 들고 온 비녀를 보고 잉화가 난색을 표했다.

"어머나, 이상하니?"

"저는 좋다고 생각하지만 황태후 전하와의 다과회에서 같은 것을 착용하신 적이 있었잖아요? 그때 황태후 전하의 시녀가 의상을 관찰하고 있었거든요."

"그럼 안 되겠네."

홍냥이 비녀를 되돌려 놓았다.

기본적으로 큰 연회에서 착용할 의상은 아직 아무 연회에서도 선보이지 않은 물건이어야 한다. 화려한 장식은 새것으로 바꾸고, 기존의 물건은 다과회 등의 사소한 행사에서 살짝 멋을 내는 물건으로 격하된다.

작은 장식품이라면 여러 번 사용할 수도 있지만 늘 같은 물건만 사용하는 듯 비쳐서는 안 된다.

"하지만 너무 수수하잖아요."

"그건 그래."

두 사람이 끙끙거렸다. 교쿠요도 두 사람의 의견을 이해 못할 바는 아니었다.

"색감은 몰라도 인상에 뚜렷하게 남는 무언가가 있으면 좋겠어요. 커다란 구슬 같은 걸로."

비취는 많이 갖고 있지만 아무래도 이번 옷과는 어울리지 않는다. 더 투명감 있고, 자연스럽게 빨려드는 듯한 물건이 있으면 좋겠다.

"수정이라든가."

그 외에는.

"서방에서 연마된 금강석도 좋겠네요."

"지금부터 찾으려면 어려울걸. 그건 직공을 재촉해서 만들게 해야 하는데, 금강석은 가공이 힘들잖아."

금강석은 단단하다. 같은 금강석으로 부딪쳐 봐도 상처가 남지 않기 때문에 세밀한 조정이 어렵다.

하지만 찾아볼 생각이었다. 홍냥은 다시 의상실로 향했다. 다른 비보다 수수하다는 평을 들어 왔던 교쿠요지만 그래도 현재는 황후다. 수정 한두 개쯤은 갖고 있다.

하지만….

"그럼 왠지 재미가 없는걸."

교쿠요가 혀를 날름 내밀었다.

후궁을 나온 뒤로 오락거리가 너무 줄어들었다. 아이들과 함께 보내는 일상은 즐겁고, 주상도 황후라는 입장 때문인지 여러모로 신경을 써 주고 있다. 가능한 한 대부분의 소망을 들어 주었지만 가장 최근에 한 부탁 하나만은 거절당했다.

독 시식 담당 소녀, 마오마오가 있으면 지루함이 좀 덜할 텐데 말이다.

교쿠요는 이제 갓 스물이 넘은 여성이다. 소녀 시절부터 갖고 있던 호기심은 아직까지 건재하다.

"기왕이면 재미있는 게 좋겠어."

교쿠요는 씩 웃으며 의자에서 일어섰다. 그리고 슬그머니 어떤 물건을 가지러 갔다. 두 시녀들은 교쿠요가 어디로 뭘 꺼내러 갔는지 알아차리지 못했다.

"홍냥, 잉화."

"네, 무슨 일이신가요?"

재빨리 다가온 두 사람에게 교쿠요는 천으로 싼 보석을 보여주었다. 보석은 총 세 개였다. 투명도 높은 결정이어서 반대편이 비쳐 보였다.

"…이런 수정이 있었던가요?"

홍냥이 곤혹스러워하며 말했다.

반대로 잉화는 눈을 동그랗게 뜨고 교쿠요와 결정을 번갈아 쳐다보았다. 교쿠요가 한쪽 눈을 찡긋하자 잉화는 무슨 말을 하고 싶은지 바로 알아들은 듯, 홍냥에게 들키지 않도록 엄지 손가락을 들어 응답했다.

"이런 형태로 하고 싶은데."

교쿠요는 책상으로 가서 놓여 있던 붓을 집어 들고 가벼운 손놀림으로 간단한 그림을 그렸다. 꽈리 같기도 하고, 사방등 같기도 한 모양의 비녀 그림이었다. 바구니처럼 생겨서 그 속에 든 결정이 보일 수 있게 만들고 싶다. 교쿠요는 두 사람에게 설명을 덧붙인 뒤, 잉화에게 종이와 결정을 건넸다.

"잉화, 바로 맡기고 오렴."

"교쿠요 님, 주문이라면 제가…."

홍냥은 잉화에게 건넨 결정을 받으려 했지만, 그러면 곤란하다며 교쿠요가 막았다.

"가끔은 잉화를 시켜도 괜찮지 않겠니? 잉화도 잘 알고 있을 테니까."

"그건 그렇지만…. 교쿠요 님, 뭔가 꾸미고 계신 건 아닌가요?"

"……."

날카롭다. 역시 시녀장이다. 교쿠요가 어린 시절부터 감시역 노릇을 했던 만큼 그건 어쩔 수가 없다.

하지만 홍냥이 교쿠요에 대해 잘 알고 있듯이, 교쿠요 또한 홍냥에 대해서 잘 알고 있다.

"그치만 언제까지나 홍냥한테만 의지할 수는 없잖아?"

교쿠요는 시선을 떨구었다가 슬그머니 홍냥의 눈치를 살폈다.

그 모습에 홍냥은 바짝 정신 차린 표정을 지었다.

"아뇨, 저는 교쿠요 님의 시녀장으로서 똑바로 일을 할 생각입니다."

"하지만 그러면 결혼을 할 수가 없잖아."

'결혼'이라는 단어에 홍냥의 표정이 단숨에 바뀌었다. 벼락이라도 맞은 듯 충격을 받은 눈치였다.

"겨, 결혼…."

홍냥은 아직 건강하고 아름답지만 이미 결혼 적령기는 훌쩍 지났다. 10대 중반에서 20대 초반에 걸쳐 결혼하는 자들이 많은 가운데, 홍냥은 서른하고도 두 살을 더 먹은 나이였다.

후궁에 있을 때는, 비록 환관이긴 했지만 가오슌을 노리던 시기도 있었을 정도였다. 참고로 가오슌은 환관은 아니었으나 눈을 시퍼렇게 뜬 연상의 부인이 있었기에 홍냥도 깨끗이 포기했다.

"홍냥은 뭐든지 혼자서 다 해 버리지. 그럼 홍냥이 없을 때 난 아무것도 할 수 없게 돼. 하다못해 다른 시녀들에게 일을 나눠 주기라도 해."

지나치게 유능한 나머지 남자들도 다가오기 어려웠을 것이다.

교쿠요가 열네 살의 나이로 입궁하게 되었을 때 홍냥도 함께 왔다. 후궁이라는 복마전에 들어가기 위해서는 유능한 시녀가 필요했기 때문이었다. 당시 나이 많은 시녀들은 홍냥 외에도 몇 명 더 있었으나 교쿠요가 주상의 승은을 입은 뒤 목숨을 위협당하는 입장이 되자 한 명, 또 한 명 고향으로 돌아가 버렸다. 결혼을 이유 삼는 자도 있었는가 하면, 독 시식을 하다 쓰러진 자도 있었다.

남은 사람은 홍냥과 아직 한창 젊고 미숙한, 잉화를 비롯한 세 시녀들뿐이었다. 분명 자신들이 하지 않으면 아무도 할 수 없을 거라면서, 내내 긴장한 채 지냈으리라.

딸이 태어나 일시적으로 유모를 고용하긴 했지만 모래로 된 대지에서 자란 교쿠요는 누가 적이고 누가 아군인지 알 수가 없다며 새 시녀를 들이지 않았다.

그런 가운데 들어온 아이가 마오마오였다.

그 아이가 있을 땐 참 재미있었지, 하고 추억에 빠질 뻔했지만 지금은 그런 생각을 할 시간이 없다.

교쿠요는 스스로의 지루함을 해소하기 위해서라도 홍냥 앞에서 온 힘을 다해 현 상황에 대해 시치미를 떼야만 한다.

"아버님도 전에 말씀하셨어. 홍냥에게 언젠가 좋은 혼담을 마련해 줘야겠다고."

"교쿠엔 님께서…."

홍냥은 감동했다.

거짓말은 아니다. 아버지는 "홍냥의 아이라면 아들이든 딸이든 똘똘하겠지."라고 말한 적이 있었다. 젖형제가 되긴 이미 늦었지만 그래도 든든하게 모셔 줄 거라고 말이다.

“전과 다르게 시녀도 늘었어. 너 혼자서만 한없이 짊어질 필요는 없잖아.”

동궁의 출산 때문에 고향에서 시녀가 세 명 왔고, 황후가 된 후로는 더욱 늘어났다.

“불안한 건 알아. 후궁은 아니지만 이곳 역시 여자들의 전장이니까. 무슨 일이 생길지 모르지. 그래도 넌 이제 혼자가 아니야. 자기 자신의 장래를 생각하며 살아가 줘.”

교쿠요는 스스로도 이렇게 세 치 혀가 능수능란하게 돌아갔던가, 하며 감탄했다. 이 성격 덕분에 여자들의 전장에서도 살아남았는지 모른다.

“교쿠요 님, 교쿠요 님께서 그렇게나 제 생각을 해 주셨을 줄은….”

홍냥의 눈이 촉촉하게 젖어 들었다.

“알겠습니다. 당장 아이란과 구이위엔을 불러 오겠어요. 그 아이들에게 제 일을 어디까지 맡길 수 있을지는 모르겠지만.”

벌써부터 의욕이 넘치는지 홍냥은 바로 방을 나갔다.

그 옆얼굴은 마치 사랑에 빠진 소녀처럼 발그레해져 있었다.

“…….”

교쿠요는 방에 혼자 남자, 다시 책상 위의 필기도구로 손을 뻗었다.

그냥 농담이었다는 말만으로 끝낼 수는 없다. 도성에 있는 교쿠엔에게 괜찮은 혼처가 없는지 편지를 써서 물어보기로 했다.

"교쿠요 님."

그때 다시 돌아온 홍냥 때문에 깜짝 놀란 교쿠요는 하마터면 붓을 떨어뜨릴 뻔했다.

"무슨 일이니?"

아무렇지 않은 척하면서도 혹시 들키지 않았을까 슬며시 눈치를 보았다. 홍냥의 얼굴은 아까와 다르게 살짝 창백해져 있었다. 방 밖에는 코쿠우가 서 있었다. 그녀의 얼굴도 파래 보였다.

"이걸…."

편지를 내밀었다. 깔끔하게 접혀, 밀랍으로 봉해져 있었다. 개양귀비 모양의 봉랍이 찍혀 있었지만 반쯤 뭉그러져 있어, 먼 곳에서 온 편지라는 사실을 알 수 있었다.

"……."

그 봉랍은 낯이 익었다. 이름이 적혀 있지 않아도 누가 보낸 편지인지 금방 알아볼 수 있다.

"오, 오라버니, 구나."

아까는 그렇게나 매끄럽게 움직이던 혀가 이번에는 통 돌아가질 않았다.

오빠는 아버지의 정실부인 소생이다. 교쿠요의 모친은 서도에서 공연을 하던 무희였고, 아버지의 눈에 들어 교쿠요를 낳았다. 붉은 머리와 비취 빛깔 눈동자는 어머니에게서 물려받은 특징이었다.

나이는 스무 살 넘게 차이가 난다. 남매라기보다는 부모 자식에 가깝지만 둘 사이에 피붙이를 대하는 온정은 전혀 존재하지 않았다.

'이민족 자식 주제에.'

교쿠요가 말도 제대로 알아듣지 못할 무렵부터 오빠에게는 가까이 다가가지 않으려 도망치곤 했다. 동시에 오빠의 자식들에게도 늘 쫓겨 다녔다.

부모가 멸시하는 인간은 자식도 멸시하는 법이다.

웃을 수밖에 없었다. 입꼬리를 최대한 끌어올려 어떻게 해서든 웃었다. 울면 상대는 더욱 기뻐하고, 화를 내면 교쿠요에게 괴롭힘을 당했다며 고자질하곤 했다. 그러니 웃으며 지내는 수밖에 없었다.

아버지가 갓 즉위한 황제의 후궁에 입궁하라고 했을 때, 교쿠요는 기회가 왔다고 생각했다.

오빠와 그 자식들의 손이 닿지 않는 곳으로 가면 즐거운 일이 가득할 게 틀림없다.

고향을 떠나는 슬픔도 있지만 기쁨도 컸다.

교쿠요는 뭉그러진 봉랍을 뜯었다. 대필을 시켰는지 오빠치

고는 우아한 필체로 글이 적혀 있었다.

"뭐라고 쓰여 있나요?"

홍냥이 걱정스러운 표정을 지었다.

교쿠요는 쿵쿵 뛰는 심장 소리를 억누르며 입꼬리를 끌어올렸다. 웃자, 웃어야 한다.

"지극히 평범한 계절 인사부터 시작되네. 그래도 경의를 표해주긴 하는구나."

분명 이를 바득바득 갈며 썼을 게 틀림없다. 그토록 싫어하던 이민족 출신 첩의 딸이니 말이다.

아버지 교쿠엔이 도성으로 온 후 서도는 오빠의 천하가 되었으리라. 앞으로는 아버지가 계속 도성에 남고, 그곳은 오빠가 다스리게 되겠지.

그 외에도 오빠가 몇 명 더 있긴 하지만 가장 자기 현시욕이 강한 사람은 큰오빠였다.

그렇기 때문에 아버지는 일을 보좌시킬 인재를 도성에서 모집했다. 그중에 칸 태위의 옛 부하도 있다고 한다. 태위가 마오마오의 부친이라는 말을 들었을 때는 놀랐지만 동시에 납득도 했다.

오빠는 야심가다. 권력자가 야심을 갖는 일은 나쁜 건 아니다. 하지만 지나치면 독이 된다.

그리고 편지에는 새로운 야심이 엿보였다.

"딸을 후궁에 들여보내고 싶대."

교쿠요에게는 조카에 해당하는 인물이다. 나이는 열여섯 살 쯤 된다고 하는데 오빠에게 그 나이 또래의 딸이 있었던 기억은 없다.

첩 소생이거나, 아니면 어딘가에서 양녀로 들여왔으리라.

무슨 생각인 건지 작은 초상화도 동봉되어 있었다.

"……."

교쿠요는 말없이 그림을 찢었다. 후궁으로 보내지는 소녀에게 죄가 없다는 사실은 알고 있으나, 오빠의 의도가 너무도 투명하게 들여다보여 혐오가 느껴졌다.

그림의 소녀는 빨강 머리와 녹색 눈을 지니고 있었다.

오빠가 혐오하는 이민족, 교쿠요가 지닌 색채로….

약사의 혼잣말

12화 : 맛없는 요리

하늘은 납빛이었고 드문드문 눈이 내렸다.

"춥다 했더니 역시나 오기 시작하네."

야오가 빨래 때문에 빨개진 손가락에 입김을 불었다. 옌옌이 봤다면 바로 연고를 꺼내 야오의 손에 정성스럽게 발라 줬을 텐데 말이다.

"어젯밤은 맑았는데 말이에요."

마오마오는 별이 가득하고 아름다웠던 밤하늘을 떠올렸다. 겨울은 맑은 날일수록 춥다. 아버지의 말에 의하면 구름이 하늘을 덮어 주지 않을 경우 낮에 데워져 있던 공기가 달아나 버리기 때문이라고 한다.

"이러면 원유회도 힘들겠네."

"그러게요."

남의 일처럼 이야기하며 빨랫감이 든 통을 들고 의국으로 돌아왔다.

오늘은 원유회 날이다. 하지만 올해의 마오마오와는 상관이 없다. 기껏해야 의관 몇 명 정도가 원유회에 차출되었을 뿐이다.

"응? 왜 이렇게 사람이 많지?"

무관, 문관 할 것 없이 사람이 북적거렸다. 평소 문관들은 별로 들를 일 없는 장소인데 말이다.

아무래도 다들 측간으로 향하고 있다는 사실을 깨달은 마오마오는 손뼉을 쳤다.

"원유회에 참가하는 사람들이네요. 시작하기 전에 소변을 봐둬야만 해요. 중간에 퇴장을 할 수가 없거든요."

"하지만 여기서 너무 멀지 않아?"

"제일 가까운 곳은 높으신 분들이 쓰시죠."

마오마오는 재작년 일을 떠올렸다. 측간이 가까운 곳에 없어 너무나 괴로웠다.

"폐하도?"

"폐하의 경우에는 새로 만들었던 것 같아요."

황제가 어느 누가 썼을지 모를 측간에서 용변을 볼 수는 없다. 나라의 정점에 서는 분이니 어쩔 수 없다.

문득 야오가 걸음을 멈췄다.

"왜 그러세요?"

"마오마오, 이쪽 길로는 가지 말자."

야오는 마오마오의 손을 잡아끌었다.

"멀리 돌아가게 되는 것 아닌가요?"

"마주치기 싫은 사람이 있어."

야오는 방향을 휙 돌렸다. 원래 가던 방향에는 관리들이 북적거리고 있었다.

측간으로 향하는 문무관들 중 마음에 안 드는 사람이 있나 보다. 괜히 얼굴을 마주치느니 그냥 피해 버리고 싶은 그 마음은 충분히 이해가 된다.

'대체 누구지?'

관리들 중 야오가 아는 사람이 있다면, 현재 후견인이 되어 주고 있는 숙부일까. 아니면 예전에 숙부가 소개해 줬다던 맞선 상대 중 누군가일까.

캐물어 봤자 딱히 마오마오에게 무슨 이득이 생기는 것도 아니므로 그냥 얌전히 따라가기로 했다.

의국에 돌아오자마자 야오는 옌옌에게 붙잡혔다.

"아가씨!"

"…옌옌, 조금 추워."

뺨과 귀가 빨개진 야오에게 옌옌은 겉옷과 생강탕을 가져다 주었다. 마오마오에게도 생강탕을 남겨 주긴 했지만 야오에게 줄 때처럼 꿀을 듬뿍 타 주진 않았다. 잔을 호호 불어 한 모금 마시자 몸이 천천히 따스해졌다. 감귤 껍질을 갈아서 넣었는지 향기가 좋았다.

실내도 부상자와 환자가 왔을 때를 대비하여 따뜻하게 유지하고 있기 때문에 무심코 꾸벅꾸벅 졸 것만 같았다. 겨울이 되면 농땡이를 피우러 온 무관들이 툭하면 상관에게 뒷목을 붙잡혀 수련장으로 끌려가곤 한다.

오늘은 원유회 덕분에 높은 의관들이 전부 나가고, 비교적 마오마오 일행에게 자상하게 대해 주는 젊은 의관들만 남아 있었다. 다들 상사가 없으니 살짝 긴장이 풀린 상태였다.

"아~ 몸이 좀 따뜻해졌네. 그럼 다시 일하러 돌아갈까."

"아가씨, 오늘은 이쪽에 남아 계세요. 바깥일은 저랑 마오마오가 할게요."

'나도 방에 있고 싶은데.'

"그럴 수도 없잖아. …그 모습을 보니 숙부님이 이쪽에 오셨었나 보네."

"아가씨."

마오마오의 예상대로 숙부였던가 보다.

"그래서 어땠어? 다른 사람들에게 폐를 끼치진 않았어?"

"아, 네. 사실은 계속 기다리고 있을 생각이었던 것 같지만…."

옌옌이 흘끔 뒤쪽을 쳐다보았다. 책상에 앉아 있던 젊은 의관이 정색을 하며 고개를 번쩍 들었다.

"내가 다 설명해 뒀어요. 이곳은 부상자와 환자가 찾아오는 곳이지 휴게소가 아니라고. 기다리고 있다가는 원유회에 늦을지도 모른다고 했더니 바로 돌아가더군요."

"그랬군요. 감사합니다."

야오가 우선 고개를 숙였다. 옌옌은 이를 빠득빠득 갈면서 질투 어린 눈빛으로 젊은 의관을 쳐다보았다.

'안심해도 돼. 그 녀석은 야오가 아니라 옌옌 널 노리고 있을 테니까.'

머릿속에 온통 아가씨밖에 없는 옌옌에게 아가씨 주위에 있는 남자들은 전부 털벌레처럼 보이리라.

마오마오는 깨끗이 빤 붕대를 냄비로 옮겨, 삶아서 소독할 준비를 했다. 조금 더 게으름을 피우고 싶었지만 일을 끝내는 게 먼저다.

"마오마오."

옌옌이 부르기에 마오마오는 뒤를 돌아보았다.

"이거, 땔감으로 써요."

옌옌이 건넨 물건은 천이 붙어 있는 나무 판이었다. 두 장을 접어 겹칠 수 있게 되어 있었고, 펼치니 그 속에는 남자의 초상화가 들어 있었다.

"이 사람은 질리지도 않나 봐."

야오는 어이가 없다는 표정으로 화덕에 불을 붙이기 위해 화로에서 불씨를 옮겨 왔다.

숙부님인지 뭔지 하는 사람이 뭘 하러 왔는지 알 수 있었다. 맞선 상대의 초상화인가 본데 얼마나 미화시켜 그렸는지 모를 노릇이다. 마치 배우의 초상화 같았다.

젊은 의관이 마오마오와 야오를 흘끔흘끔 쳐다보면서 '빨리 방을 나가 줘'라고 시선으로 호소하고 있었다. 단둘만 남는다고 옌옌과 친해질 수 있을 리는 없다. 다른 젊은 의관은 이미 옌옌, 그리고 옌옌의 수호를 받고 있는 야오를 일찌감치 포기했는데 이 사람은 끈질기다. 참고로 마오마오는 처음부터 열외였다는 사실을 덧붙여 둔다.

'오히려 단둘이서 대화가 진행이 되긴 할까?'

소박한 의문이지만 이 의관은 꽤 뻔뻔하다. 마오마오와 야오가 방을 나서자마자 냉큼 옌옌에게 달려드는 걸 보니 말이다.

"옌옌, 아까 하던 얘기 좀 계속하자. 야오 씨한테도 나중에 얘기해 줘."

"……."

야오의 관심을 끌 수 있다면 옌옌도 어느 정도는 참을 것이다.

'단순한 화제 제공자로만 생각하고 있을 텐데.'

옌옌은 만만치 않을걸, 하고 생각하며 마오마오는 화덕이 있는 밖으로 나갔다.

정오가 조금 지났을 무렵, 붕대 소독과 널기가 끝났다. 의국에 돌아가 점심을 먹을 생각을 하며 마오마오는 얼어붙은 양손을 비볐다. 원유회도 휴식 시간이 되었는지 측간에 사람들이 계속해서 몰려들었다.

"야오 씨, 측간에 다녀오지 않아도 괜찮겠어요?"

"나, 나는 괜찮은데, 마오마오는 어때?"

"전 아까 다녀왔어요."

야오가 배신당했다는 표정을 지었다. 사람이 많아질 것 같아, 야오가 붕대를 너는 사이 잽싸게 다녀왔다.

"야오 씨, 안 가요?"

다시 한번 물었다.

"안 가!"

측간은 남녀 구별이 확실하게 되어 있으나, 남성이 가득한 가운데 화장실에 가려면 용기가 필요할 듯했다. 무엇보다 참지 못하고 여자용 측간에 들어가는 자들도 드물게 있다. 평소 그곳을 사용하는 관녀들은 매우 불편해 보였다.

"마오마오는 원유회에 간 적이 있지."

"옌옌에게서 들었어요?"

"응."

역시 정보통이구나, 하고 마오마오는 생각했다.

"어떤 느낌이야?"
"추워요. 그리고 별로 환상을 품을 만한 자리는 아니에요."
화려한 무대이긴 하나 시녀로서 참가한 마오마오에게는 추위와의 싸움일 뿐이었다. 아직 갓난아기였던 링리 공주가 결코 감기에 걸려서는 안 되었기 때문에 필사적으로 사투를 벌여야만 했다. 비녀를 받는 일에 환상을 품을 수도 있겠지만, 분명히 보이지 않는 곳에서 옌옌이 방해 공작을 펼칠 게 뻔하다.
그리고 식사도 문제다. 독 시식 때문에 사람들은 온통 음식 맛을 잘 모르겠다는 표정만 짓고 있었다. 차게 식은 탕을 먹어야만 하는 일도 많다.
'독 따위 그리 쉽게 넣을 수 있는 상황도 아닌데.'
본래 음식에 독을 섞어 넣는 일은 매우 위험한 행동이다. 하는 사람 역시 각오가 필요하다.
하지만 희생을 치르면서까지 굳이 저지르려 하는 사람도 있는 법.
그래서 마오마오는 과거에 독이 든 탕을 먹은 적이 있었다.
'먹고 싶다.'
"마오마오, 왜 그렇게 웃어?"
야오가 마오마오의 얼굴을 빤히 바라보았다.
"앗, 죄송합니다."
그 탕의 맛을 또다시 떠올리고 말았다. 독이라면 쓴맛이나 역한 맛만 나는 게 낫지 않나 싶지만, 독이 있어도 맛있는 음식이 세상에는 얼마든지 많다. 복어도 그렇고, 버섯도 그렇다.

측간 앞을 스쳐 지나가려는데 "우웩." 하는 소리가 들렸다. 무슨 일인가 했더니 우물 주위에 남자 여럿이 모여 물로 입을 헹군 뒤 뱉어 내고 있었다. 체격으로 볼 때 무관인 듯했다.

"무슨 일이지?"

무관은 무관이지만 평소 보는 사람들보다 질 좋은 옷을 입고 있었다. 원유회 참가자들인 듯했다. 게다가 낯익은 얼굴도 있었다.

"궁금하시면 물어볼까요?"

"어, 잠깐…."

마오마오는 우물 근처로 다가갔다. 건장한 체격의 무관들 사이로 대형견이 연상되는 남자가 한 명 섞여 있었다.

"오랜만에 뵙습니다."

"아가씨."

성격 좋아 보이는 형씨, 리하쿠였다.

리하쿠는 2년 전 원유회에도 출석했다. 올해도 참가한다 해도 이상하지 않다.

"무슨 일이 있었나요? 뭔가 토하고 계신 것 같았는데요."

"아, 괜히 신경 쓰게 했나 보네. 딱히 이상한 일은 없었어. 그냥 요리가 맛이 없었을 뿐이지. 그렇지?"

리하쿠가 주위 무관들에게 동의를 구했다.

“맞아. 그건 심했어. 궁정 요리라기에 기대하고 갔는데 그럴 바에는 식당 아저씨가 해 주는 밥이 훨씬 나아.”

“식어서 그런 것도 있겠지만 그 탕은 너무하더라고. 아무리 그래도 양 조절에 실패했다고밖에 생각할 수 없는 맛이었어. 혹시 폐하의 식사에도 똑같은 게 나간 것 아냐?”

“폐하 몫은 별도야. 우리랑 똑같은 걸 드실 리가 없잖아.”

“그건 그러네.”

무관들이 웃었다.

“요리 맛이 없었다고요?”

마오마오는 원유회에 어떤 음식이 나가는지 알고 있다. 식었다 안 식었다를 떠나서 맛 자체는 하나같이 훌륭한 것들뿐이었다. 아니면 사실은 관리에 따라 대접되는 요리가 다를 수도 있겠지만.

“어떤 음식이 나왔는데요? 그 탕이란 건.”

만일 주상이나 고관에게 이상한 요리가 나갔다면 나중에 요리사의 목이 날아갈지도 모른다. 또는 이상한 것을 넣었다면 그 또한 큰 문제다.

“유난히 짰어. 색다른 요리를 대접하겠다는 생각에 남방 음식을 만들었는지도 몰라. 무늬가 들어간 달걀이 들어 있어서 생김새는 맛있어 보였는데 말이야.”

하지만 그 달걀을 막상 입에 넣어 보니 너무 짰다. 탕에 이르러서는 그냥 뱉어 버릴까 하는 생각이 들 정도였다고 한다.

"무늬가 들어간 달걀?"

'차엽단茶葉蛋인가?'

차엽단은 살짝 금이 간 삶은 달걀을 찻물에 담가 만드는 요리다. 색이 배면 거미줄 같은 무늬가 생긴다. 그대로 먹는 경우가 많지만, 생김새가 예쁘기 때문에 원유회 요리에도 사용한 모양이었다.

"간신히 먹긴 했는데, 다른 요리도 또 맛이 이상하지 않을까?"

"맞아, 맞아. 그런데 주위에서는 용케 아무렇지도 않게 먹던걸. 내 상관은 계속 '맛있다 맛있다' 하면서 입맛까지 다시더라고. 혀가 미쳐 버렸는지도 몰라."

이곳에 있는 무관들은 자신들의 혀가 이상해진 게 아닌가 의심하면서 식사를 했다고 한다. 하지만 이렇게 같은 감상을 느낀 사람들이 모여 있으니 역시 요리가 이상한 게 맞다고 확신한 모양이다.

"그럼 여러분, 그 탕을 드시고 나서 어느 정도 지났나요?"

"으음… 한 시간 정도? 그냥 뱉고 싶은 것을 참았다가 휴식 시간이 되자마자 이리로 달려왔거든."

그러고 보니 리하쿠를 포함해 모두가 땀을 조금 흘리고 있었다.

"한 시간이라. 몸에 문제는 없으신 것 같네요."

"뭐야, 그 말투. 설마 독이 들어 있었다는 뜻은 아니겠지. 이걸 봐, 멀쩡하기만 하잖아."

"독의 종류에 따라서는 나중에 효력을 발휘하는 것도 있거든요."

야오가 슬며시 덧붙였다. 자신이 직접 체험한 일이었던 만큼 목소리에 감정이 담겨 있었다.

"거, 겁주지 마. 얼굴은 예쁜데 무서운 소리를 하는 아가씨가 다 있네."

리하쿠가 얼굴을 찡그렸다.

"무슨 일이 있으면 의국으로 와 주세요. 내장까지 다 토해 낼 수 있을 만큼 강력한 약을 준비해 둘게요."

"내장은 토하면 안 되잖아."

리하쿠가 얼굴이 파래지는 가운데 마오마오와 야오는 의국으로 돌아왔다.

"마오마오, 어떻게 생각해? 아까 그거."

"보통은 소금이 한 군데 뭉쳐 있었다고 봐야겠죠. 국물 속에서 소금이 덜 녹아 뭉쳐 있는 경우는 별로 없긴 하지만, 아까 모여 있던 사람들이 먹은 냄비만 양 조절에 실패했을 수도 있고요."

커다란 암염 덩어리를 넣었을까, 아니면 나중에 소금을 넣었을까.

어쨌든 몸 상태가 나빠지면 바로 와 달라고 하는 수밖에 없다.

"그러게."

야오 또한 고개를 갸웃거렸지만 일단은 마오마오의 가정에 납득하기로 했다.

원유회 때문에 주변은 부산했지만 마오마오 일행은 빨리 퇴근할 수 있어서 기뻤다. 오늘은 의무실 정리를 하고 나면 끝이다.

"아~ 오늘은 편했으니까 내일도 이랬으면 좋겠는데 말이야. 지금부터 시간이 있으면 식사라도…."

일이 끝날 무렵, 옌옌에게 추파를 던지던 젊은 의관이 말했다.

"일지를 쓰지 않으셨네요. 류 의관님이 곧 돌아오실 테니 써두시는 편이 좋겠어요."

옌옌은 일지를 의관 앞에 내려놓고는 웃옷을 집어 들어 야오에게 걸쳐 주었다.

"아가씨, 밖은 추울 테니 따뜻하게 단단히 잘 입고 가세요."

"…알고 있어."

목에도 목도리가 야무지게 둘려 있었다.

마오마오는 솜옷을 입고 재빨리 젊은 의관 앞으로 다가가 섰다. 참고로 이 사람은 리李 의관이라고 하는데 '리'라는 성이 그 외에도 두 명 더 있기 때문에 고유명사로 불리는 일은 별로 없다. 이름은 티엔요우天佑인데 마오마오 일행은 한 번도 그 이름을 말해 본 적이 없다. 이유를 들자면 티엔요우가 처음에 "편하게 이름으로 불러 줘."라고 말했기 때문이다. 마오마오, 야오, 옌옌은 셋 다 각각의 성격 때문에 절대 부르지 않는다.

"그럼 실례하겠습니다."

"실례할게요."

"아가씨, 저녁은 뭐가 좋으세요?"

'완전히 무시하는구나.'

오늘은 끈질기게 말을 걸어 댄 모양이었다. 의국에서 티엔요우가 손을 흔들고 있지만 돌아볼 기색도 없다.

'돼지가 좋아. 돼지, 돼지.'

마오마오는 워낙 추웠기에 기름진 돼지고기를 먹고 싶다고 야오를 향해 간절히 빌었다. 의국을 나오니 차가운 바람에 귀가 찢어질 것만 같았다.

"글쎄, 닭고기가 먹고 싶네. 겉을 바삭하게 구워서."

야오에게 마오마오의 소원은 닿지 못했다. 하지만 닭도 나쁘진 않다.

"그럼 곁들일 반찬으로는 산뜻한 뭔가가 필요하겠네요."

마오마오는 재빨리 대화에 끼어들었다.

"그러게, 초무침도 먹고 싶어지는데."

야오가 대답해 주었기에 옌옌이 마오마오를 돌아보았다.

"그럼 마오마오, 채소가 부족하니까 가서 사 와 주세요."

옌옌의 눈에는 '일하지 않는 자 먹지도 말라'라고 쓰여 있었다.

할 수 없다는 생각에 마오마오는 어깨를 으쓱하고 떨면서 고개를 끄덕였다.

약사의 혼잣말

13화 : 비녀 도둑

표면은 바삭하고 속은 촉촉한 식감.

생각만 해도 군침이 흐른다.

'어제 먹은 닭고기는 정말 맛있었어.'

마오마오는 어제 저녁 식사를 떠올리며 일을 하고 있었다. 약연으로 열심히 약초를 갈면서 계속 흐르는 침을 도로 삼켰다.

옌옌의 요리 실력은 정말 대단하다. 마오마오도 스스로 요리를 잘하는 축에 들어간다고 생각하지만 옌옌에게는 이기지 못한다. 오빠가 요리사인가 뭔가라고 했던 것 같은데, 본인도 충분히 거기에 필적하는 실력이 아닐까 싶다.

표면 껍질이 바삭바삭하게 구워져 있고, 그것을 파헤치면 연홍빛 속살이 드러난다. 깨물면 육즙이 주르륵 흐른다. 간은 소금과 매콤한 검은 알갱이로 했는데, 설마 그게 후추였나. 야오의 식사에 대한 옌옌의 집착은 어마어마했기에, 식비만으로도 급료의 태반이 날아간다고 할 수 있을 정도였다.

게다가 최근 들어 마오마오가 식사에 끼는 일도 많으니 지출은 더욱 늘어났으리라.

"……."

그렇게 생각하니 식비를 내는 편이 좋겠다고 마오마오는 반성했다. 웬만한 가게에 가서 사 먹는 것보다 훨씬 맛있다. 재료비 정도는 내야겠다.

"응, 그래."

"왜 끄덕이고 있어?"

어느샌가 야오가 옆에 와 있었다.

"아까부터 류 의관님이 부르고 계시잖아."

"그랬어요?"

마오마오는 약초와 약연을 정리했다.

"내가 해 둘 테니까 가 봐. 무슨 짓을 저지른 거야?"

"지금은 아직 아무것도."

그렇다, 아직 아무것도 하지 않았다. 지금은.

야오의 표정을 보니 본인 나름대로의 농담인 듯했다. 시샘도 섞였다.

마오마오는 야오나 옌옌보다 약사로서의 경험이 많기 때문에 둘과는 다른 일이 주어지는 일도 잦았다. 약초 채집 심부름 따위도 자주 나가곤 했다. 야오는 마오마오와 같은 일을 받지 못하는 게 분한 모양이었다. 아까 그 농담도 거기서 나온 소리였다.

'전보다 많이 부드러워지긴 했지만.'

야오가 변한 걸까, 아니면 마오마오가 느끼는 방식이 달라진 걸까.

마오마오는 의관이 있는 방으로 향했다.

"류 의관님, 무슨 볼일이라도 있으신가요?"

"그래, 이걸 받아라."

의관이 편지를 건네주었다. 밀랍으로 봉해져 있고, 그 봉랍은 낯이 익었다.

'교쿠요 황후.'

평소였다면 아마 다른 방식으로 편지가 오갔을 텐데, 류 의관이 가져온 걸 보니 뭔가 급한 용건이라도 있는 모양이었다.

"바로 궁에 와 달라는구나."

편지 내용도 마찬가지였다. 자세한 내용은 적혀 있지 않았다.

"그럼, 뭐…."

"아니, 너 혼자 가야 한다."

황후를 진맥한다면 환관인 아버지가 적임자일 텐데. 마오마오는 자기 혼자만 오라는 말에 고개를 갸웃했다.

"의문이 느껴질 수도 있겠지만 그쪽에서 그렇게 말한 이상 나도 달리 할 말은 없다. 빨리 다녀오도록 해."

류 의관도 의아하게 생각하는 모양이었으나 상대는 황후다. 설령 의관들을 통솔하는 위치에 있는 자라 한들 말대꾸를 할 수는 없다.

"알겠습니다."

마오마오는 시키는 대로 하기로 했다.

의국에서 교쿠요 황후가 있는 궁까지는 마차에 실려 갔다. 같은 궁정 안에 있지만 외정에서 내정으로 이동하는데 마오마오 혼자서 휘적휘적 걸어가는 건 모양새가 좋지 않았기 때문이었다.

문을 몇 개쯤 통과하여, 황후가 있는 궁에 도착했다.

후궁 시절에 있었던 궁도 충분히 으리으리했으나, 지금 교쿠요 황후의 궁은 그 세 배를 넘는 규모를 자랑한다.

마오마오는 마차에서 내려 문 앞에 섰다. 문이 제멋대로 열렸다. 열어 준 사람은 날씬한 미인이었다.

'하쿠우잖아.'

마오마오는 떠올렸다. 짧은 시기나마 비취궁에서 함께 일했던 동료였다. 교쿠요 황후의 고향에서 왔다는 세 시녀들 중 한 명. 세 시녀들은 연년생 세 자매로 겉모습이 꼭 닮았으나 장식품의 색깔로 서로를 구분하기 쉽게 해 주고 있었다. 지금 나타난 시녀는 하얀 머리끈을 하고 있으니 하쿠우白羽라는 뜻이 된다.

나머지 둘은 세키우赤羽와 코쿠우黒羽. 막내 세키우 외에 다른 둘과는 큰 접점이 없었다.

"오랜만에 뵙네요."

평소였다면 잉화나 다른 시녀들이 맞이해 주기 때문에 지난번 왕진 때는 얼굴을 마주할 일도 없었다.

"기다리고 있었습니다. 이쪽으로 오시지요."

어디까지나 외부인으로 취급할 요량인 듯했다.

잉화처럼 수다 떨기 좋아하는 고참 세 시녀와 다르게 세 자매는 과묵하고 어른스러운 분위기였다. 형식적인 인사는 됐으니 들어오라는 뜻인가 보다.

평소였다면 마오마오가 왔을 경우 잉화 일행이 잔뜩 신이 나 몸이 근질근질하다는 표정으로 맞이해 주는데, 오늘은 조용했다.

"…무슨 일이 있었나요?"

마오마오 혼자만 불러낸 일 자체가 이상했다.

"이 방입니다. 직접 물어보십시오."

하쿠우는 마오마오를 응접실로 안내하고 나서 재빨리 사라져 버렸다.

안에 들어가니 긴 의자에 교쿠요 황후가 앉아 있었고, 그 옆에는 홍냥이 있었다.

마오마오는 천천히 고개를 숙였다.

“오랜만이구나.”

교쿠요 황후가 말을 걸기에 마오마오도 고개를 들었다.

“네. 오랜만에 뵙습니다.”

하지만 지난번 검진 이후 한 달 정도밖에 지나지 않았다.

“왜 갑자기 불러냈는지 알겠니?”

마오마오는 고개를 가로저었다. 교쿠요 황후의 목소리가 평소보다 낮게 들렸다. 항상 명랑한 태도로, 재미있는 일이 없을까 하면서 눈을 반짝반짝 빛내던 황후인데.

‘이 표정은….’

어디서 본 것 같은 기분이었다. 마오마오가 맨 처음 교쿠요 황후를 봤을 때였다. 리화 비와 대치하고 있을 때, 원인 불명의 병에 겁을 먹고 불안해하던 그 표정이 떠올랐다.

“번거롭게 돌려 말할 것 없이 설명하는 게 빠르겠다. 홍냥.”

황후는 시녀장 홍냥을 바라보았다.

홍냥은 탁자 위에 어떤 천 꾸러미를 올려놓았다. 천을 푸니 비녀가 하나 나왔다.

은으로 만들어진 비녀였다. 재미있는 모양새로, 꽈리 같은 바구니가 장식처럼 달려 있었다. 바구니 세공은 워낙 정교하여 웬만한 직공은 만들 수 없는 물건이라는 사실을 알 수 있었다.

하지만….

'드문드문 검게 색이 변해 있네.'

은은 부식이 빠르다. 검어진 바람에 그 자체로 비녀의 매력을 반감시키고 있었다. 그리고 세공 자체는 훌륭하지만 전체를 보면 묘하게 어색하고 뭔가 부족한 느낌이 들었다. 부품이 빠져 있는 듯했다.

'황후의 물건이라고 하기에는 왠지 만듦새가 조악한걸.'

마오마오는 고개를 갸웃거렸다.

"이게 무엇인가요?"

"원유회 때 내가 하고 나간 물건이란다."

"원유회 때?"

마오마오는 미간에 주름을 잡았다. 공공의 면전에 하고 나간 물건이라면 더욱 그렇다. 이런 비녀를 꽂고 나가다니, 우선 홍냥부터가 허락하지 않았으리라.

"네가 무슨 말을 하고 싶은 건지는 알겠어. 아무리 그래도 이 상태 그대로 원유회 때 하고 나가진 않았지."

홍냥이 끼어들었다.

'그렇겠죠….'

마오마오조차 뭔가 부족하다고 느껴지는 장식품을, 시녀 중에서도 상당히 까다로운 편인 홍냥이 착용하게 내버려 둘 리가 없다. 다른 의상들과의 조합에 맞춰 이 비녀를 하고 나갔음이 분명하다.

"직공을 시켜 서둘러 만들게 했는데 완성도가 꽤 괜찮았거든. 지금은 검어져 있지만 원래는 훌륭한 비녀였어. 그리고 바구니 속에도 장식품이 들어 있었지. 바구니 크기의 절반 정도 되는 물건이 말이야."

"장식품이요?"

꽈리 같은 바구니 속에 장식품이 들어 있다면 구슬이었을까. 하기야 안에 뭔가가 들어 있었다면 보기에 더욱 아름다웠으리라. 걸으면 방울 같은 소리가 울려 퍼졌을지도 모른다.

"하지만 문제의 장식품이 없네요."

바구니는 촘촘하게 만들어져 있어, 그 속으로 쑥 빠져나갔을 것 같지는 않았다.

"원유회 때 나는 맨 처음 의상에 이 비녀를 착용했단다. 점심 전에 한 차례 옷을 갈아입기 위해 연회석을 비웠는데, 그때는 이미 비녀가 사라져 있었어."

"……."

후궁 시절 원유회의 흐름을 생각해 보면 옷 갈아입을 시간은 빠듯했다. 하지만 부랴부랴 서두르는 비들에게 그리 쉽게 다가올 만한 사람은 없었으리라. 다가오는 사람이라면 시녀 정도일까.

"손버릇 나쁜 시녀가 섞여 있었던 게 아닐까요?"

물론 교쿠요 황후를 모시는 시녀가 아니라, 식사 시중을 들러

온 시녀를 말한다.

교쿠요 황후는 고개를 가로저었다. 대신 홍냥이 입을 열었다.

"도둑맞기만 했다면 차라리 나았지. 이 비녀는 오늘, 황후 전하께 바치는 공물 속에 섞여서 되돌아왔어."

운 좋게 비녀를 훔치는 데 성공한 시녀가 양심의 가책을 느끼고 돌려주려 했다 치자. 그렇다 해도 또다시 운 좋게 교쿠요 황후에게 가는 공물 속에 비녀를 숨겨 넣을 수가 있을까.

'무리지.'

협박이다.

교쿠요 황후의 바로 곁으로 다가갈 수도 있고, 궁 안의 짐에 훔친 물건을 숨겨 넣을 수도 있다는 사실을 암시하고 있는 것이다.

후궁 시절 다른 비가 교쿠요 황후의 독살을 시도한 적이 있었다. 지금은 동궁의 생모가 되고, 궁도 옮겼기에 전만큼 위험하진 않을 거라고 생각했는데….

'언제든 돌아와도 된단다.'

여러 번 들었던 그 말. 교쿠요 황후의 밑에서 다시 일해 보지 않겠느냐는 제안.

그것은 단순히 익숙하고 친한 사람이기 때문에 한 말이 아니었다는 사실을 마오마오는 이제야 깨달았다.

"마오마오, 범인을 잡아 줄 수 없겠니?"

교쿠요 황후가 난처한 듯 미소를 지었다. 그 주먹은 미세하게 떨리고 있었다.

교쿠요 황후는 표표한 사람이라고만 생각했다.

후궁이라는 여자의 화원 속에서 황제의 총애를 받은 여자에 대한 괴롭힘은 엄청나다. 하지만 교쿠요 황후는 절대 웃음을 잃지 않았다. 소녀 같은 호기심을 잃지 않고, 여성으로서의 배짱도 갖춘 교쿠요 황후에게는 딱히 자신이 없어도 문제없을 거라고 마오마오는 생각했다.

'그럴 리가 없었구나.'

아무리 황후라 해도, 국모가 될 분이라 해도 인간은 인간이었다.

마오마오는 황후궁의 한 방에서, 받아 온 비녀를 확인했다.

오늘은 이미 늦었으니 자고 가라고 했다. 기숙사에는 미리 연락을 해 놓은 모양이었다. 저녁 식사도 방에서 대접받았다.

거리로 따지면 반 시간도 되지 않을 곳에 기숙사가 있고, 무엇보다 외부인이 황후의 궁에 머무는 일 자체가 더 문제가 될 텐데 말이다.

'비녀에 못된 짓을 한 상대를 찾아내기 전까진 불안해서 견딜 수가 없다는 뜻일까?'

그런데 달리 부탁할 만한 사람은 없었던 걸까.

아니면….

마오마오는 준비해 준 방 안의 침대에 책상다리를 하고 앉아 팔짱을 꼈다.

'검게 변한 은.'

은은 부식된다. 손질을 게을리 하면 금세 탁해지기 때문에 항상 깨끗이 닦아 줘야 한다.

고귀한 분들은 은 식기를 즐겨 사용한다. 아니, 사용하지 않을 수가 없다.

비소에 닿으면 검게 변하기 때문이다.

비소 종류는 은을 금세 검게 만든다. 비소는 무색, 무취, 무미한 물질이지만 이 특성 덕분에 발견이 쉽다. 반대로 말하면 은 식기는 떼어 놓을 수가 없다는 뜻이다.

교쿠요 황후가 비소를 접한 일이 있었을까. 아니, 황후의 몸 상태는 기분이 어떻든 대략 양호하다. 독살을 당할 뻔했던 분위기는 아니다.

그럼 왜 검어졌을까.

'비녀를 도둑맞은 후로 검어졌다?'

독을 쓰려 했으나 쓰지 못했다. 그래서 교쿠요 황후를 협박하기 위해 비녀를 훔쳤다.

'아니….'

그건 너무 번거로운 방법이다.

무슨 의도가 있다 해도, 마오마오는 상상할 수밖에 없다. 대체 뭘 하고 싶었던 걸까.

게다가 한 가지 더, 신경 쓰이는 부분이 있다.

"부서진 것 같진 않단 말이야."

홍냥의 말에 의하면 그 속에 커다란 수정이 들어 있었다고 한다. 그 수정은 어디로 갔을까.

'수정이라.'

마오마오는 비녀를 흔들어 보았다. 틈새로 보석이 빠질 것 같지는 않았다.

하지만….

작고 하얀 알갱이가 마오마오의 치마 위로 떨어졌다.

"이게 뭐지?"

마오마오는 눈을 가늘게 뜨고 알갱이를 응시했다. 냄새도 맡아 보았다.

"……."

마오마오는 물과 수건을 준비한 뒤, 하얀 알갱이를 혀 위에 얹었다.

"…이건."

희미한 맛이 느껴짐과 동시에 문 두드리는 소리가 났다.

"마오마오, 잠깐 괜찮을까?"

누군가 했더니 잉화였다.

"무슨 일이세요?"

평소였다면 그냥 수다를 떨러 왔다고 생각했겠지만 그런 분위기로 보이진 않았다. 하지만 마침 잘됐다. 마오마오는 묻고 싶었던 게 있었다.

"비, 비녀 말인데."

잉화가 왠지 모르게 거북한 표정을 지었다.

마오마오는 금세 감이 왔다. 정말 딱 맞게 온 셈이었다.

"저, 혹시 이 비녀에 들어 있었다던 수정이란 건…."

전에 비취궁에 있을 때 만들었던 물건이 떠올랐다.

"소금 결정이었나요?"

하얀 알갱이에서는 희미하게 짠맛이 났다.

마오마오가 비취궁에 있었을 때 작은 결정 알갱이에서부터 꾸준히 크게 키워서 만들었던 물건이었다. 그중 예쁘게 잘 만들어진 몇 개를 교쿠요 황후에게도 건넨 적 있었다. 무엇으로 만들어졌는지 말하지 않으면 수정과 착각할 수도 있을 터였다. 홍냥에게는 비밀로 했었기 때문에 소금 결정의 존재를 모른다.

"…역시 마오마오야. 바로 알아냈구나."

잉화가 멍한 표정으로 고개를 끄덕였다.

"역시."

마오마오는 비녀를 천으로 집어 흔들었다.

"그런데 왜 소금으로 비녀를 만드셨나요? 금방 부서질 텐데."

교쿠요 황후에게 건넬 때도 습한 곳에서는 금방 녹을지도 모른다는 주의를 줬다. 습기 방지를 위해 숯도 함께 주었다. 아무리 예뻐도 소금은 소금이다.

"교쿠요 님, 요즘 들어 지루해하고 계셨거든. 그래서 원유회 장소에서만이라도 조금 장난을 치고 싶으셨나 봐."

교쿠요 황후가 직접 비녀의 도안을 그렸다고 한다.

물론 고지식한 홍냥에게는 비밀이었다. 잉화가 거북한 표정으로 찾아왔던 이유도 거기에 있었다.

"만약 중간에 부서지기라도 하면 어떻게 할 생각이셨어요?"

원유회는 여자들끼리 서로의 값어치를 매기는 장소다. 머리 끝에서 발끝까지 관찰당한다.

후궁 시절에는 교쿠요 황후만큼의 총애를 받기 위해 흉내를 내는 중급 비, 하급 비도 무척이나 많았다. 지금도 적지 않다.

비녀 속에 든 보석이 부서진다면 꼴사나운 일이다.

"그 전에 옷을 갈아입도록 미리 계획을 짰거든. 옷 바꿔 입기까지 반 시간은 기다려야 할 거라면서."

이 짜리 모양의 비녀는 그 독특한 형태로 뭇 사람들의 시선을 끌 터였다. 바구니 속에 든 보석이 과연 무엇일까, 하고 누구나가 궁금해하리라. 특히 연회에서 시중을 들던 여자들은.

후궁 안뿐만 아니라 밖에도 황제의 눈길을 끌고자 하는 여자들은 얼마든지 많다.

비녀를 무엇으로 만들었는지 궁금해하는 주위 사람들의 시선을 만끽하고 있었던 걸까. 또는 부서지면 어쩌지, 하는 짜릿한 위기감을 즐기고 있었는지도 모른다.

교쿠요 황후답다면 교쿠요 황후다운 일이긴 하지만, 동시에 위태위태하기도 했다.

'비녀를 자세히 관찰하고 싶었던 시녀가 훔쳤을까?'

그 가능성도 아주 없지는 않다. 차라리 훔치고 난 뒤 겁이 나서 나중에 되돌려준 게 원인이었다면 그나마 안심할 수 있다. 하지만 돌려주는 일 또한 쉽지는 않다.

"죄송한데요, 원유회 때 주위는 어땠나요?"

"어땠냐니?"

"연회 자리의 배치나, 뒤에서 준비하는 곳이 어떻게 되어 있었는지 말이에요."

"알았어."

잉화는 방 밖으로 나가 종이와 필기도구를 가지고 돌아왔다. 그리고 가벼운 붓놀림으로 겨냥도를 그려 나갔다.

"여기가 연회의 중심이고 주상이 계시던 곳이야. 바라보고 오른쪽에 황태후 전하와 진…이 아니라 달의 귀인. 왼쪽에 교쿠요 님. 조금 떨어진 곳에 교쿠엔 님이 계셨어. 직위는 아직 주목州牧인데도 승상과 같은 위치에 있었지."

주목이란 각 주州의 장관을 말한다. 다시 말해 리국에서는 서도를 중심으로 하는 서역 전체의 장長이라고 보면 된다. 시험 공부할 때 봤던 내용이 아직 어렴풋이 머릿속에 남아 있었다. 현재 승상 자리는 비어 있다. 시쇼를 대신하여 진시가 그 자리를 차지할 줄 알았더니 다른 직위로 갔나 보다.

이번 원유회의 가장 큰 목적은 교쿠엔에게 이름이 주어졌다는 사실을 널리 알리는 일이었으니 이해 못 할 배치는 아니다. 물론 그 외에 다른 중진들도 있었다.

"교쿠요 님께서 옷을 갈아입으신 곳은 어디였나요?"

"이번에는 궁 가까이에서 열려서, 그리로 이동했어."

측간도 궁에 있었기 때문에 시녀들은 전보다 편했다고 한다.

"하지만 주방이 좀 멀었어. 요리가 식어 버리는 건 늘 있는 일이지만 인원수대로 음식을 나르느라 힘들었지."

독 시식을 하다 보면 음식이 식게 된다. 애써 맛있게 만들었는데 아까운 일이라고 마오마오는 항상 생각한다.

"여기, 궁 바로 옆에 냄비가 놓여 있었어."

잉화가 손으로 그린 지도의 한 곳을 가리켰다.

"……."

마오마오는 눈을 가늘게 떴다.

"냄비를 지키는 사람은 없었나요?"

"그런 담당은 없었을 거야. 아마 말석에 앉은 사람들 몫이었겠지."

독 시식이 필요한 높은 분들의 음식은 별도로 준비하고 있다.

"그럼 그 냄비가 있을 때 비녀를 잃어버린 건가요?"

"앗, 맞아. 마침 식사 준비가 한창이었거든. 나는 다른 일을 부탁받아서 잠깐 교쿠요 님 곁에서 떨어져 있었는데, 돌아와 보니 비녀가 없어졌다고 소동이 벌어진 거야."

'아하, 그랬구나.'

마오마오는 납득하면서 비녀를 바라보았다. 왜 검어졌는지 그 이유를 알 수 있었다.

"마오마오, 뭔가 알아낸 듯한 표정인데?"

"그런 표정인가요?"

"그런 표정이야! 뭔데, 알려 줘!"

알려 달라고 해도 마오마오는 난감할 따름이다. 아직 입증이 된 것도 아니고, 예측 범위 내일 뿐이니 말이다.

"아직 정보가 부족해요."

"부족하다니! 그냥 알려 줘!"

잉화의 채근에 마오마오는 끙끙거렸다.

하지만 여기서 말 안 하겠다고 버텨도 가만히 입 다물어 줄 잉화가 아니다.

"알겠어요. 하지만 한 가지 확인하고 싶은 게 있어요."

"뭔데? 바로 가르쳐 줘."

"바로는 곤란해요. 이상한 말을 했다가 황후 전하를 혼란에 빠뜨리고 싶지 않아요."

잉화는 끄응, 하는 표정으로 뺨을 부풀렸으나 내키지 않는 얼굴로나마 수긍했다.

"그 시간에 궁에 있던 사람이 누구였는지 알 수 있을까요? 그냥 알아낼 수 있는 사람만으로도 충분해요."

"그건…."

마오마오는 잉화가 말해 주는 이름을 종이에 받아 적었다.

수수께끼가 풀렸다고 하면 어폐가 있을지도 모르지만, 비녀가 어떻게 없어졌는지는 대략 짐작이 갔다.

하지만….

'이건 이것대로 문제란 말이야.'

잉화에게서 들은 정보와 마오마오 자신의 예측을 맞춰 보니 왠지 수상한 냄새가 나는 방향으로 흘러가는 기분이었다.

교쿠요 황후를 안심시켜 주고 싶지만, 진실을 말해야 하지 않을까. 오히려 불안을 부채질하게 될지도 모른다.

'어떻게 전달해야 하나.'

한참 고민하고 있는데 또다시 문 두드리는 소리가 들렸다.

'이번엔 누구지?'

마오마오가 문을 열자 하쿠우가 서 있었다.

"무슨 일이신가요?"

"날이 조금 쌀쌀해져서 혹시 추우시지 않을까 싶어, 홑이불을 추가로 가져왔습니다."

"감사합니다. 나중에 제가 할게요."

"아뇨, 오늘은 손님이니까요."

하쿠우는 단정한 얼굴에 걸맞게 꼼꼼한 동작으로 마오마오의 침상을 정리해 주었다.

마오마오는 조금 불편한 기분을 맛보며 창가에 섰다. 틈새로 밖을 내다보니 드문드문 눈이 내리고 있었다.

"추운 것도 당연하네요."

하쿠우는 그다음 화로에 숯을 더 넣어 주었다.

"향은 어떻게 할까요?"

"아뇨, 괜찮아요."

익숙한 일이긴 하지만 굳이 하쿠우가 해 줄 필요는 없으리라. 분명 전에 교쿠요 비와 서도 시절부터 알고 지낸 사이라고 들었다. 짧은 시간 동안, 비취궁에서 함께 일하긴 했지만 잉화를 비롯한 고참 시녀 삼인방도 하쿠우에게는 경의를 표하고 있었다.

'더 말단 하녀를 보내지.'

"아뇨, 소중한 손님이니까요. 대접을 소홀히 할 수는 없습니다."

아무래도 생각이 입 밖으로 튀어 나갔던가 보다. 마오마오는 입을 꾹 다물었다.

'왠지 차갑단 말이야, 이 사람들.'

세 자매 중 막내 세키우 외에 나머지 둘은 성격이 어떤지 잘 모른다. 막내를 살짝 놀리는 모습 외에는 달리 본 적이 없다.

마오마오는 입 다물고 하쿠우를 배웅한 뒤 아까 쓴 기록을 꺼냈다. 품에 넣어 두길 잘했다. 누가 봤다면 또 이상하게 생각할지도 모른다.

떨리는 가슴을 안고 마오마오는 일찍 자기로 했다.

생각을 하며 잠들었더니 피로가 그리 풀리지 않았다. 마오마오는 졸린 눈을 비비며 몸을 일으켰다. 홑이불이 추가로 와서 다행이었다. 숨이 하얗고 귀가 빨개져 있었다. 창을 여니 밖에는 눈이 쌓여 있었다.

덜덜 떨며 잠옷을 갈아입고 있는데 복도에서 목소리가 들렸다.

"마오마오, 아침 먹자."

일찌감치 잉화가 찾아왔다.

잉화의 말에 순순히 따르기로 했다. 아침 식사 자리에는 구이위엔과 아이란도 있었다. 구이위엔은 전과 다름없이 포근한 분위기에, 살짝 통통해져 있었다. 아이란은 키가 조금 더 컸는지 시선이 전보다 더 높았다. 키가 작은 마오마오는 장신의 아이란이 부러웠다.

그리운 얼굴들을 보니 마오마오의 표정도 조금 부드러워졌다.

"아침 죽, 약간 사치를 부려서 말린 전복을 넣었어!"

""""오오!""""

무심코 마오마오까지 박수를 쳤다. 교쿠요 황후의 야식 재료에서 슬쩍해 온 걸까.

진한 국물에 살짝 소금 간을 한 간소한 음식이었지만 소재가 소재인 만큼 무척이나 맛이 좋았다. 쌀도 1급품이었다. 과연 황후 직속쯤 되면 시녀의 식사도 급이 올라가나 보다.

넷이 둘러앉아 잡담을 하던 도중 마오마오는 주위를 둘러보았다.

"왜 그러니?"

차분하지 못한 표정의 마오마오를 보고 구이위엔이 물었다.

"아뇨, 다른 분들은 아침 식사를 어떻게 하고 계시나요?"

하쿠우 외 2명도 있고, 황후가 되면서 시녀가 몇 명 더 늘어났을 터였다.

"아, 하쿠우 씨네는 다른 곳에서 식사를 하고 있어. 다른 시녀들은 궁 안에서 식사 안 하고."

"그러게, 더 사이좋게 지내고 싶은데 말이야. 셋 다 너무 고지식해서."

'이 세 사람이 너무 느슨한 것 아닐까.'

그래서 더 대하기 쉬운 것도 사실이지만.

잉화네 삼인방 쪽이 시녀로서 교쿠요 황후와 함께 후궁에 있었던 시간이 더 길다. 하지만 하쿠우 자매는 교쿠요 황후와 면식이 있기 때문에 경칭을 붙여 부르고 있다.

홍냥이 시녀장으로서 위에 서 있지만, 그래도 왠지 입장으로 따지면 하쿠우 자매가 잉화네 삼인방보다 위인 듯한 느낌이 자꾸만 든다.

'전보다 그 경향이 더 강해진 것 같네.'

잉화네 삼인방은 다른 비의 시녀들에게 대항할 때도 있지만 그건 어디까지나 교쿠요 황후의 험담을 들었을 경우뿐이다. 동료라고 인식하고 있는 하쿠우 자매에게는 적개심이 없는 모양이었다.

"얘, 마오마오. 범인 아직 못 찾았어?"

잉화가 물었다.

"…참 어렵네요."

마오마오는 애매하게 대답했다.

세 시녀들이 시무룩한 표정을 지었다.

"모르겠으면, 마오마오. 다시 여기로 돌아와도 돼. 약 조합 같은 걸 하긴 좀 어려울지도 모르지만 무슨 핑계를 대서든 허가를 받을 수 있어."

"그래, 맞아. 비취궁보다 방도 훨씬 많은걸. 화덕도 잔뜩 있어."

"수입품 약도 손에 넣을 수 있을 거야."

'수입품!'

하마터면 달려들 뻔했다. 안 되지, 안 돼.

마오마오는 차를 마시며 기분을 가라앉혔다.

"지금은 양아버지와 다른 의관분들에게서 일을 배우고 있어요. 다른 동료들에게도 폐를 끼치게 될 테니 그리 쉽게 하던 일을 바꿀 수는 없어요."

교쿠요 황후 밑에서 일하는 건 아주 매력적인 제안이다. 하지만 지금 황후 밑으로 들어가게 되면 다른 의미에서 여러 가지 조정이 필요하다.

'그 괴짜도 있고.'

외알 안경 군사가 황후의 궁으로 쳐들어올지도 모른다. 그 남자는 그냥 마오마오를 보러 올 뿐이겠지만, 주위의 시선은 달라진다.

교쿠요 황후가 아직까지 마오마오와 괴짜 군사의 관계를 모르지도 않을 것이다.

'본인이 그렇게 생각하고 있을 뿐이지 상관없는 타인이거든요.'

마오마오는 솔직히, 씨앗을 착각했을 뿐이고 자신은 다른 남자 손님의 자식이 아닐까 생각하고 있다. 그렇게 생각하고 싶다. 가능성은 낮지만.

교쿠요 황후가 단순히 자신을 장기판의 말로써 봐 준다면 편하겠지만, 황후는 마오마오의 능력을 높이 평가하고 있다.

'무시할 수는 없어.'

게다가 잉화 일행의 시선도 따갑다.

어떻게 말을 시작해야 할지 고민하고 있는데 빨간 머리끈을 한 소녀가 들어왔다. 하쿠우와 꼭 닮긴 했지만 생김새가 비교적 앳되다.

"무슨 일이야, 세키우?"

나이는 분명 마오마오와 동갑이었다. 하쿠우의 동생이자 세 자매 중 막내이기도 하다. 두 언니와 다르게 대하기가 다소 편하다. 전에 샤오란이 보낸 편지를 갖다주기도 했다.

"교쿠요 황후 전하께서 마오마오를 부르십니다."

담백한 대답에 마오마오는 다 먹은 그릇을 집어 들었다.

"아…. 설거지는 우리가 할 테니까 그냥 내버려 둬."

마오마오는 구이위엔의 제안을 고맙게 받아들이고 그러기로 했다.

"좋은 대답 기대할게~"

손을 흔드는 세 사람에게 고개를 꾸벅하고 나서 마오마오는 교쿠요 황후가 있는 곳으로 향했다.

황후의 방에는 홍냥과 하쿠우, 그리고 공주와 동궁이 있었다.

공주는 기어 다니는 동궁 주위에서 장난감을 보여 주고 있었다. 딴에는 놀아 주고 있는 모양이었다.

마오마오가 온 것을 보고 하쿠우가 동궁을 안아 들었다.

"세키우, 공주님을 부탁해."

"알겠습니다."

마오마오를 안내해 준 세키우가 링리 공주의 손을 잡았다.

"더 놀고 싶어."

세는나이로 이제 세 살이 되었을까. 이젠 제대로 된 말을 구사할 수 있는 듯했다. 하지만 마오마오에 대해서는 기억 못 하는지, 익숙지 않은 얼굴을 관찰하고 있었다.

조금 섭섭하다는 생각이 들었지만 할 수 없지, 하고 마오마오는 가볍게 손을 흔들었다.

하쿠우도 갓난아기를 안고 방을 나가려 했다. 그때 마오마오가 저도 모르게 하쿠우의 소매를 잡았다.

"왜 그러시죠?"

하쿠우는 마오마오의 결례되는 태도에 살짝 굳은 표정을 지었다.

"남아 있어 주시면 안 될까요?"

"왜죠?"

"함께 이야기를 좀 들어 주셨으면 해서요."

하쿠우의 표정은 변하지 않았다.

홍냥이 복도로 나와, 근처에 있던 아이란을 불렀다.

"네가 좀 봐 주렴."

그리고 동궁을 하쿠우의 손에서 받아 아이란에게 건넸다. 동궁이 웃으며 아이란의 머리카락을 잡아당겼기에, 아이란은 쓴웃음을 지으며 데리고 갔다.

"마오마오, 할 이야기라는 게 뭐니?"

교쿠요 황후와 홍냥은 하쿠우를 붙잡은 일에 대해 아무 말도 하지 않았다. 그냥 이야기를 진행시키는 게 빠르겠다고 생각한 듯했다.

"이것에 관한 문제입니다."

마오마오는 맡아 가지고 있던 비녀를 꺼냈다.

"범인은 알아냈니?"

"그건 모르겠습니다. 하지만 왜 검어졌는지, 그 속에 들어 있던 보석이 어디 갔는지. 이 두 가지에 대해서는 설명할 수 있을 것 같습니다."

"정말?"

"네."

마오마오는 어젯밤 잉화가 그려 준 겨냥도를 꺼냈다.

"황후 전하께서 차림새를 다시 갖추실 때, 궁으로 가셨다고 들었습니다. 그리고 옷을 갈아입으면서 비녀가 사라졌다는 사실을 깨달았다고요."

"그래. 시간이 없어서 비녀 찾기보다는 옷 갈아입기를 우선하긴 했지만."

'역시.'

비녀가 없어진 그 순간에는 소동이 일어나지 않았다.

"도둑맞은 게 아니라 어디 떨어뜨린 거라고 생각하셨던 건가요?"

"응. 급했거든. 도중에 머리가 나뭇가지에 걸렸어. 그래서 그때 떨어뜨렸나 보다, 하고 생각했지."

"…혹시 이 부근이었나요?"

마오마오는 겨냥도를 손가락으로 가리켰다.

"응, 맞아. 옆에 짐받이가 있어서 그걸 피하다 나뭇가지에 스쳤어."

짐받이. 즉, 거기에 냄비가 놓여 있었던 게 아닐까.

마오마오는 하쿠우를 흘끔 쳐다보았다. 하쿠우의 표정은 바뀌지 않았다.

'아닌가.'

하지만 하쿠우가 함께 있어 주는 편이 설명도 빠르다.

"단도직입적으로 말씀드리면 이 비녀는 도둑맞은 게 아니라 떨어뜨리셨다고 생각합니다."

"…그게 무슨 뜻이니?"

"말 그대로의 의미입니다. 황후 전하께서 이토록 불안해하고 계신 건 '모르는 사이 비녀를 도둑맞고, 심지어 협박이라도 하는 듯 그것이 돌아왔다'는 점 때문이지요?"

비녀가 검어지고, 속에 들어 있던 보석이 사라졌다. 마치 그 주인에게도 똑같은 짓을 해 주겠다고 협박하는 듯하다. 고귀한 사람에게 은이 탁해지는 일은 바로 독을 연상시키는 일이다.

"비녀가 검어진 것도, 보석이 사라진 것도 고의가 아니었다고 하면 황후 전하의 마음도 편안해지시지 않을까요?"

"…그건."

"그리고 황후 전하께서는 보석이 사라진 이유에 대해 짚이는 데가 있지 않으신가요?"

교쿠요 황후는 머리카락을 손가락으로 돌돌 감고 있었다. 시선도 허공을 헤매고 있다.

"그만하고 이제 설명 좀 해 줘. 비녀 속 보석은 왜 사라진 거니?"

인내심이 끊어진 홍냥이 마오마오를 재촉했다.

"교쿠요 황후 전하, 그 보석은 아직 남아 있나요?"

"…설명 안 하면 안 되는 거로구나."

단념한 듯 황후는 자리에서 일어섰다. 방 한구석에서 작은 상자를 꺼내 와, 투명한 다각형 결정을 보여 주었다.

"써도 될까요?"

"원래 네가 준 물건이잖니."

마오마오는 보석을 집고 물 주전자를 들었다.

"잔을 좀 주시겠어요?"

하쿠우가 찻잔을 가져왔다. 마오마오는 찻잔 속에 보석을 넣고 물을 부었다.

"…녹았잖아?"

"맛을 보시겠어요? 짤 거예요. 소금이거든요."

"소금?!"

역시나 홍냥은 몰랐다. 하기야 알았다면 원유회에 하고 갈 비녀의 재료로 그런 걸 쓰게 하진 않았으리라.

"교, 교쿠요 님. 이게 어떻게 된 일인가요?"

"후, 후후후. 그치만 예쁜걸. 아무도 알아차리지 못했잖아?"

이 장난기 넘치는 표정이야말로 교쿠요 황후다운 얼굴이다. 불안한 표정을 짓고 있을 때보다 훨씬 낫다.

"아무리 암염이라도 이렇게 예쁜 모양이 나오진 않을 텐데요."

하쿠우가 녹아내리는 소금을 바라보며 말했다.

"네, 결정화가 잘돼서 모양이 예쁜 것만 골랐거든요. 따뜻한 물에 녹일 수 있을 만큼 최대한 많은 소금을 녹였다가 식힙니다. 그리고 거기에 핵이 될 만한 작은 조각을 넣었다가 꺼내서 건조시킵니다. 그러기를 반복하면 조금씩 크기가 커지죠. 요점은 그걸 매다는 실이 비단이어야 좋다는 부분일까요.”

“…마오마오, 너 혹시 이런 것까지 비취궁에서 만들었니?”

“…….”

이제 와서 그런 소릴 해 봤자 이미 시효가 지난 일이다.

“보석은 물에 녹아 버렸다는 뜻이구나. 그럼 은이 검어진 이유는 뭐니?”

“은이 탁해지는 원인은 여러 가지가 있습니다. 예를 들어….”

마오마오는 겨냥도 한구석에 타원형을 그렸다.

“달걀이 있죠.”

“달걀?”

세 사람은 의아한 표정을 지었다.

“네, 달걀입니다. 달걀이 썩을 때 어떤 냄새가 나는지 아시나요?”

세 사람 다 고개를 가로저었다. 기본적으로 음식물 쓰레기를 내놓는 것은 하녀가 하는 일이므로 부패한 냄새 따위를 맡아 본 일은 없을 것이다.

마오마오는 설명하기 어렵다고 생각하며 다른 예를 찾아보았다.

“삶은 달걀 냄새라면 아시겠죠?”

“그거라면.”

“독특한 냄새지만, 실은 온천에서도 비슷한 냄새가 나는 경우가 있습니다."

"온천? 아, 그러고 보니."

교쿠요 황후는 온천에 들어가 본 적이 있는 듯했다. 서쪽 땅에서 도성으로 향하는 여로 중 온천이 있는 지역이 한두 곳쯤 있었을지도 모른다.

"온천 속에는 유황이 포함된 물질이 있습니다. 실은 삶은 달걀에도 포함되어 있어, 은제품으로 먹을 경우 검게 부식되는 일이 있죠."

"그랬구나."

홍냥은 '왜 알아차리지 못했지?' 하는 표정을 짓고 있었다.

원유회의 식사를 알고 있는 홍냥이라면 어쩌다 비녀가 검어졌는지 예상할 수 있었을 텐데 말이다.

"비녀는 삶은 달걀이 들어 있던 냄비에 떨어졌습니다. 속에 들어 있던 소금 결정은 녹고, 은은 달걀 때문에 검어졌던 거죠."

리하쿠가 말했던 '유난히 짠 국물'은, 녹은 소금 결정이 원인이었으리라.

"그럼 냄비에 비녀가 들어간 이유는 뭐지? 우연히 빠진 거니?"

"모르겠습니다. 우연히 들어간 건지, 아니면 누군가가 집어넣은 건지."

"누군가가 집어넣었다니, 무슨 목적으로?"

하쿠우가 눈을 가늘게 떴다.

"요리를 준비하던 자가 있었다 치고, 그자가 비녀를 발견합니다. 그때 '비녀가 떨어져 있지 않은지' 찾으러 온 시녀가 나타났다면 어떻게 하시겠습니까?"

금세 "이거 말씀이세요?" 하고 내밀거나.

또는 시치미를 떼거나.

아니면….

"놀라서 다급히 어딘가 숨기거나."

"그래서 눈앞의 냄비에 무심코 집어넣었다는 뜻이야?"

"네."

애매한 내용에 마오마오는 살짝 죄책감을 느끼며 말했다.

"결국 냄비에 넣었다면 결국 언젠가는 꺼내야만 하죠. 비녀가 우연히 떨어졌든, 일시적으로 숨기기 위해 집어넣었든 말입니다. 하지만 꺼내 봤더니 비녀는 검어져 있고, 그 속에 들어 있던 보석은 없어진 거죠."

말없이 돌려줄 수도 없었으리라.

"잠깐만. 만약 식사 시중 담당이 비녀를 발견했다 쳐도 돌려주는 건 어렵지 않았겠어?"

"네, 그랬겠죠."

그 이후, 비녀는 어떻게 교쿠요 황후에게로 돌아왔는가.

"식사 시중 담당이 황후 전하께 바쳐지는 공물 속에 비녀를 몰래 숨겨 돌려주는 건 어려운 일입니다. 다른 누군가의 손을 빌렸다고밖에 생각할 수가 없어요."

그리고 그냥 잃어버린 것으로 끝난 줄 알았던 비녀 분실이 협박으로 바뀐 원인은 그 반납에 있다.

확신은 없다. 하지만 몇 가지 억측은 가능했다.

하쿠우에게 머물러 달라고 했던 건 그 때문이다.

하지만 하쿠우를 보아하니 수상한 태도를 취하진 않았다. 낯가죽이 두꺼워서일 수도 있고, 정말 아무것도 몰라서 그럴 수도 있다.

궁 근처에 있던 교쿠요 황후 직속 시녀 중 누군가가 봤다면 어떻게 할까. 시녀라면 슬그머니 공물 속에 집어넣는 일은 간단하리라.

십중팔구 비녀를 되돌려 놓은 범인은 교쿠요 비를 모시는 시녀일 것이다.

너덜너덜해진 비녀를 있는 그대로 돌려줬다가는 어떻게 반응할지 알고 있었을 텐데.

홍냥이라면 제대로 보고했으리라. 교쿠요 황후의 성격을 알고 있으니 벌을 받을지도 모른다며 당황할 이유는 없다.

잉화를 비롯한 구이위엔과 아이란도 마찬가지다. 세 사람 모두 소금 결정에 대해 알고 있다. 설명을 잘할 수 있을 테니 굳이 숨길 이유는 없다.

그렇다면 하쿠우 자매는 어떨까.

입장으로 볼 때 정식 보고를 할 것으로 생각한다. 교쿠요 황후는 관대한 분이기 때문에 비녀 하나 망가졌다고 심한 벌을 주진 않는다.

하지만 설명하지 않는 이유가 있다면….

"마치 일부러 교쿠요 황후 전하를 협박하듯, 시녀 중 누군가가 비녀를 몰래 되돌려 놓았다고는 생각할 수 없을까요?"

"무, 무슨 말이야?"

홍냥이 당황한 표정을 지었다.

"말 그대로의 의미입니다. 교쿠요 황후 전하께서는 명랑하고 우아하며 자상하시죠. 저는 무척이나 좋아합니다. 하지만 동시에 이 복마전 안에서 살아남기에는 너무 무르다고 생각하는 사람도 있을지 모릅니다."

마오마오는 하쿠우를 쳐다보았다.

궁에 있는 다른 시녀일 가능성도 생각했지만 원유회에서 교쿠요 황후 주위에 있었던 사람은 고참 시녀 네 명과 세 자매뿐이었다. 잉화에게 들은 기록을 보니 모르는 이름은 없었다.

"아아, 그랬구나."

교쿠요 황후가 어이없다는 듯 내뱉었다. 그리고 천천히 시선을 하쿠우에게로 향했다.

"내가 주위에 얕보일 만한 태도를 취하지 않도록, 정신을 바짝 차리라는 경고를 보냈던 거였어."

교쿠요 황후가 마오마오를 대신하여 하고 싶었던 말을 해 주었다.

그리고 황후 역시 범인이 누구인지 눈치챈 듯했다.

"하쿠우…는 아닌가 보네. 세키우는 그런 아이가 아니고. 그럼…."

"코쿠우겠죠."

하쿠우가 입을 열었다. 동생의 이름을 말하는 목소리는 싸늘했다.

"코쿠우…. 대체 왜?"

홍냥이 놀랐다. 하지만 교쿠요 황후는 납득한 표정이었다.

"얼마 전 편지 때문인가 보네. 그 편지를 받은 사람이 코쿠우였고."

"앗."

'편지?'

무슨 불온한 물건이라도 도착한 걸까.

'정적에게서?'

같은 나이의 황자를 낳은 리화 비일까.

'아니야.'

전前 동궁이자 주상의 동생인 진시일까.

'그것도 말도 안 돼.'

하지만 하쿠우 자매는 어떨까.

하쿠우 자매에게 교쿠요 황후에 대한 충성심이 없다고는 할 수 없다. 하지만 고참 시녀들과 명백히 다른 점이 있다.

"하쿠우 님께 한 가지 질문이 있습니다. 비녀를 훔쳤다가 다시 돌려보낸 분이 진시 님이라고 생각하신 게 아닌가요?"

"…상식적으로 생각하면 그렇지 않겠어요?"

"하쿠우, 그럴 리 없다고 말했잖아."

교쿠요 황후가 쓴웃음을 지었다. 교쿠요 황후는 알고 있다. 진시가 황위 계승권 따위를 전혀 필요로 하지 않는다는 사실을.

홍냥과 잉화 일행도 진시에게 친근감을 갖고 있으며, 진시가 무슨 나쁜 짓을 저지를 거라고는 생각하지 않을 것이다.

마오마오도 진시가 자신의 처지를 그 무엇보다 귀찮게 여기고 있다는 사실을 잘 안다.

그래서 일부러 하쿠우의 생각에 가까운 발언을 해 보기로 했다.

"교쿠요 님이 이 모양이어서야 어느샌가 주위에 이상한 사람이 꼬이는 것도 이상한 일이 아니겠네요."

"정말 죄송하지만 그 말이 맞습니다."

어째서인지 하쿠우는 마오마오를 쳐다보았다. 홍냥이 '헉' 하는 표정을 지었다.

'뭐야, 이 반응.'

마오마오는 자리가 조금 불편해졌다.

"교쿠요 님은 주위에 적이 많다는 사실을 더 잘 이해하셔야 합니다."

"알고 있어. 하지만 적도 아닌 사람에게까지 송곳니를 들이밀 필요는 없는걸. …얘, 하쿠우. 그건 아버님으로부터의 전언이니?"

"…아닙니다. 저 개인의 견해지만…."

길게 찢어진 눈매로 교쿠요 황후를 바라보며 하쿠우가 말을 이었다.

"교쿠오玉鶯 님을 신뢰하실 수 있다는 건가요?"

'교쿠오?'

처음 듣는 이름이었다. 이름으로 미루어 볼 때 교쿠요 황후의 친족일까.

"교쿠오 님의 편지에는 뭐라고 적혀 있었나요?"

"…코쿠우가 편지를 훔쳐봤구나."

교쿠요 황후는 이해가 된 듯 고개를 푹 숙였다.

'훔쳐봐? 대체 뭘?'

마오마오는 통 이해할 수가 없었으나, 교쿠오라는 인물은 보통내기가 아닌 모양이었다.

"그분은 내 오라버니야. 그리 이상한 말은 쓰여 있지 않았어."

교쿠요 황후에게 오빠가 있고, 지금 부친을 대신하여 서쪽 지방을 통치하고 있다는 이야기는 들었다. 그 보좌로 괴짜 군사의 부관이었던 리쿠손이 가 있다.

그 오빠가 뭐 어쨌단 말일까.

"그런가요? 그럼 시녀가 한 명, 또 한 명 사라져 가는 가운데 무슨 핑계를 달아서라도 교쿠요 황후 전하께 새로운 시녀를 보내지 못하도록 한 인물이 누군지는 알고 계신가요?"

'?!'

"저희가 오지 않았다면 교쿠요 님께서는 마음 편하게 지내지 못하셨을 텐데요!"

하쿠우의 목소리에 힘이 깃들었다. 냉정한 하쿠우답지 않은 태도였다.

'나, 여기 있어도 되나?'

외부인이니 지금이라도 자리를 피하는 편이 낫지 않을까. 하지만 도망치고 싶어도 도망칠 수 없는 분위기였다.

"교쿠요 황후 전하께서 편지 내용을 말씀하지 않으시면 제가 맞혀 보겠습니다. 제가 서도를 떠날 때, 교쿠오 님께서는 젊은 이민족 처녀를 양녀로 들이셨지요. 그 후로 벌써 1년이 흘렀습니다. 슬슬 양가의 자제로서 교육이 끝났을 무렵이겠군요."

"하쿠우!"

"홍냥 님. 저는 코쿠우처럼 번거로운 방식은 취하지 않겠습니다. 직접 말씀드리지요. 교쿠엔 님의 아드님이라 해도, 또 교쿠요 님의 오라버니라 해도, 그 남자는 신용할 수 없습니다. 교쿠요 님을 꼭 닮은 처녀를 후궁에 입궁시킨다니 무슨 생각을 하고 있는 걸까요? 만일 그 처녀가 주상의 눈에 들기라도 하면, 또는 동궁의 마음에 든다면, 그리고 교쿠요 님의 신변에 무슨 일이 일어난다면 어찌할 생각이십니까?"

하쿠우의 말은 가정에 불과하다. 하지만 전혀 일어날 가능성이 없는 미래도 아니다.

"아버님이 그런 일을 허락하지 않으실 거야."

"교쿠엔 님은 머리가 좋은 분이시죠. 교쿠오 님의 얄팍한 생각 따위는 다 꿰뚫어 보고 계실 겁니다."

"그럼 문제없지 않겠어?"

홍냥이 안심한 얼굴로 말했다.

"네, 교쿠엔 님은 머리가 아주 잘 돌아가는 분이시지요. 그러니 보다 이득이 되는 편을 선택하실 테고요."

하쿠우가 건조한 목소리로 말했다.

"과거에, 이戌 일족을 멸했을 때처럼."

'이 일족.'

이 일족은 옛날 서도를 다스렸던, 이름을 지닌 일족을 말한다. 여제의 반감을 사는 바람에 멸망당했다고 들었다.

"저희는 교쿠요 님께 입은 은혜가 있습니다. 이렇게 당신을 모시는 것도, 결국은 당신을 지켜 드리기 위해서지요. 하지만 저는, 저희는 교쿠엔 님도 교쿠오 님도 저희의 주인이라고는 생각하지 않습니다."

뚜렷하게 말하는 하쿠우의 눈에는 희미한 불꽃이 깃들어 있는 듯 보였다.

'하쿠우는 과거에 뭘 본 걸까?'

마오마오는 상상하는 수밖에 없다. 깊이 파고들 자격은 없는 입장이다.

"교쿠오 님을 조심하세요. 부탁드립니다. 제발 부탁이니…."

하쿠우가 천천히 마오마오를 쳐다보았다.

"무슨 일이 일어날지 모릅니다. 신용할 수 있는 동료를 들이세요."

교쿠요 황후와 홍냥의 시선이 마오마오를 향했다.

"…왜 그러시죠?"

불길한 예감밖에 들지 않았다.

"마오마오, 좋은 대답 기다리고 있을게."

교쿠요 황후가 강아지 같은 눈빛을 보냈다.

"넌 교쿠요 님께서 독으로 쓰러지는 모습을 그냥 지켜보고만 있진 않겠지?"

홍냥이 가벼운 미소를 짓고 있었다.

"세상에는 이러니저러니 해도 신뢰를 배반할 수 없는 인간이 있는 법이죠."

하쿠우는 확신범일까.

마오마오는 영 불편한 세 사람의 시선을 피하며, 이 또한 자신을 독 안에 든 쥐로 만들려 한다고 느꼈다.

약사의 혼잣말

14화 : 바둑 승부 전편

마오마오는 붕대를 팡 소리가 나게 털었다.

가을바람이 부는 가운데, 빨랫줄에 널어 놓은 하얀 붕대가 파란 하늘에 비쳐 보였다. 구름 하나 없는 파란 하늘이었다. 마오마오의 구름 낀 하늘과도 같은 심경과는 그야말로 정반대였다.

그대로 교쿠요 황후의 궁에서 못 나오는 줄 알았다. 어떻게 나올 수 있었느냐, 류 의관이 연락을 했기 때문이었다. 엄격한 상관이지만 그만큼 부하에게도 확실하게 책임을 지는 사람이다.

교쿠요 황후는 상상 이상으로 궁지에 몰려 있었다. 심지어 노골적인 정적이 아니라, 피붙이라는 아주 골치 아픈 존재 때문에.

'오빠라.'

황후가 첩 소생이라는 이야기는 들은 적이 있다. 교쿠엔은 고령이므로, 교쿠요 황후는 이복 오빠인 교쿠오와 상당히 나이 차이가 나리라.

고귀한 집안에 흔히 있는 복잡한 가족 관계는 교쿠요 황후 또한 예외가 아니었다.

'앞으로 어떻게 되려나.'

하쿠우의 말투로 미루어 보건대 교쿠오 또한 보통내기는 아닐 듯했다. 교쿠오가 황후의 편을 들어주는 이유가 황후가 현재 유리한 위치이기 때문이라면, 만일 주상의 총애가 사라질 경우 어떻게 될까. 동궁에게 만일의 사태가 생긴다면 어떻게 될까, 하는 걱정이 일었다.

'권력에 관심이 없어도 살아남기 위해 필요할 때가 있는 법이지.'

마오마오는 한숨을 내쉬며 차가운 물에 손을 담갔다. 손가락이 깨질 것만 같았다. 앞으로 더 추워질 텐데 물 쓰는 일이 너무 힘들다. 아가씨를 몹시 아끼는 옌옌은 야오의 손이 트지 않도록 연고를 만들어 놓았다.

파란 하늘을 올려다보다 보니 문득 떠오르는 일이 있었다.

'그 그림은 뭐였을까?'

마오마오는 어떤 그림을 떠올렸다. 자즈굴이라는 소녀가 그린 불길한 그림.

그러고 보니 서쪽 무녀는 그대로 리국에 남았을 텐데, 잘 살고 있을까. 물론 전前 상급 비인 아둬가 책임을 지고 맡았으니 별다른 일은 없겠지만….

그나저나 아둬는 전 비라는 입장이면서도 국가의 어둠을 한 몸에 끌어안고 있다는 사실이 새삼 느껴졌다.

시 일족의 살아남은 아이들, 비공식적이긴 하지만 선제의 손녀이자 현제의 조카인 스이레이, 그리고 죽은 것으로 처리된 샤오의 무녀.

그 남장미인은 무슨 일이든 솜씨 좋게 해내지만 주위에서는 어떻게 볼까. 물론 비밀리에 하고 있는 일이니 그리 쉽게 들키진 않을 테지만 말이다.

그러나 궁정이란 무서운 곳이어서, 유난히 코가 좋은 자도 여럿 있다.

'이상한 사람이 냄새 맡고 달려들지 않아야 할 텐데.'

문득 그런 생각을 하며 마오마오는 대야 바닥에 남아 있던 물을 수로에 부었다.

"이거 오늘 하루는 공을 치겠네."

류 의관이 어이없다는 표정으로 말했다.

의국은 파리가 날릴 정도로 한가했다. 평소였다면 부상을 당한 무관들이 끊임없이 찾아올 시각인데 말이다.

"총대장이 솔선해서 농땡이를 피우고 있으니 할 수 없는 일이지요."

젊은 의관 티엔요우가 쓴웃음을 지으며 왠지 아쉬운 표정을 지었다. 손에는 바둑 책이 들려 있었다.

"농땡이는 문관 쪽이 더 많다던데요. 누가 오늘 휴가를 받을지를 놓고 꽤 실랑이를 벌였다고 하더군요. 무관은 그 점에서, 순찰을 돌고 오겠다는 핑계가 통하니 좋겠네요."

마오마오는 알고 있다. 티엔요우는 오늘 휴가를 받으려고 필사적으로 노력했으나 결국 출근할 수밖에 없었다는 사실을.

의국에서는 의관을 최소한의 수밖에 갖춰 놓지 않았기 때문에 다른 부서에 비해 휴가를 받기가 어렵다.

"이렇게 일이 없으면 그냥 돌아가도 되지 않을까요?"

그런 약한 소리도 류 의관 앞에서는 통하지 않는다.

"모처럼 시간 여유가 생겼으니 부족했던 약을 조합해 둬야겠지?"

엄격한 노의관은 심술궂은 웃음을 히죽히죽 지었다.

조합이라는 말을 들은 마오마오는 눈을 빛내며 류 의관에게 다가갔다.

"뭘 만들까요?"

"아, 으음. 너는 의욕을 내뿜고 있는 참에 미안하지만…."

류 의관은 천 꾸러미를 슬그머니 내밀었다.

"심부름 좀 다녀와 줘야겠다."

마오마오는 금세 싫은 표정을 지었다.

"'이 영감탱이가 무슨 소릴 하는 거야?'라고 하고 싶은 겐가?"

"그럴 리가 있겠습니까."

책 읽듯 대답하고 말았다.

"시, 심부름이라면 제가…."

"너는 안 돼."

류 의관은 단호히 거절했다. 마오마오를 일부러 지명했다면 무슨 일일지 불안해진다.

"여기에 가져다 다오."

류 의관은 슬그머니 지도를 꺼내서 보여 주었다. 도성 한구석, 광장이 위치한 장소였다. 예전에 바이냥냥이 기이한 술법을 선보였던 가게 근처였다.

"…여기인가요?"

"그렇게 '여기라니' 하면서 싫은 표정을 전면에 드러내면 안 되지."

싫은 이유는 때마침 그 광장에서 어떤 행사가 한창 열리는 중이기 때문이었다.

바둑 행사다. 말할 필요도 없이, 누가 있을지는 예상할 수 있었다. 무슨 권력을 이용했는지 가장 입지가 좋은 장소를 빌릴 수 있었던 모양이다.

이틀이나 열리는 걸 보니 규모가 제법 큰 듯했다.

"칸 의관도 있을 게야. 비번인데도 자기가 솔선해서 나가지 뭐냐."

마오마오는 대충 그 생각을 파악할 수 있었다.

'방파제를 파견하려는 거구나.'

괴짜 군사가 무슨 짓을 저지를지 알 수가 없다. 아버지가 있으면 어느 정도 소동은 막을 수 있으리라. 그리고 마오마오 또한 같은 이유로 심부름을 보내려 한다.

"사람이 많으니 아무리 바둑 종류라 해도 몸 상태가 나빠지는 자가 생길지도 모르지. 사실은 굳이 의관의 손까지 번거롭게 만들 필요는 없어 보이지만, 역시 이런 때일수록 도움의 손길을 내밀어 주어야 하지 않겠느냐?"

일부러 지어낸 듯한 말투였다.

아마 대회의 주최자 측인 라한이 미리 손을 써 두지 않았을까 싶다.

아버지라면 거절하지 않을 테고, 마오마오에 이르러서는 거역할 수 없는 상사 류 의관을 이용했다.

'짜증나는 놈.'

옌옌이 바둑에 관심이 있어 보이기에 야오와 함께 쉬게 해 줬는데 말이다.

"일이니까 똑바로 할 수 있겠지?"

류 의관이 못을 박듯 말했기에 마오마오는 고개를 끄덕이는 수밖에 없었다.

진심으로 부러운 눈길을 보내는 티엔요우의 존재는 그냥 무시해야겠다.

일부러 지도를 보지 않아도 광장으로 가는 길은 바둑 책을 든 사람들의 흐름을 보면 알 수 있었다.

남녀노소를 불문하고 수많은 사람이 모여서 광장에 바둑판을 늘어놓고 있었다. 대충 체면치레 정도로만 바람막이 천이 달려 있고, 나무 상자에 바둑판을 얹어 놓은 허술한 설비였다. 연말 가까운 이 시기에 야외 행사라니, 저러다 감기 걸린다.

'하지만.'

사람이 모이면 그런 허술한 행사장도 제법 그럴듯해 보이고, 신기하게도 따뜻해진다. 큰길에 가게를 낸 음식점도 여기까지 찾아와 노점을 펼쳤다. 아이들이 어머니에게 구운 과자를 사 달라고 졸라 얻어먹고 있었다. 몸이 따뜻해지게끔 생강탕이나 술도 팔고 있으나, 술은 가열해서 주정을 전부 날려 버렸다.

'잔치에 술이 끼면 난폭해지는 인간이 나오지.'

주최자 측의 의향인지도 모른다.

바둑에 관련된 상품은 물론 장기짝, 엽자희葉子戲*, 마작까지

※엽자희 : 카드 게임.

팔고 있었다. 게다가 장식품 가게도 출장 나왔다. 바둑에 관심이 없는 자들 또한 남들에게 이끌려 모여들었다.

'라한이 할 법한 짓이네.'

장사 좋아하는 그 인간이 하는 일이다. 분명 자릿세도 청구하고 있을 게 뻔하다.

마오마오는 사람들의 틈새를 요리조리 빠져나가듯 앞으로 나아갔다. 익숙한 얼굴이 보였다.

"야오 씨, 옌옌."

두 사람이 있었다. 야오는 아이의 까진 무릎에 연고를 발라주고 있었다. 옌옌은 덜덜 떠는 노인에게 약탕을 건네주고 있었다.

"마오마오, 일은 어쩌고 왔어?"

야오가 의아한 얼굴로 쳐다보았다. 농땡이 치고 왔느냐는 표정이었다.

"류 의관님께서 심부름을 보내셨어요. 오히려 두 분이 뭘 하고 계시는지 묻고 싶은데요."

"아, 네 '오라버니' 때문이야."

야오의 말에 마오마오가 실눈을 떴다.

"원래 쉬셔야 하는 칸 의관님께서 이리저리 바쁘게 뛰어다니셔야 하는데 혼자서는 다 해결할 수가 없다고, 우리에게도 도와 달라지 뭐야."

"거절하지 그랬어요."

아버지에게는 미안하지만 이 두 사람은 비번이다. 의국과 같은 일을 할 이유는 없다. 애당초 이런 일은 아버지나 야오, 옌옌한테 시킬 게 아니라 시정 의사를 고용해야 한다.

게다가 마오마오까지 데려다 쓰려 하다니.

수전노 라한이 할 법한 일이다.

"돈을 청구하는 게 좋을 거예요."

마오마오는 그 곱슬머리 안경에게서 돈을 왕창 뜯어낼 생각이었다.

"나는 별로 상관없어. 바둑 같은 데에도 딱히 흥미 없고."

어린아이에게 연고를 다 발라 준 야오가 "다 됐어." 하고 말했다.

"언니, 고마워."

아이는 야오에게 감사 인사를 했다.

'호오, 호오.'

야오는 야오대로 흐뭇한 미소를 지으며 아이에게 손을 흔들어 주었다. 그러다 마오마오의 시선을 알아차리더니 갑자기 얼굴이 확 굳어졌다.

옌옌이 '봐요, 우리 아가씨 귀엽죠' 하면서 살짝 엄지를 치켜들었다. 바둑을 두지 못해도 옌옌은 자기 나름대로 즐기고 있는 듯했다.

"심부름 왔다면 칸 의관님을 찾는 거지? 의관님은 저쪽에 계셔."

야오가 가리킨 곳은 전에 바이냥냥이 사용하던 극장이었다. 상당히 커다란 건물이며 행사에 자주 쓰였지만 오랫동안 폐쇄되어 있었다.

"사실 저기 한 곳에서만 할 생각이었다나 봐. 하지만…."

광장에 바둑판을 늘어놓고 있는 형편이다. 아무리 생각해 봐도 사람이 너무 많다.

"대성공이라고 해 주고 싶지만 아무리 봐도 허용량을 초과했네요."

급거 광장까지 행사장을 넓힌 것은 좋았지만 이래저래 불편한 점이 있다.

부상자나 몸이 안 좋아지는 사람도 생긴다. 조금 더 따뜻한 계절이었다면 좋았을 텐데.

옌옌이 간호하던 노인은 상태가 나아졌는지 빠진 앞니를 드러내 보이며 씩 웃더니 다시 바둑을 두러 가려 하기에 목에 수건을 감아 주었다. 바깥 날씨는 맑지만 공기도 건조하다. 목이 안 좋아져서 기침을 하는 사람이 생기면 단숨에 감기가 퍼진다.

역시나 그것을 모를 아버지가 아니다. 바둑 두는 사람들 주위에 커다란 병과 잔을 들고 걸어 다니는 사람이 있었다. 바둑 두는 사람이 손을 들면 병의 내용물을 잔에 따라 건네주곤 했다.

목에 좋은 유자탕과 생강탕일 것이다. 덜덜 떠는 사람에게는 겉옷을 건네주었다.

그래도 추워하는 사람들을 위해서는 불을 준비해 놓았으니, 할 수 있는 일은 다 하고 있었다.

"앗, 마오마오."

옌옌이 다가와, 귓가에 살며시 속삭였다.

"그쪽에는 칸 의관님 외에 칸 태위님도 계실 거예요."

"……."

마오마오는 몹시 싫은 표정을 지으며 짐을 쳐다보았다.

"대신 가 줄까 싶기도 하지만, 전 마오마오가 직접 갔으면 해요."

"…왜?"

"옌옌은 이 일이 끝나면 태위님과 한 국을 둘 예정이거든."

"네, 영광스럽게도요."

그러니까 얌전히 괴짜 군사한테 가라는 소리인 모양이었다.

"무료로 대국을 할 수 있다니."

"뭐? 무료?"

"네. 참가비는 은 열 개인데 일을 도와드리면 무료라고 하시더라고요."

'아니, 원래 공짜 아니야?'

오히려 그런 큰돈을 낼 가치가 있는 걸까.

"우리 급료로는 지불하기가 망설여지는 금액이잖아."

'아니, 야오가 먹는 식후 간식도 굉장히 비싼데.'

자신이 매일 먹고 있는 미용, 건강, 가슴 성장에 좋은 성분이 가득한 간식이 얼마나 고급품이며 한 달에 얼마나 비용이 드는지 모르는 걸까.

'모르게 하고 있겠지.'

역시나 옌옌이다.

"너무 소란을 피우지 못하게끔 광장에서 3승 한 사람이 극장으로, 극장에서 또 3승 한 사람이 태위님께 도전할 수 있는 권리를 얻게 됩니다."

"돈을 내면 다 둘 수 있는 게 아니었구나? 빨라도 6승을 하려면 시간이 꽤 걸릴 텐데."

옌옌의 말에 마오마오가 고개를 갸웃거렸다.

"네, 이기고 나서야 도전권이 주어지거든요. 그리고 대회는 내일까지 이어지죠. 아무리 저라도 6승은 어려울 거라고 생각했는데, 지도를 받을 수 있게 되다니 정말 행운이에요."

무슨 태도가 저렇게 거만해, 하고 마오마오는 어이가 없어졌다. 심지어 대회 이틀째라는 내일은 마오마오가 비번이다.

'분명 불려올 거야.'

마오마오는 "켁." 하고 내뱉으며 본 행사장인 극장으로 향했다.

15화 : 바둑 승부 막간

"자, 이걸로 끝이다."

마메이는 일을 한바탕 끝내고 기지개를 켰다. 산더미처럼 쌓여 있던 서류들을 각각 본래 처리해야 할 사람들에게 다 나눠주고 나니, 달의 귀인 집무실은 전에 비하면 훨씬 깔끔하게 정돈되었다.

지금 방 안에 있는 사람은 마메이와 또 한 사람. 방 한 구획에 칸막이를 치고 눌러앉아 있는 남동생, 바료였다.

"료, 끝날 것 같아?"

둘밖에 없었기에 마메이는 편하게 물었다. 아니, 달의 귀인이 있어도 어차피 같은 태도였겠지만.

"오늘 안으로는 끝날 거야."

달리 아무도 없었기에 바료 역시 편한 말투였다. 바료는 덜 익어 퍼런 호리병박처럼 창백한 얼굴을 불쑥 내밀었다. 원래

이 동생은 가까운 사람이 없는 한 목소리는커녕 모습도 보이지 않는 성격이다.

"이거, 다른 게 섞여 있었어."

바료가 한 장의 서류를 슥 내밀었다.

"칸 쪽 안건 아닐까?"

"칸…?"

성으로 부르니 바로 알아듣기가 힘들었다.

"라 가문 사람 말이야, 칸 태위."

"아, 괴짜 군사 말이구나. 헷갈리니까 제대로 불러 줘."

사람을 싫어하는 동생이지만 누가 어느 부서이며 이름이 무엇인지는 확실하게 기억하고 있다. 머리는 좋지만 몸과 마음이 약하다. 정신력과 재능과 체력이 한 몸에 깃들기란 쉽지 않다는 사실을 알 수 있다. 또 한 명의 남동생이 가진 쓸데없이 튼튼한 육체와 합쳐서 반으로 나누면 딱 좋을 텐데 말이다.

"딱히 서두를 필요는 없으니까 나중에 가져갈게."

"그래도 괜찮아?"

"바로 가져가 봤자 소용도 없을 테고."

마메이가 조용히 품에서 종이 한 장을 꺼냈다. 종이에는 '바둑 대회'의 개요가 인쇄되어 있었다.

"아, 오늘이었구나."

바료도 바둑에 약간 흥미가 있다. 하지만 사람이 많은 장소에 나갈 용기는 없고, 나가 봤자 인파에 취해 쓰러져 버릴 게 뻔하다.

"주최자 측이니까 일 같은 거 할 수 있을 상황도 아니겠지."

"…괜찮은 거야?"

바료는 다시 칸막이 뒤에 숨어, 걱정스러운 목소리만 냈다. 팔락팔락 종이 넘기는 소리가 들려오는 걸 보니 일을 쉴 생각은 없는 모양이다.

"자업자득이잖아."

괴짜 군사 칸라칸은 달의 귀인과 사이가 나쁘다고 한다. 그래서인지 달의 귀인에게 가장 많은 일을 떠넘기는 사람은 라칸이었다. 산더미 같은 서류를 분류해서 라칸에게 강제로 안겨주는 게 최근 들어 마메이가 하고 있는 일이었다.

"그나저나 정말 놀랐어. 정말로 갖다 안겨 준 몫만큼의 일을 했다니."

하기야 바둑 대회 행사장과 맞바꾸어 일을 시키자는 얘기가 성립되긴 했지만, 상대가 괴짜 군사이다 보니 능구렁이처럼 쏙 빠져나갈 줄만 알았다.

"안 되면 다른 방법도 생각하고 있었는데."

매일 아침 당근죽을 준비해서 가져다주려던 괴롭힘 작전은 수포로 돌아갔다. 참고로 당근을 싫어한다는 이야기는 칸 태위의 양자에게서 들은 정보다.

"이야기를 듣자하니 잠자는 시간도 평소의 반으로 줄였다고 하던데, 칸 태위."

"어? 그건 또 뭐야? 처음 듣는 소리인데."

"누님이 없는 사이에 라한 공이 찾아와서 진시 님이랑 주저리 주저리 떠들어 대는 걸 들었어."

"아니, 그 인간은 도대체 누구 편이야?"

마메이도 정보를 제공받는 입장이지만 무심코 그런 소리가 나오고 말았다.

"일단 몸은 괜찮은 거겠지?"

일을 떠안기고 나서 시간이 제법 지났다.

"잠자는 시간을 반으로 줄였다고 해도 평소에 하루의 반 정도는 자고 있는 사람이라 문제없다나 봐."

"그 자식, 무슨 신생아야?"

바료의 표정에 '그 자식이라고 부르는 건 너무 실례잖아'라고 쓰여 있었다. 아이를 둘이나 낳은 마메이 입장에서는 차라리 갓난아기가 그만큼 자 준다면 얼마나 편할까 하는 생각이 든다.

참고로 최근 달의 귀인의 수면 시간은 여섯 시간이 좀 안 된다. 심지어 전에는 그 절반이었으니 얼마나 과잉 노동을 했는지 알 수 있다.

아무리 그래도 자신이 주최하는 대회는 성공시키고 싶은지 괴짜 군사는 얌전해졌다. 일을 쌓아 놓고만 있으면 허가를 받을 수가 없으니 말이다.

그래서 마치 요 며칠 동안은 갑자기 해가 서쪽에서 뜨기라도 한 듯 성실하게 일을 하는 바람에 군부도 한바탕 소동이 벌어졌다고 한다.

덕분에 달의 귀인은 일을 빨리 끝내고 돌아갈 수 있게 되어, 오늘과 내일은 대체 몇 달 만인지 모를 휴가를 얻었다.

"그나저나 신기하네."

"뭐가 신기하다는 거야, 료?"

마메이가 서류를 착착 정리해 나가면서 물었다.

"왜 바둑 대회일까 싶어서. 태위는 오히려 장기가 특기고 더 좋아하는 줄로만 알았거든."

"…바둑도 강하잖아?"

"강하지. 태위를 이길 수 있는 건 기성밖에 없을 거라고들 하니까. 하지만…."

바료는 잠시 생각에 잠기듯 아무 말 없었다.

"장기의 경우에는 태위를 이길 수 있는 사람이 아무도 없어. 괴물이야."

"괴물이라니…."

완전히 사는 세계가 다르다는 말투였다.

"태위는 분명 우리와 다른 세계를 보고 있을 거야. 복잡하고 기괴하며 아주 흥미로운. 그러니 주위 사람들의 구조가 너무 단순해서 제대로 구별을 못 하는지도 몰라."

"왠지 다 이해가 된다는 말투인걸."

마메이는 칸막이 너머의 동생을 슬그머니 들여다보았다.

서류에 둘러싸인 바료는 손을 멈추지 않고 계속해서 서류를 처리해 나가고 있었다.

"과거 시험에는 그런 부류의 인간들이 발에 채일 정도로 많아. 눈에 보이는 세계가 남들과는 다른 사람들. 라한 공 같은 사람이 그런 전형적인 사람 아닐까. 나 따위는 그 속에서 그냥 평범한 인간일 뿐이라는 생각이 들어."

"네가 평범하면 난 뭔데?"

"누님은 누나고, 아내고, 어머니인 사람이지."

"지극히 평범하잖아?"

지금은 일을 하고 있지만 집에 가면 아이들이 있다. 유모를 잘 따르긴 하지만 이미 젖은 떼었으니 문제없다.

남편은 무관이다. 지금은 일을 하고 있을까, 아니면 바둑 대회를 구경하러 갔을까 확실하지 않다. 마메이가 계속 일할 수 있도록 허락해 주는 것만으로도 좋은 남자이므로 그 점은 깊게 추궁하지 않는다.

"평범하다는 게 어렵단 말이야…. 너무나 부러워."

바료가 휴우, 하고 한숨을 내쉬고 서랍에서 차가 들어 있는 죽통을 꺼내 입으로 가져갔다. 찻잔이라면 혹시 서류에 엎을지도 모르기 때문에 물통에 담아 두고 있다.

"그래서 영문을 모르겠어."

뭐가? 하고 또 물을 뻔하던 마메이는 입을 다물었다.

"인간이 아닌 사람이, 왜 대회 따위에 연연하는 거지?"

도저히 모르겠다는 표정으로 바료가 다시 일을 시작했기에, 마메이도 하던 일을 다시 하기로 했다.

"나 지금 다른 일이 있는데, 혼자 남아 있어도 괜찮겠어? 무슨 일 있으면 바깥에 있는 위병한테 말해."

"…나도 알아, 누님."

조금 불안하긴 했지만 마메이는 집무실을 나섰다.

서류를 각각의 부서에 전달하고 나니 마메이의 일은 이것으로 끝이라고 하고 싶지만, 한 가지 역할이 더 남아 있다.

마메이는 달의 귀인의 궁으로 향했다. 내정에 가까워서인지 문 몇 개를 통과하고 통행증을 보여 줘야 한다.

담박한 이 궁은 왕제의 처소라 하기엔 얼핏 수수해 보인다. 하지만 짓는 데 사용된 소재가 하나같이 특급품이다. 이 궁을 보고 소박하다고 비웃는 관리가 있다면 자기 자신이 옹이구멍 눈을 가진 졸부 취향이라고 떠드는 거나 마찬가지다.

마메이는 궁의 문지기에게 얼굴을 보이고 통과했다.

들어가자마자 달콤하고 향기롭고 좋은 냄새가 풍겼다. 냄새를 더듬어 취사장으로 향하니 초로의 여성이 네모난 틀로 구운 과자를 만들고 있었다.

"어서 오렴."

달의 귀인의 시녀, 스이렌이 생긋 웃었다.

"실례하겠습니다."

예의 바르게 인사를 하고 나서 마메이는 구운 과자를 쳐다보았다.

"이거 맛있겠네요."

"그래. 잘 만들어지고 있는데, 몇 개 더 만들어서 구워 보려 해. 며칠 전에 만들어 둔 것도 있어서, 어느 게 가장 맛있는지 이제부터 비교해 볼 거란다."

"그것 참, 제가 때마침 딱 좋을 때 왔군요."

마메이 입장에서는 이득인 셈이지만 일을 잊어서는 안 된다. 결코 아이들 선물로 몇 개 얻어 갈 수 있지 않을까 생각하진 않았다. 하지만 아이들이 먹으면 좋아하겠네, 하는 생각에 슬며시 미소가 피었다.

"왜 그러니?"

"아, 아뇨. 찐 거랑 구운 게 있네요."

"그래. 모양은 찐 게 더 예쁘게 나오지만 역시 구워야 더 향긋한 냄새가 나거든."

탄 자국이 난 녀석은 월병 틀에 넣어서 구운 과자라고 한다.

스이렌이 조심스레 식칼로 갈라서 건넸다.

속에는 건조 과일이 잔뜩 들어 있었지만 월병과는 식감이 달랐다.

"자, 이것도."

찐 것도 건넸다. 이쪽은 식감이 포슬포슬 부드럽지만 그만큼 향긋함은 덜하다.

"찐 것 같은 모양으로 구울 수는 없을까요?"

"역시 그렇겠지. 그럴 줄 알고…."

스이렌은 네모난 틀에 들어 있는 과자를 가져와, 잘라서 마메이에게 건넸다.

"이게 좋네요."

마메이는 저도 모르게 얼굴에 웃음꽃이 피었다. 부드럽고 폭신하면서도 동시에 호두 씹는 맛이 느껴지고 대추와 건포도의 단맛이 천천히 배어들었다. 유락 향기와 함께 또 하나의 향긋함이 섞여 있었다.

"그럼 그보다 사흘 더 재워 둔 건 어떠니?"

마메이는 스이렌이 추가로 내준 과자를 깨물어 보았다. 이것은 과일 풍미가 반죽 전체에 스며들어 있었다. 건조를 방지하기 위해서인지 표면에 달콤한 즙이 발라져 있어, 이 또한 매우 맛이 좋았다.

"…아이들에게 가져다줘도 될까요?"

무심코 그 말이 입 밖으로 흘러나오고 말았다. 아차, 하는 마음에 마메이는 저도 모르게 입을 막았다.

"어머나, 그럼 그건 안 돼. 이쪽에 있는 거라면 얼마든지 가져가도 되지만."

몇 개나 만들어 뒀을까. 찬장을 여니 여러 종류의 공정을 거쳐 만들어진 과자들이 가득 들어차 있었다.

"지금 먹고 있는 건 내일 도련님에게 내드릴 거야. 그러니까 나중에 또 가지러 오도록 하렴."

"아, 네."

마메이는 조금 아쉽게 생각하며 나머지 조각을 입에 넣었다. 오늘은 맛보기만을 위해 불려 온 모양이다.

"어느 쪽이 더 나을지 불안했는데 이거면 문제없겠지. 고마워."

"아닙니다. 그런데 오늘 일은 이걸로 끝이라고 생각해도 될까요?"

"그래, 가끔은 편히 쉬도록 해. 아이들도 아무리 손이 안 간다고 해도, 얼굴을 마주하지 않으면 잊어버리고 말 거야."

그런 말을 들으면 가슴이 뜨끔하다. 일도 좋지만 당연히 자기 자식이 예쁜 법이다.

"저어, 달의 귀인께서는요?"

만일 안에 있다면 인사를 하고 나가려 했으나 스이렌이 고개를 가로저었다.

“오늘은 하루 종일 가정 교사를 붙여서 공부 중이야. 방해하지 말아 주렴. 물론 내일 일을 생각해서 일찍 재울 테니까 안심하고.”

“전 당연히 바둑 대회를 보러 가신 줄로만 알았죠.”

달의 귀인이 공부를 열심히 하는 사람이라는 사실은 마메이도 잘 알고 있으므로 크게 이상하다고 느끼진 않았다.

“아, 그거 말이지. 아직 안 갔어. 그보다 마메이는 도련님 직속의 시녀가 될 생각 없니? 일 잘하는 건 도련님이 일찍 돌아오시는 걸 보면 금방 알 수 있는데.”

“…시녀는 어려울 것 같네요. 아이가 있어서.”

그렇게 되면 내내 스이렌과 함께 있어야 한다. 스이렌이 어떤 인물인지는 달의 귀인의 유모 동료였던 어머니에게서 다양한 전설을 들어 잘 알고 있으므로, 그건 힘들 거라는 생각이 들었다.

지금은 어디까지나 한 걸음 뒤로 물러나서 대해 주고 있지만 동료가 되어 버리는 건 무섭다.

“그래, 안타깝네. 그럼 다른 시녀든 뭐든 찾아야겠어.”

스이렌이 별로 안타까워 보이지 않는 말투로 말했다. 마치 달리 점찍어 둔 데가 있는 듯했다.

마메이는 과자 꾸러미를 들고 궁 밖으로 나섰다.

꾸러미 속에서 좋은 냄새가 풍기긴 했지만 방금 전에 먹은 것에 비하면 왠지 살짝 부족한 느낌이 들었다.

신기하게 생각하며 마메이는 슬며시 하늘을 올려다보았다.

"내일도 맑겠다."

바둑 대회인지 뭔지는 성공이겠네, 하고 생각하며 과자 꾸러미를 내려다보았다. 아이들이 기뻐할 얼굴을 떠올리니 얼굴에 자연스럽게 미소가 피어올랐다.

약사의 혼잣말

16화 바둑 승부 후편

집에 가고 싶다.

마오마오는 물에 꿀과 생강과 감귤을 짠 즙을 섞으며 생각했다.

장소는 어제와 마찬가지로 바둑 대회장. 마오마오는 극장 한 구석에서 한없이 음료를 만들고 있었다.

어제는 출근이었고, 오늘은 비번인데. 기숙사에서 뒹굴뒹굴 구르며 류 의관에게서 빌린 의학서라도 읽을 예정이었는데.

또 이런 곳에 와 있다.

야오와 옌옌도 함께였다. 두 사람은 어제의 마오마오와 마찬가지로, 류 의관의 지시를 받고 왔다고 한다. 옌옌은 바둑을 좋아하기 때문에 일도 즐겁게 하고 있었다.

마오마오도 그 둘과 함께 있고 싶었지만 아버지가 "너는 이쪽이다."라고 하는 바람에 극장에 있다.

이유는 말할 필요도 없다.

어제 끌려왔을 때의 일은 별로 떠올리고 싶지 않다.

늘 있는 일이지만 마오마오를 발견한 아저씨가 요란을 떨고, 아저씨가 아우성을 치고, 아버지가 타일렀다고만 말해 두겠다.

극장에는 바둑판이 여러 개 놓여 있다. 객석 쪽에서는 밖에서 이긴 사람들이 서로 대국을 벌이고 있고, 또 거기서 이긴 사람들이 무대 위로 올라와 바둑을 둔다고 한다.

어제는 이겨서 올라온 사람이 몇 명밖에 없었기 때문에, 괴짜 군사와의 대국은 1대 1로 이루어졌다.

오늘은 이겨서 올라오는 사람도 늘어났으므로 지금 괴짜는 세 명과 동시에 바둑을 두고 있다.

머릿속이 뒤죽박죽되는 게 아닐까 싶었지만 그 점은 썩어도 괴짜다. 일상생활은 제대로 못 하지만 한 명, 또 한 명, 고개를 숙이고 바둑판 앞에서 사라져 가고 있다.

가끔 이쪽을 쳐다보며 괴짜 군사가 손을 흔들었지만 마오마오는 무시했다.

"마오마오, 다 됐어?"

야오가 주전자를 들고 다가왔다.

"네. 감귤이 다 떨어져 가니까 더 가져다주셨으면 해요."

마오마오는 방금 만들어 둔, 꿀이 든 음료를 주전자에 콸콸 부었다.

"알았어."

"그리고."

"뭔데?"

"담당, 바꿀까요?"

마오마오만 실내에 있으니, 계속 밖을 뛰어다니고 있는 야오나 옌옌에게 미안하긴 하다.

"아, 괜찮아. 문제없어."

신경 쓰지 말고 맡겨 두라는 듯, 야오는 풍만한 가슴을 툭 쳤다.

"그보다 과자 보충은 괜찮아?"

몸 상태가 나빠지는 사람이 생기지 않도록 돌아보는 한편, 참가자들에게 과자도 나눠 주고 있었다. 참가료에 사전 포함된 항목이라고 한다.

"금방 떨어질 것 같아요."

마오마오가 괴짜 군사 쪽을 흘끔 쳐다보았다. 녀석의 옆에는 월병과 찐빵 등이 산더미처럼 쌓여 있었다.

바둑이나 장기를 두면 머리를 쓰게 되니 단것이 자꾸 먹고 싶어진다고 한다.

과자를 나눠 주는 이유도 거기에 있지만, 이런 생각을 해낼 수 있는 사람은 아마 라한뿐이리라. 찐빵 소와 월병에는 모두 고구마가 들어가 있다.

고구마는 아직 시장에 그리 썩 나돌지 않는 상태다. 추후 고구마를 크게 퍼뜨릴 계획인 듯했다.

단맛이 있어 설탕의 양을 줄일 수 있기 때문에 재료비도 싸게 먹혔을 것이다.

참고로 나눠 주고 있는 간식은 참가자 외의 다른 사람들도 먹을 수 있도록 노점에서 팔고 있다. 입맛에 맞는 사람은 사 가기도 할 터였다. 하여튼 빈틈이 없다.

"바깥 상황은 좀 어때요?"

"이렇다 할 만한 문제는 없어. 하지만 계속 지기만 하는 사람이 싸움을 걸거나, 인파 속에서 아이가 자빠져서 가끔 다치는 정도야."

"싸움이라."

예상 범위 내의 일이다. 사람이 많아지면 그 정도 소동은 벌어지기 마련이다.

"그냥 긁힌 상처 정도야. 무관도 농땡이 피우러 와서 어정버정 돌아다니고 있으니까 금방 말릴 수 있거든. 일을 하는 건지 안 하는 건지 모르겠어."

야오는 어이가 없다는 표정으로 꽉 찬 주전자를 집어 들었다.

"그럼 단것이랑 감귤 추가라는 거네."

"네, 부탁드려요."

마오마오는 야오를 배웅했다.

"아가씨~ 이기고 왔어~"

부르는 소리에, 마오마오는 극장 입구에 새롭게 들어온 참가자의 접수를 받으러 나갔다.

'접수 담당자 정도는 따로 고용하라고.'

라한은 멋대로 일을 배분해 놓고 어딘가로 가 버렸다.

들어온 아저씨는 이긴 상대의 이름이 각각 적힌 패들을 건넸다.

이기면 상대에게서 패를 받을 수 있다. 세 개를 모으면 본 행사장으로 이동하게 된다.

그러나 3승에도 종류가 있어, 약한 상대만 골라서 이기고 오는 참가자도 있다. 규칙에 위배되지 않느냐고 라한에게 물었더니 "참가비만 받을 수 있으면 문제없어."라고 했다.

'어차피 약한 녀석은 짓밟히게 되겠지만.'

1패를 하면 다시 광장으로 돌아가게 된다.

마오마오는 새 패와 음료, 월병을 하나씩 건넸다.

"오른쪽 객석에 대국을 기다리는 분이 계십니다. 기다리는 분과 바로 대국을 진행해 주세요."

상대를 고를 수는 없다. 아저씨는 조금 싫은 표정을 지었지만 할 수 없다는 듯 오른쪽 자리로 이동했다.

만일 그 상대가 싫다고 버티면 바로 내쫓게 되어 있다.

괴짜가 무슨 짓을 저지르지 못하도록 주위에는 아버지 외에도 괴짜의 부하가 몇 명 대기하고 있었다.

"죄송합니다만, 월병 추가를 좀 부탁드려도 될까요?"

심약해 보이는 남자 한 명이 마오마오에게 물었다.

참가자는 아니었다. 괴짜의 부하로, 최근 리쿠손 대신 보좌로 들어온 사내였다. 그리 무관답게 생기진 않았고 중키에 보통 체격을 지녔다. 전에 괴짜가 과일 음료를 마시고 식중독에 걸렸을 때 당황하던 그 부관이다.

리쿠손은 만만찮은 성격을 지닌 미남자였지만, 이쪽은 왠지 기가 약해 보이는 분위기다.

"알겠습니다."

벌써 다 먹었나, 하고 어이없는 표정으로 마오마오는 귀찮아하며 몇 개 안 남은 찐빵을 내주었다.

"자요."

"아, 아뇨, 저어…."

부하는 무어라 말하기 힘들다는 표정을 지었다.

"…라칸 님이 계시는 곳에, 가져다주시면 안 되겠습니까?"

"……."

"죄, 죄송합니다. 일도 바쁘신데, 제가 가져가겠습니다."

부하는 마오마오의 얼굴을 보자마자 말을 취소했다. 눈치가 빠른 사람이라 다행이다.

"마오마오야…."

슬픈 목소리가 들려왔다. 누군가 하고 돌아보니 등 뒤에 아버지가 서 있었다.

"그런 표정 짓지 말거라."

"그런 표정이라니."

마오마오는 자신의 얼굴을 문질러 폈다. 관자놀이가 움찔움찔 굳어지고, 입술이 몹시 뒤틀려 있는 듯했다.

"미안하네."

아버지는 부하에게 사과하면서 아저씨 쪽을 쳐다보았다.

"라칸이 혹시 최근 들어 몸이 안 좋은 게 아닌가?"

"아시겠습니까?"

부하가 아버지를 보았다.

"오늘 대회를 무척이나 기대하고 계셨는지 드물게도, 정말 드물게도, 말도 안 될 정도로, 정말로 믿기 힘든 이야기라고 생각될 정도로, 네, 정말로, 라칸 님치고는, 몹시도 일을 열심히 하셨던 모양입니다."

"……."

평소에 도대체 얼마나 일을 안 했단 말인가.

"평소에는 점심이 되기 좀 전에 일하러 오셔서 해가 지기 전에 잽싸게 돌아가시곤 했는데, 요즘은 남들만큼 집무실에 계셨고 무엇보다 낮잠도 안 주무시더라니까요."

"저 아이치고는 열심히 했구나. 평소에는 하루의 절반을 잠으로 보내는데.”

그러니까 이제야 겨우 남들 하는 수준이 되었다는 소리다.

아버지는 괴짜 군사 쪽을 빤히 쳐다보았다.

마오마오는 잘 모르겠지만 저래 봬도 꽤 지쳐 있는 모양이었다.

바둑을 두고 있을 때는 쓸데없이 생기가 넘치니 더 알아보기 힘들다.

“내일부터 일해야 할 테니 미안하지만, 잘 시간을 좀 줄 수 없을까? 수면이 부족하면 판단 능력이 훅 꺾일 수 있다네.”

“판단력이고 뭐고 평소에 늘 폭주하고 있는 것 같던데.”

마오마오가 중얼거리자 아버지는 조금 씁쓸한 표정으로 눈썹을 축 늘어뜨렸다.

이러니저러니 해도 아버지는 저 괴짜한테 약하다.

“마오마오, 난 잠깐 바깥 좀 돌아보고 오마.”

“알았어. 무슨 일 있으면 부를게.”

가까이 있는 무관 아무나 붙잡고 말하면 되겠지.

아버지와 마오마오가 불려 온 데에는 괴짜 군사의 방파제 역할로 쓸 수 있으리라는 라한의 꿍꿍이가 있었으리라. 지금은 얌전히 있고, 아버지도 밖에서 몸 상태가 나빠진 사람은 없는지 확인하는 게 더 중요한 모양이었다.

“사람 많으니까 조심해.”

"괜찮단다."

말은 그렇게 하지만 아버지는 한쪽 다리가 불편하여 지팡이를 짚고 다닌다. 인파에 섞였다가 넘어지진 않을까 걱정하면서 마오마오는 슬그머니 월병 하나를 집어 먹었다.

"전병도 좀 준비해 주지."

맛은 있지만 짭짤한 뭔가가 먹고 싶다고 제멋대로 생각하며, 마오마오는 계속해서 꿀이 든 음료를 만들기로 했다.

낮 동안 바둑에 열중하다 몸 상태가 나빠진 사람이 세 명, 속임수라고 소란을 피우며 싸움을 벌인 사람이 두 명, 구경꾼에게 부딪혀서 넘어진 아이가 한 명.

본 행사장 안의 인원수는 늘었다 줄었다, 또 줄었다 늘었다를 반복하고 있다. 개중에는 두세 번씩 찾아오는 사람도 있었다.

"무슨 속임수를 쓰는 것 아니야?"

마오마오는 벌써 네 번째 찾아온 남자를 보고 말했다.

"그런 일은 없어."

마오마오의 혼잣말에 라한이 반응했다. 이 축제 난리 통의 주최자는 무척이나 만족스럽고 흐뭇한 표정을 짓고 있었다.

'잔뜩 벌었겠군.'

대회 참가비는 저렴하지만 다른 곳에서 본전을 뽑고 있는 듯했다.

마오마오는 눈을 가늘게 뜨고 곱슬머리 안경을 쳐다보았다.

"사람을 공짜로 부려 먹다니."

"급료는 빠짐없이 줄 거야. 흑자가 확정됐거든."

역시나 그랬구나. 그러니 기분이 좋을 수밖에.

"방금 그 사람은 전문가야. 초보자가 상대라면 3승 정도야 금방 거두지. 하지만 지금은 술집 한구석에서 술값이나 벌면서 사는 사람이야."

"흐응."

마오마오는 관심 없다는 표정으로 찐빵 재고와 찻잔 개수를 확인했다.

"조금만 더 화제에 집중해 주면 안 될까? '뭐~? 굉장해~!'라거나 '뭐든지 다 아시는군요~'라거나 '역시 대단해요, 오라버니!' 같은 말은 안 나오는 거야? 귀엽지 않잖아."

"내가 그런 말을 해 봤자 치켜세워 줬다고는 생각 안 할 거잖아?"

"그렇지. 날 바보 취급하고 있다고 생각하겠지."

그러니까 어설픈 빈말은 그냥 처음부터 안 하는 게 낫다는 소리다.

"무엇보다 넌 아부를 할 수 있는 인간일수록 방심 못 하는 상대라고 생각할 테고."

"잘 알고 있구나, 동생아."

"……."

마오마오는 무시했다. 애당초 주둥이부터 태어난 인간이다. 반론해 봤자 또 귀찮게 굴기만 할 게 뻔하다.

그 또한 재미없는지 라한은 양손을 벌리고 어깨를 으쓱했다.

"지금은 내기 바둑으로 생계를 꾸리는 인간이지만, 옛날에는 상류 계급에게 바둑을 가르쳤다더군."

과거형으로 말하는 걸 보면 어느 정도 예상이 간다.

"즉, 어떤 못돼 먹은 아저씨한테 재기 불능으로 두들겨 맞고 직업을 잃었다는 말이야?"

"정답. 예전에 무슨 수를 써서라도 아버님의 코를 납작하게 해 주고 싶었던 어느 부자가 시합을 시킨 적이 있었어. 결과는 참패였고, 저 꼴이 되었지."

"불쌍하네."

이렇게 몇 번이나 이겨서 다시 찾아오기도 힘들었을 것이다. 괴짜에게 도전하는 권리는 은 열 개, 저러다 파산하지 않을까 모르겠다.

문득 마오마오는 나쁜 예감이 들었다.

"…혹시 이 대회에 유난히 도전자가 많은 건, 저 아저씨한테 원한을 품은 사람들이 잔뜩 모여든 탓이야?"

그렇다면 경비 무관이 많은 것도 이해가 된다.

"반은 정답. 언제 칼이 날아들어도 문제없도록 경비도 소홀히 하지 않고 있고, 한 방에 심장을 찔려 즉사하지 않는 한 작은할아버님께서 어떻게든 해 주시겠지."

"그런 하찮은 일에 아버지를 불러내지 말라고."

마오마오는 라한의 발가락 끝을 짓밟았다.

"아야야야얏! 하지 마라, 하지 마."

부상자가 늘어나 봤자 자기 일만 늘어날 뿐이었으므로 마오마오는 발을 치웠다.

"나머지 반은?"

마오마오는 천연덕스럽게 다음 이야기를 재촉했다.

라한은 일부러 그러는 것처럼 한쪽 발을 들어 발가락을 문질러 댔다.

"…아버님을 이길 수 있는 사람은 기성 정도밖에 없어. 그러니 도전자라는 형태이긴 하지만, 승리하면 아버님께 인정받게 된다는 뜻이지."

"인정이라…."

타인의 얼굴이 바둑돌로밖에 보이지 않는 남자다. 그런 사소한 일이라도 나중에 허세 부릴 때는 얼마든지 써먹을 수 있다.

"그리고 그 소문이 번져서…."

라한이 안경 안쪽의 가느다란 눈을 더욱 실처럼 가늘게 떴다.

"'칸라칸에게 바둑으로 이기면 딱 한 가지 소원을 이루어 준다고 한다'는 이야기가 되어 있다나 봐."

"……."

마오마오는 벌린 입을 다물 수가 없었다.

"누구야? 그런 어처구니없는 소리를 하고 다니는 게."

"누굴까?"

라한이 시선을 피했다.

마오마오는 십중팔구 소문의 근원이 이 인간이라고 확신했다. 원금을 들인 이상, 본전을 회수하려면 할 수 있는 일은 뭐든 다 하려는 모양이다.

"…아무리 그래도 그런 소문을 믿는 별난 사람이 있을까?"

마오마오가 어이없어하고 있는데 새로운 참가자가 찾아왔다.

"접수처가 이곳이 맞나?"

머리 위에서 천상의 음악 같은 목소리가 울려 퍼졌다.

"……."

고개를 들었다.

답답한 복면을 쓴 남자가 눈웃음을 짓고 있었다.

접수 탁자 위에는 3승의 증거로 패가 나란히 놓여 있었다.

라한은 복면이 아쉬운 눈치였으나 남자를 빤히 쳐다보았다. 얼굴을 가리고 있어도 라한에게는 그게 누구인지 보였으리라.

"자요. 참가상입니다."

마오마오는 차와 월병을 내놓았다. 왠지 거북한 기분이었다.

전에 만났을 때 들었던 말이 자꾸만 생각났다.
“차는 받아 가마. 과자는 됐다. 일행이 갖고 올 테니 나중에 가져다줬으면 하는데.”
“…알겠습니다. 저쪽 줄에 서서 대국을 해 주세요.”
상대가 누구인지 알고 있기에 ‘알았다’고 하는 수밖에 없었다.
라한은 싱글싱글 웃고 있었다. 얼굴만 아름다우면 남자고 여자고를 가리지 않고 절조가 없다.
“소문을 믿는 별난 사람도 제법 있지?”
거봐, 라고 하는 듯 라한이 의기양양한 표정을 지었으므로 한 번 더 발가락을 밟아 주었다.

복면의 남자 진시의 다음 대국 상대는 덩치가 건장한 아저씨였다.
복면 쓴 이상한 남자를 의아한 듯 쳐다보면서도 아저씨는 바둑을 두었다. 진시는 손쉽게 이겼다.
“제법 강하다고 듣긴 했는데, 상당히 강한 건 틀림없어 보이네.”
“그런가?”
마오마오는 잠시 진시를 모신 적이 있었지만 바둑을 그렇게 자주 두는 듯 보이진 않았다. 원래 뭐든 잘하는 사람이니 그냥 소양 정도로, 보통 사람들보다는 잘 두는 수준이리라.

“저 대국 상대인 아저씨가 약한 게 아니고?”

진시가 너무 쉽게 이겨 버리는 바람에 마오마오는 아저씨의 부정 의혹을 제기했다.

“그런가 보군. 운이 좋아.”

진시는 바둑판 앞에서 고개를 숙이고, 또다시 다른 대국 상대를 찾아 떠났다.

“사기 쳐서 이긴 아저씨한테는 벌 안 줘?”

“지면 또 참가비를 내고 들어와 줄 고마운 손님인데?”

“…….”

몹쓸 놈이다.

“농담이야. 어쨌거나 돈만 내면 아버님과 대국을 할 수가 있어. 아무 문제없지.”

“…이겨서 올라온 끝에 돈을 또 뜯어내고 있는 것 아니었어?”

마오마오가 고개를 갸웃했다.

“대국과 지도는 다르니까. 뭐, 아버님이 지도하시는 말의 의미를 이해할지 어떨지는 별개지만. 옌옌은 며칠 후 반드시 아버님과 만날 수 있게 해 줄게.”

라한은 괴짜 군사 쪽을 흘끔흘끔 쳐다보았다.

“며칠 후? 오늘 대회 끝나고 나서가 아니라?”

“으음, 슬슬 한계가 다가오고 있는 것 같아서 말이야. 저 모습을 보니 대회가 끝나면 바로 곯아떨어지시겠어.”

라한이 머릿속 주판을 튕기기 시작했다.

아버지에게서 괴짜 군사가 하루의 절반은 자면서 지낸다는 말을 듣긴 했지만, 할 일이 끝나면 바로 잠이 든다니 무슨 어린 애도 아니고 말이다.

돌연 잠에 빠지는 병이 있다는 말은 들었지만 저 아저씨의 경우 그것과는 달라 보였다.

“이미 선금을 받은 분들에게는 후일 방문하고, 아니, 혼자만 데려가면 문제가 생길 테니까, 어떻게든 한숨 재웠다가 다시 깨워서, 아니, 그건 어렵고….”

“돈에 눈먼 놈.”

마오마오가 어이없다는 표정을 지으며 진시 쪽으로 시선을 돌렸다. 다음 대국 상대가 정해진 모양이었다.

“저건 못 이기겠네.”

아까 봤던 전문가 아저씨였다.

마오마오는 무슨 생각으로 이런 대회에 나온 걸까 생각하면서 멀찍이서 대국을 지켜보았다. 복면 쓴 인물이 눈에 띄었던 탓에 주위에 사람들이 모여들었다.

장기라면 몰라도 바둑은 잘 모르기 때문에 마오마오는 그냥 접수를 받거나, 몸이 안 좋아진 사람이 없는지 한 바퀴 둘러보곤 했다.

'치우고 나가란 말이야.'

과자 부스러기를 잔뜩 흘리고 간 자리가 몇 군데 있었기 때문에 그것도 청소하면서 돌아보고 있는데 "아~" 하며 아쉬워하는 소리가 들렸다.

진시의 주위에 있던 구경꾼들이었다. 승리를 포기하고 관전에만 푹 빠진 사람들도 많았다.

마오마오는 구경꾼 사이에 섞여 있던 라한에게 다가갔다.

"왜 그래?"

"두는 방식은 나쁘지 않았는데, 그래도 상대가 너무 강하네. 보기 좋게 함정에 빠졌어."

즉, 진시가 지고 있다는 말이었다.

"그랬군."

뭐 그렇겠지, 하고 마오마오는 고개를 끄덕였다.

"역전도 어려워?"

"못 할 건 없는데 상대가 어지간히 바보 같은 실수를 하지 않는 이상 어려울 거야. 그런 초보적인 실수를 할 만한 사람도 아니…."

라한이 단호하게 말하려 하는데 행사장이 술렁거렸다.

자리에 어울리지 않는 복면이 펄럭, 하고 벗겨졌다. 매끄러운 흑발이 허공에서 춤추고, 옷에 뿌려져 있던 향냄새가 주위에 풍겼다.

마치 천녀가 옷자락을 나부끼며 하늘에서 내려온 듯한… 참 우스꽝스러운 비유지만 사실이니 어쩔 수가 없다.

'오랜만에 봤네.'

후궁에 있을 때는 질릴 정도로 봤던, 반짝반짝 빛나는 진시다.

"…윽."

목소리를 내려 했지만, 낼 수 없는 사람들.

눈앞에 있는 것은 그야말로 그림 두루마리 속에서밖에 볼 수 없는 천상인의 모습이었다.

한순간 여성으로 잘못 볼지도 모를 미모지만 요철이 있는 목과 넓은 어깨 폭이 그것을 부정했다. 목소리가 되어 나오지 못하는 목소리 속에는 작은 낙담도 섞여 있었다. 오른뺨에 난 상처는 사라지지 않았다. 옥에 티란 그야말로 이것을 가리키는 말이리라.

후궁이라는 색색의 꽃들 속에서도 눈에 띄는 아름다움을 자랑했던 진시다. 지금도 주위를 넋 나가게 만들기는 충분하리라.

'잊고 있었는데, 해악을 끼칠 만큼 귀찮은 용모였지.'

딱 소리를 내며 돌을 놓는 모습도 그림 같았다. 그럴 때마다 "오오…." 하는 감탄의 소리가 울려 퍼졌다.

무슨 생각으로 복면을 벗었는지는 일단 제쳐 두고, 아무튼 난처해진 건 대국 상대 남자였다. 방금 전까지 분명 우세했는데 지금은 얼굴이 새파래져 있었다.

전황이 뒤집힌 걸까. 아니, 그렇지도 않다.

옛날 고귀한 분들에게 바둑을 가르친 적이 있었다면 황가 사람들에 대해서도 어느 정도는 알고 있을 것이다.

진시와 면식이 있었을까, 아니면 오른뺨에 상처가 있는 미장부가 누구인지 예상이 간 걸까.

'아무튼 이겼네.'

주위 사람들은 이 미장부가 누구인지 모른다. 왕제의 오른뺨에 상처가 났다는 이야기는 세간에도 소문으로 퍼져 있을 테지만, 설마 이런 곳에서 바둑을 두고 있으리라고는 상상도 하지 못할 것이다.

물론 대국 상대 이외에도 알아차린 사람이 있다. 그런 사람들은 하나같이 얼굴이 새파래졌다 새빨개졌다 하며 안색이 매우 바빴다. 말 한마디 못 하고 생선처럼 입만 뻐끔거리고 있다.

'어지간히 바보 같은 실수를 하지 않는 이상.'

그 바보 같은 실수를 저지르고 말았다.

남자는 새파래진 얼굴로 비지땀을 뻘뻘 흘리며 고개를 숙였다.

"졌습니다."

떨고 있었다. 실수를 저지른 게 원인일까, 아니면 진시에게 혹시 실수를 저지르지 않았나 하는 불안 때문일까.

'불쌍하게도.'

그 모습에 마오마오도 두 손을 모으는 수밖에 없었다.

도대체 무엇 때문에 복면을 쓰고 왔을까. 얼굴을 내보이려면 처음부터 내보였으면 좋았을 것을, 설마 상대를 동요시키기 위해서 일부러 한 일이었을까.

'비겁하네.'

하지만 덕분에 2승을 거두었다. 승리는 승리다. 딱히 규칙을 어기진 않았다.

치사한 전법이라고 생각하지만 원래 진시는 이런 짓을 태연하게 하는 인간이었다는 사실을 마오마오는 떠올렸다. 후궁에서 자신의 잘난 얼굴을 마음껏 이용하여 궁녀와 환관들을 홀렸던 사람이니 말이다.

그것도 권력 중 하나라 한다면, 새삼 경멸할 일도 아니리라.

'진짜 이기러 왔구나.'

그렇게까지 해서 괴짜 군사와 대결을 하고 싶은 걸까.

설마 정말로 라한이 흘린 소문을 믿고 온 걸까, 하고 마오마오는 노려보았다.

"……?!"

문득 오싹한 기분에 뒤를 돌아보니 무대 쪽에서 덥수룩한 수염을 지닌 아저씨가 이쪽을 쳐다보고 있었다. 괴짜 군사였다.

"마오마오, 좀 떨어져 있어 줘. 아버님이 승부에 집중을 못 하셔."

"아하."

"달의 귀인은 판별하실 수 있게 되었거든, 아버님도."

"오히려 못 했던 거야? 지금까지?!"

"얼굴에 난 상처 정도는 아신대."

사람 얼굴을 판별하지 못한다는 건 정말로 힘든 일일 것이다.

마오마오는 한 손에 청소 도구를 들고 원래 자리로 돌아갔다. 접수대에 새롭게 이기고 올라온 청년이 와 있어서, 과자와 차를 건네주었다. 아직 한참 젊어 스무 살이 되었을까 말까 한 풋풋함이 느껴졌다.

청년은 눈을 반짝반짝 빛내며 '이제부터 계속 이겨서 올라갈 거야' 하는 듯 주먹을 꽉 부르쥐었으나….

'불쌍해….'

다음 시합에서 쓸데없이 눈부신 생김새의 또래 청년과 맞붙어, 정신적으로 완전히 흐트러진 채 참패하게 되리라고는 상상도 못 하고 있으리라.

17화 : 괴짜 대 변태

'전에도 어디선가 본 적 있는 풍경 같은데.'

마오마오는 구경꾼으로 둘러싸인 무대 위의 두 사람을 보았다. 진시와 외알 안경. 그 사이에는 바둑판이 하나.

예전에는 마오마오가 괴짜와 마주 앉아 장기를 두었다. 마오마오와 괴짜의 5판 3선승제 승부는 마오마오가 잔꾀를 부려 이겼지만….

'못 이길 텐데.'

그렇다면 진시는 순수하게 괴짜와 바둑을 두고 싶었던 걸까.

그거라면 돈을 싸들고 찾아오면 된다.

그럼 최소한 지도가 아니라 대결이라는 형태를 취하고 싶었는지도 모른다.

방금 전까지 괴짜의 주위에는 대결 상대가 여럿 있었으나, 진시가 찾아오자 분위기를 파악했는지 재빨리 자리를 피했다.

어디서 듣고 왔는지 극장 밖에는 사람들이 잔뜩 모여들어 엿보고 있었다. 안에 들어오고 싶었으나 주위를 어슬렁거리던 비번 무관들이 입구를 굳건히 지키고 있었기에 분한 표정들이었다.

'최고의 볼거리겠네.'

이것이 오늘의 최종전이 될 듯했다.

멀찍이서 지켜보며 마오마오는 접수대에서 열심히 찐빵 개수를 세었다. 지금부터는 새로 찾아와도 대국을 할 수가 없으니 정리해 버려야겠다. 나머지 과자는 챙겨 가서 의국 간식으로 먹을 생각이다. 남기는 건 아까우니까.

"실례합니다."

위에서 목소리가 들렸다. 고개를 드니 눈매가 날카로운 여성이 있었다.

"오늘은 이제 끝났어요."

마오마오가 제멋대로 끝내려 했으나 여성은 아무래도 대회 출전자가 아닌 듯했다. 여성 옆에는 익숙한 얼굴이 있었다.

"바센 님의 지인이신가요?"

"누님이다."

여성은 퉁명스럽게 말하는 바센의 머리를 꾹 눌렀다.

'앗, 퍽 소리 났는데.'

책상 모서리에 바센의 이마가 부딪혔다. 혹이 생겼어도 이상하지 않을 소리가 났다.

"모자란 동생이 신세를 많이 지고 있습니다. 마메이라고 합니다."

마메이는 생긋 웃었지만 왠지 모르게 맹금류가 연상되는 생김새였다. 아닌 척하려 해도 방금 그 행동으로 성격이 다 들여다보였다. 바센의 누나라니 가오슌의 딸인 모양이지만, 이야기를 듣자하니 생김새와 마찬가지로 성격도 강할 듯했다.

'그 소문이 자자한, 아버지 무시하는 누나란 말이지.'

바센과도 가오슌과도 닮지 않은 걸 보면 어머니를 닮았으리라.

"달의 귀인께서 맡기신 물건을 전해 드리러 왔습니다."

마메이는 마오마오에게 천으로 싼 무언가를 조심스레 건넸다. 속에서 달콤하고 향긋한 냄새가 났다.

'오, 이건.'

콧구멍을 간질이는 냄새가 너무나도 좋았다. 짭짤한 것을 좋아하는 마오마오였지만, 이 냄새에는 무심코 손을 내밀고 싶어진다.

진시가 나중에 과자를 가져올 거라고 했던 게 이 두 사람을 가리키는 말이었던 모양이다.

마오마오는 마메이를 바라보았다. 바센이 옆에 있고 그 누나라고 하니 아무 문제없겠지만, 그래도 직업상 그대로 진시에게 가져다줄 수는 없었다.

"만일을 대비하여 내용물을 확인해도 괜찮을까요?"

'결코 맛을 보고 싶어서 그런 게 아니고.'

할 수 없이 손을 뻗는 것뿐이다.

"독 시식을 원하신다면 얼마든지 하시죠. 스이렌 님께서 매우 공을 들여 만드신 과자이니 맛은 보증합니다."

스이렌이 만들었다면 틀림없으리라. 그 만만찮은 아주머님의 요리 실력은 상당하니 말이다.

"실례하겠습니다."

마오마오는 천을 벗겼다. 손바닥 크기의 구운 과자가 하나하나 기름종이에 싸여 있었다. 마오마오는 그중 하나를 집어 들었다.

종이 포장을 벗기니 향긋한 냄새가 더욱 짙어졌다. 유락과 과일 냄새가 강했다.

폭신한 과자라서 힘을 주면 금방 부서져 버린다. 월병처럼 속이 꽉꽉 들어차 있지 않아, 먹어도 배가 차지 않는 과자였다.

"으흡."

마오마오는 놀라서 눈을 깜빡거렸다. 달지 않은 맛을 선호하는 마오마오지만, 달콤한 맛에 대해서도 잘 알고 있다. 부드러운 식감과 동시에, 그 맛이 과자 전체에 촉촉하게 배어들어 있었다. 건포도 풍미와 호두의 단단한 식감이 좋았다.

무엇보다 숨겨진 맛이 놀라웠다.

무심코 하나 더 집으려던 찰나 마오마오는 '안 되지, 안 돼.' 하고 고개를 가로저었다.

"역시 스이렌 님이시군요. 궁정 요리사라도 이 정도의 과자를 만들 줄 아는 사람은 없지 않을까요?"

비들의 다과회와 녹청관에서의 독 시식, 맛보기로 충분히 미각 수준이 높아져 있는 마오마오조차 신음하게 만들 정도다. 어디에 내놓아도 부끄럽지 않다.

"그럼요, 나도 받아 왔거든요. 우리 애들도 정말 좋아해요."

마메이가 어딘가 자랑스러운 미소를 지었다.

"뭐 맛있긴 하지만, 그렇게까지 말할 정도로 대단한 음식이야?"

"맛도 모르는 바보는 입 다물고 있어."

"바센 님의 혀는 맛에 둔감할 것 같네요."

두 사람에게 그런 말을 들은 바센은 다소 불쾌한 표정을 지었다.

"그럼 진시 님께 가져다드리도록 하시지요."

웬만하면 괴짜에게 접근하기 싫었기에 마메이에게 떠넘기려 하였으나….

"저는 외부인이라 단상 위로 올라갈 수가 없습니다. 부디 가져다드려 주세요."

"바센 님은요?"

진시의 보좌라면 문제없을 거라는 생각에 마오마오는 바센을 쳐다보았다.

"그럼 내가…."

바센의 머리가 마메이에 의해 또다시 내리꽂혀, 둔탁한 소리가 울려 퍼졌다. 혹이 벌써 두 개째다.

"직접 가져다드리세요. 진시 님께 부탁을 받았답니다."

"…알겠습니다."

마오마오는 떨떠름한 기분으로 접시를 준비하여 과자를 담았다. 그리고 그것을 쟁반에 올려 들고 무대로 향했다.

멀찍이 둘러싼 채 보고 있던 사람들을 헤치고 들어가니 무대에는 진시와 아저씨 말고도 두 명이 더 있었다. 한 명은 라한이었다. 마오마오와는 다르게 바둑에 대해 좀 아는 듯, 안경을 치켜 올리며 바둑판을 노려보고 있었다. 또 한 명은 모르는 남자였다. 초로의 나이에 번듯한 차림새를 하고 있었다. 입고 있는 옷을 통해 상류 계급의 사람이라는 사실은 알 수 있었으나 관료 같은 분위기는 아니었다.

'문화인 같네.'

왠지 모르게 세속과 동떨어진 느낌이 풍겼다.

무대 주위에는 경비로서 비번 무관들이 둘러싸고 있었다. 주위 구경꾼들이 방해하지 못하도록 지키고 서 있는 모양이었다.

마오마오는 무관 같아 보이는 남자에게 라한을 불러 달라고 했다.

"무슨 용건이지?"

"진시 님께 드릴 과자를 가져왔어. 그런데 지금 어떤 상황이야?"

멀리서 봐서는 알 수가 없다. 뭐, 어차피 봐도 전황이 어떻게 돌아가는지는 모른다.

"아직은 뭐라고 판단할 수가 없어. 진시 님은 정석대로 두고 있고, 시합의 흐름은 그리 나쁘지 않아. 게다가 검은 돌이고 공제 없이 두고 있으니까 유리할 테지만…."

"뭐가 문제야?"

왠지 모르게 진시 편을 드는 듯한 말투였다.

"아버님이 정말 무서워지시는 건 중반부터야. 갑자기 쳐들어오기도 하고, 심지어 정석에서 벗어난 수가 많아. 공제가 있든 없든 단숨에 뒤집힐 수 있어."

무슨 말인지 알 것 같았다. 괴짜 군사는 얼마나 전술을 많이 알고 있는가로 승부하는 부류가 아니라, 굳이 따지자면 임기응변으로 행동하는데 어째서인지 정답을 맞혀 버리게 되는 사람이다.

"하지만…."

라한이 고개를 갸웃거렸다.

“평소보다 쳐들어오는 게 늦어지는 기분이 들어.”

“흐응.”

마오마오는 아무래도 상관없었다. 누가 이기든 자신과는 관계없지만 진시가 이기는 편이 더 재미있을 것이다. 주위 구경꾼들도 도전자가 이기면 더 분위기가 끓어오르리라.

하지만 진시가 지금 무슨 생각으로 시합을 벌이고 있는지를 알 수 없다는 게 자꾸 신경이 쓰였다.

“저기 있는 사람은 누군데?”

“저분은 기성이셔. 주상의 바둑 스승이기도 하고.”

분명 현재 이 나라에서 유일하게 괴짜보다 강하다고 일컬어지는 사람이라고 했다.

“일단 이걸 좀 가져가 줘.”

마오마오는 과자를 라한에게 떠넘기려 했으나 라한은 받아주지 않았다.

“네가 부탁받은 거니까 직접 들고 가도록 해. 단상 위, 비어 있는 곳 아무 데나 놓아두면 돼. 하지만 바둑돌이 든 통 옆에는 놓지 말아 줘. 돌과 과자를 착각해서 집을 테니까.”

“…알았어.”

마오마오는 뚱한 표정으로 무대 위에 올랐다.

주위에서 잠시 마오마오를 주목했으나, 과자가 담긴 쟁반을 보고는 단순한 차 심부름꾼이라고 인식해 버렸다. 하지만 괴짜가 한순간 이쪽을 보더니 기분 나쁘게 헤죽헤죽 웃었기에 무시했다.

'비어 있는 곳 아무 데나 놔두라고는 했지만.'

마땅히 둘 곳이 없다. 바둑판이 있고, 두 사람이 주로 쓰는 손 옆에 바둑돌 통이 놓여 있다. 진시는 오른쪽에, 괴짜는 왼쪽에. 같은 쪽에 바둑돌 통이 있으니 괴짜의 오른손, 진시의 왼손 쪽에 과자를 놓아두면 될 일이겠지만….

커다란 접시에 찐빵과 월병이 산더미처럼 쌓여 있었다. 본래 진시가 과자를 둘 수 있는 공간까지도 점령하고 있다.

"……."

간식 더미를 옆으로 치워도 접시를 놓을 틈이 없다.

마오마오는 할 수 없이 바둑돌 통이 있는 쪽의 틈새에 접시를 내려놓았다. 바둑돌과 착각해서 집지 않도록 두 바둑돌 통 사이 한가운데 빈 공간에 내려놓았으나….

놓은 순간 손이 뻗어 왔다. 그리고 그 손은 금세 수염이 부숭부숭한 입가로 돌아가, 한 입에 집어삼켰다.

"……."

어처구니없어하는 수밖에 없었다. 괴짜 군사는 천연덕스러운 얼굴로 진시의 과자를 먹어 치워 버렸다.

꼭꼭 씹어 삼킨 뒤, 손가락에 묻은 기름까지 빨아 먹었다.

아쉽다는 표정으로 이쪽을 쳐다봐도 마오마오는 난감할 뿐이었다.

“마오마오.”

진시가 불렀다.

괴짜 군사의 얼굴이 단숨에 험악해졌다.

최근 들어 겨우 이름을 불리게 되었지만, 왠지 애매한 느낌이었다.

“과자를 추가로 부탁한다.”

“…알겠습니다.”

어차피 또 괴짜 군사가 다 먹어 버리겠지, 하고 마오마오는 가지고 있는 만큼을 전부 접시에 담아 버리기로 했다. 남으면 하나 더 먹고 싶었지만 어쩔 수가 없다. 스이렌에게 이 구운 과자의 조리법을 가르쳐 달라고 하면 안 될까.

시합이 빨리 끝나면 좋겠다고 생각하면서 마오마오는 무대에서 내려왔다.

북적거리는 극장에 비해 바깥은 상당히 조용해져 있었다.

해가 저무니 금세 어두워지고, 공기도 차가워졌다. 참가자들은 바둑판을 치우고 주위 노점들도 가게를 정리하는 중이었다.

열기가 남아 있는 건 극장 안뿐, 그것도 진시와 괴짜의 단판 승부뿐이다.

‘다들 내기라도 하고 있는 건가?’

하고 있다면 마오마오도 모두가 질 거라 생각하는 진시에게 잔돈푼이나마 걸고 싶다고 생각했다.

바센과 마메이 남매는 방금 전까지 구경꾼들 속에 섞여 있었으나, 어느샌가 동생만 남아 있었다. 마메이는 아이들이 기다리고 있어서 먼저 돌아갔다고 한다.

야오와 옌옌은 청소가 일단락 지어졌는지 관전을 하고 있었다. 옌옌이 눈을 반짝반짝 빛내고 있었다.

자신이 관심 없는 분야에 모두가 열중하고 있으니 소외감이 어마어마하다고 마오마오는 느꼈다.

다들 마른침을 삼키며 잡아먹을 듯 구경하고 있다가, 갑자기 와 하는 소리가 솟구쳤다.

'시합이 끝났나?'

끝났다면 어서 돌아가야지, 하고 무대 쪽으로 가 보니….

두 사람은 아직 자리에 앉아 있었다.

주위를 둘러본 마오마오는 야오와 옌옌에게로 다가갔다.

"시합 끝났나요?"

"아직이야."

야오가 대답했다.

"맞아요. 하지만 이젠 한쪽이 패배를 시인할지도 몰라요."

옌옌이 극장 벽을 가리켰다. 커다란 종이에 그려진 바둑판이 벽에 나붙어 있었다. 옆에서는 라한이 붓을 들고 바둑알을 그려 넣고 있었다.

멀리서는 보기 힘드니 잘 보이도록 배려해 주고 있는 듯했다. 이럴 때는 참 눈치 빠른 녀석이다.

"도전자의 패배인가요?"

"…아뇨, 달의 귀인이 승리할지도 모릅니다."

옌옌이 고개를 가로저었다. 말투에 살짝 원망이 섞여 있는 건, 진시 때문에 옌옌이 야오에게서 떨어져야만 했던 적이 있었기 때문이리라. 이 나라에서는 매우 드물게도 정치 면과 상관없이 진시를 미워하는 존재였다.

"아까의 한 수에서 라칸 님이 치명적인 실수를 범하신 걸로 보여요."

옌옌은 믿을 수가 없다는 투였다. 귀에 거슬리는 이름이 들렸으나 마오마오는 참았다.

"치명적?"

"원래 라칸 님은 아슬아슬한 전법을 택하는 분이시죠. 말하자면 줄타기를 하면서 최단 거리를 달리는 부류예요. 따라서 패배를 한다면 경주에서 뒤처지는 게 아니라, 줄에서 발을 헛디디기라도 하는 것처럼 돌이킬 수 없는 수를 두었을 때가 되죠."

"…마오마오, 이해돼?"

"저는 전혀 모르겠네요."

야오도 바둑에 별 흥미는 없는 듯했다. 하지만 진시의 얼굴에는 흥미가 있는지 뺨을 살짝 붉히며 "안 돼, 이러면 안 돼." 하고 부정하고 있었다. 지금은 일만 하면서 살고 싶은 모양이었다.

옌옌이 한층 더 미움이 담긴 시선으로 진시를 쳐다보았다.

"간단히 말하자면 라칸 님이 자폭하셨다고 하면 될까요?"

"아, 그건 알아듣기 쉽다."

자폭이라니, 괴짜 군사다운 일이다.

"아무튼 여기서부터 역전하려면 더욱 공격적이고 위태로운 수를 두어야만 하는데…. 오늘의 라칸 님은 몸 상태가 대단히 나빠 보이네요."

"……."

옌옌의 말대로였다. 괴짜 군사는 안색이 좋지 않고, 왠지 졸려 보였다.

"드물게도 요 며칠 사이 굉장히 일을 열심히 했다고 하지."

바둑 대회를 열기 위해 진시가 떠맡긴 많은 일들을 다 했다고 들었다.

"잠자는 시간도 평소보다 적었다고 하고."

그래도 남들만큼은 잤으리라. 수면 부족은 판단력 저하로 이어진다고, 마오마오도 계속 철야가 이어지는 진시에게 몇 번인가 말했던 기억이 있다.

"어제부터 쉴 틈 없이 바둑만 뒀고."

때로는 세 명, 네 명을 동시에 상대하기도 했다. 생각하는 양이 많아지면 머리가 피폐해진다.

심지어.

"저 과자도 원인이겠네."

마오마오는 마메이가 가져다준 과자를 떠올렸다. 부드럽고 촉촉한 식감에, 풍미가 강한 건조 과일이 들어가 매우 맛이 좋은 과자.

단것을 썩 좋아하지 않는 마오마오도 무척이나 맛있다고 생각했던 이유는….

'숨겨진 맛으로 독한 증류주가 들어가 있어.'

유락 냄새 속에 술 향기가 미미하게 배어 있었다. 구우면 주정의 대부분은 날아가지만, 과일에 배어 있는 만큼은 남아 있다.

술에 약한 괴짜 군사라면 쓰러질 정도는 아니라 해도 아마 취할 수는 있으리라.

'…저 남자.'

어쩌면 노리고 한 일일지도 모른다.

그렇게 생각하니 또 다른 장면이 떠올랐다.

'바둑돌이 든 통 옆에는 놓지 말아 줘.'

라한의 말. 그것은 괴짜 군사의 손이 닿는 장소에 놓게 만들기 위해 했던 말이 아닐까. 괴짜 군사라면 마오마오가 과자를 가져갔을 때 냉큼 낚아챌 게 뻔하니 말이다.

마오마오는 이마를 짚었다. 보기 좋게 이용당했다. 딱히 손해를 보진 않았지만 왠지 분했다.

'라한까지 자기편으로 끌어들였을 줄이야.'

얼굴은 잘났지만 성격은 얼마나 교활한 인간이란 말인가. 그나저나 라한도 혈육을 배신해도 너무 배신한다.

'무슨 약이라도 하나 받아 내지 않으면 성이 안 풀리겠어.'

동시에 그렇게까지 사전 준비를 해 가면서 이기려 드는 이유가 궁금하기도 했다.

괴짜 군사가 관련되어 있다니, 한순간 불길한 예감이 들었다.

'설마.'

설마하니 다른 이유가 아니고서야 주위를 이렇게까지 끌어들여 저지르진 않으리라.

마오마오가 생각하는 사이 괴짜 군사가 딱 소리를 내며 바둑돌을 내려놓았다.

'이젠 승산이 없겠네.'

무어라 형언하기 힘든 분위기가 주위에 피어오르던 그 순간이었다.

극장 문이 거칠게 열렸다. 요란한 발소리를 내며 높은 사람으로 보이는 초로의 남자가 들어왔다.

입구에 있던 무관들이 저지하려다 모두 튕겨져 나갔다.

"칸 의관, 칸 의관은 여기에 있느냐!"

초로의 남자는 무례한 태도로 고함을 질러 댔다. 뒤에는 낯이 익은 똑같은 얼굴 두 개가 나란히 서 있었다.

"저건…."

예전에 조사를 받은 적 있는, 여자 버릇이 못된 세쌍둥이였다.

"무슨 일이십니까?"

무대 옆 의자에 앉아 있던 아버지가 일어섰다. 그리고 지팡이를 짚고 걷자, 상대방은 답답하다는 듯 구경꾼들을 밀어젖히고 성큼성큼 아버지 앞으로 다가와 섰다.

마오마오는 아버지에게로 달려가려 하다가 근처에 무관들이 늘어서 있는 모습을 보고 멈췄다.

"너 때문에 내 아들이, 내 아들이!"

"대체 무슨 일이 있었던 겁니까?"

아들. 확실히 하나가 모자라다. 나머지 한 명은 어디 갔을까.

"이거다."

초로의 남자가 탁자 위에 천으로 싼 무언가를 내려놓았다. 펼쳐 보니 그 속에는….

사람 손가락 두 개가 들어 있었다.

주위에서 비명이 솟아올랐다.

“내 아들을 찾아내! 네놈 때문에 내 아들이 죽었으면 어떻게 할 거야!”

남자는 고함을 지르며 아버지에게 명령했다.

약사의 혼잣말

18화 : 손가락의 주인

느닷없이 난입한 사내는 지난번 세쌍둥이의 부친으로 이름은 보원博文이라 한다고 했다. 이름과는 어울리지 않게 침착하지 못한 성격으로 보원의 난입 때문에 시합은 중단될 수밖에 없었다.*

진시와 괴짜의 존재를 알아차린 모양이었지만 지금은 그쪽에 신경 쓸 여유가 없는 이유가 있었다.

"이게 아드님의 손가락이란 말씀이십니까…?"

소동이 일어나 구경꾼들은 쫓겨나고 극장에는 관계자들만 남았다.

평소의 괴짜 군사였다면 시합을 방해하지 못하게 했겠지만 오늘은 몸 상태가 안 좋은 모양이었다. 깨닫고 보니 바둑판에

※이름과는 어울리지 않게~ : '보원(博文)'에는 학문을 많이 닦아 지식이 넓다는 뜻이 담겨 있다.

머리를 댄 채 잠들어 있었다.

현재는 극장 한구석에서 시중드는 관리가 보살펴 주고 있다. 아버지 대신 마오마오가 봐 줬으면 하는 표정이었으나 노려보았더니 아무 말도 하지 않아 주었다.

대신 야오와 옌옌이 다가가서 봐 주었다. 이 둘이 관계자인지 아닌지는 좀 애매한 부분이지만 둘은 그냥 눌러앉아 있었다. 덕분에 마오마오도 탈출할 기회를 놓치고 말았다.

야오는 탁자 위의 손가락을 보고 기절할 뻔했다. 많이 익숙해졌다고는 하지만 절단면을 보는 데에는 거부감이 있는 모양이었다. 난입한 사람은 물론이고 괴짜도 이 모양이니 시합 재개는 한참이나 후에 이루어질 터였다.

“빠짐없이 기록해 두었으니 문제없습니다.”

라한은 “상황이 정리되면 계속 시합을 이어 가 주십시오.”라고 진시에게 말했다. 진시는 다소 떨떠름한 표정이었다. 완벽한 승리를 거두기 위해 뻔뻔한 얼굴로 온갖 비겁한 행위를 다 동원해 놓고서 말이다.

‘아무리 그래도 그렇게 많은 함정을 파 놓았다면 괴짜도 이길 수 있을 리가 없겠지.’

라한이 양아버지를 지게 만들려 하는 이유도 알 수 있었다.

친아버지와 친할아버지도 팔아넘길 수 있는 남자이니, 이해가 일치한다면 양아버지 정도는 팔아 버릴 수 있으리라.

'이 점을 추궁해 봐야 하나.'

아니, 그 부분을 지적해 봤자 이야기만 길어질 게 뻔하다.

마오마오는 그보다 아버지에게 시비를 거는 보원이 더 신경 쓰였다.

"어떻게 된 일인지 설명을 좀 들어 봐야겠는데?"

보원은 두 아들들에게 붙잡혀 있었다.

느닷없이 쳐들어온 이 세 사람은 누가 봐도 자리에 어울리지 않는 면면들이어서, 아버지에게 폭력을 휘두르려 했다면 금세 제압당했을지도 모른다. 진시는 무어라 말하기 힘든 표정으로 남아 있었다. 시합이 소화 불량 상태로 끝나는 바람에 아무래도 떨떠름한 표정을 지을 수밖에 없는 듯했다.

"이야기를 들어야겠어. 이쪽 입장에서도 찬물이 끼얹어졌으니 그에 상응하는 이유가 분명히 있겠지?"

진시치고는 드물게도 분노가 목소리에 배어 나와 있었다.

'그렇게 사전 준비를 해 놨으니 화내는 것도 당연한 일이지.'

보원이라는 사내는 진시의 말을 거역할 만큼 이성이 날아가진 않은 듯했다. 하지만 말이 잘 나오지 않아 보였기에, 대신해서 뒤에 있던 세쌍둥이 중 하나가 입을 열었다.

"형, 둘째 형이 보이질 않아."

둘째 형, 두 번째 형. 즉 세쌍둥이의 한가운데라는 뜻일까. 얼마 전 여염집 여성에게 손을 댔다가 추행으로 고소당한 남자다. 차남을 형이라고 부르는 걸 보니 이 남자가 셋째이리라.

“사흘 전부터 보이지 않았어. 오늘 아침에 이 천 꾸러미가 집으로 날아왔지.”

다른 한 명, 소거법으로 장남이 천 꾸러미를 펼쳤다. 손가락은 성인 남자의 것이었고, 여기에 없는 둘째의 손가락이라고 한다. 장남은 어디서 다쳤는지 손등에 붉은 줄이 그어져 있었다.

“제대로 보여 주십시오.”

“넌 또 뭐야!”

“입 다물고 보여 줘.”

보원이 고함을 질렀으나 진시가 노려보자 조용해졌다.

마오마오는 관계자라고 할 수는 없지만 사정은 안다. 야오와 옌옌도 마찬가지다.

하지만….

‘저 사람까지 남아 있는 이유는 뭐지?’

진시와 괴짜의 시합을 지켜보고 있던 기성이라는 사람 말이다.

기성은 천연덕스러운 얼굴로 의자에 앉아 있었다. 너무나 당당한 태도였기에 보원 부자도 아무 말 하지 않았다.

하고 싶은 말은 잔뜩 있는 눈치였으나 진시의 눈이 있는 한 마음을 가라앉히고 차분히 설명할 필요가 있었다. 보원은 크게 심호흡을 한 뒤 이야기를 이었다.

"네놈 때문에 내 아들이 잡혀갔다. 그뿐만이 아니라 과거에도 피해를 입은 적이 있다는 고소가 줄지어 들어왔어."

자업자득이다. 세쌍둥이 두 명이 시선을 피했다. 분명 이들이 저질렀던 일도 다 둘째에게 누명이 씌워졌으리라. 이건 애당초 맨 처음에 괴짜 군사가 아버지에게 떠맡긴 귀찮은 일이다. 그러니 괴짜한테 직접 말하면 될 것을.

아니면 괴짜에게 말하려다 왠지 주눅이 들어 아버지에게 책임을 전가하려 하는 게 아닐까….

'오히려 아버지한테 싸움을 거는 게 더 무서운 일인데.'

부친은 아들을 걱정하고 있지만 사실 새삼스러운 일이다. 지금까지 방탕한 아들들을 감싸 주고 있었던 모양이지만, 교육 자체가 잘못되었다는 사실은 알아차리지 못한 걸까.

"그중의 누군가가 아드님을 납치했다고요?"

"당연하지!"

아버지의 물음에 보원이 탁자를 쾅 내리쳤다.

"누구 짚이는 사람 있습니까?"

"있을 리가 있나! 자식들 행동을 누가 일일이 감시해!"

'하는 편이 나았을 것 같은데.'

마오마오는 잘린 손가락을 관찰했다. 단면은 이미 시커멓게 변해 있었다.

'신선한 상태였다면 다시 붙일 수 있었을지도 모르는데.'

그 이전에 죽은 다음 절단되었을지도 모른다.

살아 있을 때와 죽어 있을 때 인체를 절단하는 데에는 차이가 있다고 들은 적이 있다. 아버지라면 알아볼 테고, 무엇보다 손가락을 쳐다보는 비장한 표정에 무언가가 담겨 있었다.

그리고 또 한 가지.

'손톱이 변색됐어.'

한가운데 부분이 검은 듯 푸른 듯한 색으로 바뀌어 있었다.

"……."

마오마오는 야오와 옌옌의 소매를 잡아당겼다.

"왜 그래?"

"차 정도는 내드려야 할 것 같으니, 도와주세요."

"아, 그러네."

셋이나 갈 필요는 없지만 야오를 꼬드기면 옌옌은 따라올 테고, 옌옌만 데려가면 야오가 토라질 테니 어쩔 수 없다.

"그런데 차가 있었던가? 계속 생강탕만 만들었던 것 같은데."

"있긴 하지만 더 고급스러운 차를 내놓는 게 낫겠는데요."

옌옌이 진시를 흘끔 쳐다보았다. 진시가 누구인지 알고 있는 이상 아무거나 내줄 수는 없었다. 호의는 없지만 그 정도 배려는 할 줄 아는 유능한 관녀다.

"돌아가지 않으시려나?"

야오가 진시를 보았다.

"이상한 데 고개 들이밀기 좋아하는 분이시니까 어쩔 수 없지요."

옌옌은 역시나 사정없는 말투였다. 그 말을 듣고 좀 너무하다고 생각하면서도 마오마오는 자신 역시 자주 하던 말이라는 사실을 떠올렸다.

"과일 음료 종류라면 많이 있을 거야. 라칸 님께 드리려던 거. 하지만 손님께 내놓아도 되는 건 아닐 텐데."

"과일 음료란 말이죠…."

마오마오가 턱을 쓰다듬었다.

'오히려 잘됐는지도 모르겠네.'

"포도 음료는 있나요?"

"있을 거예요. 아름다운 유리병에 들어 있으니 품질도 좋지 않을까요."

옌옌이 무대 뒤를 돌아보았다.

"그럼 그걸로 가죠."

마오마오는 무대 뒤 대기실로 향했다.

"저기, 마음대로 그래도 돼?"

야오가 걱정스러운 표정을 지었다.

"많이 받아 왔으니까요. 어차피 자고 있으니까 한 병 정도는 가져가도 모를 거예요."

"…마오마오가 괜찮다고 한다면 괜찮지 않을까요?"

옌옌도 찬성했기에, 결국 셋은 놓여 있던 공물 재고를 뒤져 보기로 했다.

인원수대로 잔에 음료를 담아 준비해 가지고 돌아왔지만 이야기는 여전히 평행선을 달리고 있는 듯했다.

보원은 고래고래 소리를 지르고, 아버지는 말없이 이야기만 듣고 있었다.

진시는 딱히 무슨 행동을 취하지도 않고 가만히 앉아만 있었지만, 손가락이 바둑돌을 잡고 있는 것을 보니 다음 수를 생각하고 있는 듯했다.

기성은 여전히 표정을 읽을 수가 없었다. 왜 여기 있는지도 모르겠다.

라한은 일단 남아 있기는 했지만 대회 뒤처리 때문에 바빠 보였다. 물리적인 뒤처리도 그렇지만 이미 선금을 받았는지 괴짜의 바둑 지도를 어떻게 할지에 대해 문서를 작성하는 중이었다.

"드시지요."

야오와 옌옌이 과일 음료를 나누어 주었다.

라한은 한순간 "술인가?" 하며 질색하는 표정을 지었지만 냄새를 맡아 보고 음료라는 사실을 알아차린 듯했다. 라한도 괴짜와 마찬가지로 술이 별로 세지 않다. 주로 술을 따르는 잔에 담았기 때문에 착각하더라도 이상하진 않다.

옌옌이 세쌍둥이의 장남이라고 생각하는 남자에게 잔을 내밀었을 때였다.

파앙, 하고 잔이 튕겨져 나갔다.

붉은 액체가 허공에서 춤을 추었다. 바닥에 금속 잔이 떨어져 데굴데굴 굴렀다.

"형님…."

막내가 씁쓸한 얼굴을 했다.

옌옌은 머리에서 붉은 액체가 뚝뚝 떨어지는 상태였으나 표정은 변하지 않았다.

'야오가 아니라 다행이다.'

그랬다면 옌옌이 무서워진다. 자기 자신에게는 과일 음료가 끼얹어져도 옌옌은 미동도 하지 않지만, 대상이 아가씨가 되면 사람이 바뀐다. 물론 여자를 좋아한다는 사실을 알고 있는 남자 앞에 아가씨를 세우는 짓을 애당초 옌옌이 하지는 않겠지만 말이다.

"실례했습니다. 어떤 걸 좋아하시는지 잘 몰라서 그만."

옌옌은 담담한 동작으로 잔을 치웠다. 사실 마오마오는 일부러 두 사람에게 잔을 건네라고 시켰었다.

'역시.'

아버지의 얼굴 주름이 깊어졌다. 눈썹도 슬픈 듯 축 처졌다.

마오마오가 알아차렸는데 아버지가 눈치채지 못할 리가 없다.

아버지는 작은 한숨을 내쉬며 의자에서 일어섰다.

"포도주를 싫어하십니까?"

아버지가 장남에게 물었다.

"…아니."

왠지 애매한 말투였다.

"포도주, 좋아하지 않느냐?"

보원이 고개를 갸웃거렸다.

"아니, 그런 건 지금은 아무 상관없는 일이지. 그보다 당장 내 아들을 찾아내. 그렇지 않으면…."

"아드님이 어디 계신지는 이미 알아냈습니다."

아버지가 슬픈 얼굴로 고개를 가로저으며 얼굴을 들었다.

"어, 어디지?!"

"아드님… 사라진 아드님은 둘째 아드님이 맞습니까?"

"그래!"

아버지만큼은 아니지만 마오마오도 슬픈 기분이 들었다.

이 민폐인 보원이라는 사내는 자식이 정말로 사라졌다고 생각하고 있다.

하지만 중요한 부분을 모른다.

'자식들을 구별하지 못하다니.'

아버지가 가리킨 건 잔을 뒤집어엎은 첫째였다.

"자네는 솔직하게 말하는 게 좋을 거야. 형인 척해 봤자, 언제까지 속일 수 있을지도 모르니 말일세."

장남을 자칭하는 아들과 막내의 안색이 변했다.

마오마오는 기억을 더듬었다. 세쌍둥이에게서 이야기를 들은 건 한 달하고도 조금 더 전의 일이었다.

마오마오는 필기를 하느라 바빴지만 장남의 안색이 나빴던 건 기억이 난다. 때때로 경련을 일으키며 주먹을 꽉 쥐곤 했다. 그때는 깊이 생각하지 않고 그냥 몸이 좀 안 좋은가 보다 생각했었다.

"…그게 무슨 말이냐?"

보원은 정말로 영문을 모르겠다는 표정으로 자식들을 쳐다보았다.

"사라진 건 큰아드님입니다. 자세한 이야기는 지금 여기 있는 두 아드님께 들으시면 될 겁니다."

"도대체 무슨 말이야! 황당무계한 소리나 지껄여서 얼버무릴 생각인가!"

보원은 벌떡 일어나 아버지의 멱살을 잡으려 했다. 하지만 무관이 사이에 끼어들어 막았다.

"그래! 갑자기 무슨 말도 안 되는 소리야!"

막내가 얼굴을 움찔움찔거리며 고함을 질렀다.

“황당무계한 말이 아니라 진실입니다. 당신들이 가장 잘 알고 있을 텐데요.”

무심코 마오마오도 앞으로 나섰다. 말을 내뱉었다가 ‘아차, 저질렀다.’ 하는 생각에 반걸음 물러났다.

“그게 다 무슨 말인지, 나도 이해할 수 있도록 설명해 줬으면 좋겠는데.”

진시가 겨우 입을 열었다. 옆에 있던 기성도 고개를 끄덕이고 있었다.

이대로는 상황이 진행되지 않을 거라고 생각한 모양이었다. 역시나 진시를 보니 보원도 냉정해졌다.

“정말 죄송합니다. 설마 달의 귀인께서 계실 줄은 생각도 못 하고….”

“갑자기 난입해서 내 대국을 방해하지 않았더냐? 여하간 이 이야기를 여기서 확실히 하지 않으면 나도 속이 풀리지 않아. 네가 무슨 말을 하고 싶은지는 알겠으나 잠시 입을 다물고 있도록. 그리고 뒤에 있는 두 사람, 도망칠 수 있을 거라고는 생각하지 마라.”

진시는 단단히 못을 박았다.

“뭐면. 네가 말하기 힘들다면 제자에게 대신 이야기를 시켜도 되겠느냐? 유능한 제자는 이미 정답을 따라잡은 모양이니 말이다."

게다가 쓸데없는 소리까지 늘어놓는다.

"잘못되었다면 스승답게 답을 맞춰 봐 주면 될 일이다."

"…마오마오."

아버지가 마오마오를 바라보았다. 무리할 필요는 없다고, 그 눈빛이 말하고 있었다.

'아버지한테 맡겨도 되긴 해.'

하지만 아버지는 너무 자상하다. 그 자상한 성격 때문에 상대방에게 온정을 베풀게 된다. 설령 쓰레기 같은 세쌍둥이라 해도.

아버지는 머리가 좋기 때문에 마오마오로서는 상상도 하지 못하는 변명을 생각해 내서 세쌍둥이를 감싸 줄지도 모른다. 또는 보원에게 진실을 말하지 않으려 할 수도 있다.

샤오의 무녀 사건 때처럼….

마오마오는 앞으로 나섰다.

"알겠습니다."

어디서부터 설명해야 좋을지 고민하던 마오마오는 우선 손가락을 확인했다.

손가락의 주인은 이미 죽었다. 왜 죽었는지, 또 죽었는지 살해당했는지에 대한 이야기부터 시작해야 한다.

"이 손톱을 주목해 주십시오."

변색된 손톱에는 하얀 선이 몇 개 그어져 있었다. 하지만 절단된 손가락을 응시하는 일은 어른이라도 별로 유쾌한 행동이 아니다. 야오는 얼굴을 일그러뜨리며 쳐다보고 있었다.

“이 손톱의 색깔은 독을 섭취했다는 사실을 가리킵니다. 아마 비소나 납, 둘 중 하나일 것이라고 생각합니다.”

화장품 가게 여주인과 마찬가지다.

“납.”

마오마오는 보원을 쳐다보았다.

“큰아드님께서는 포도주를 좋아했다고 하셨죠?”

“…그래, 그랬지.”

“싸구려 포도주를 좋아하지 않으셨나요?”

마오마오는 떠올렸다. 전에 아버지의 지시로 조서를 작성했을 때 큰아들은 싸구려 술을 마시고 있었다고 공술했다.

거리에는 싸고 맛있는 포도주가 잔뜩 나돌고 있다. 마오마오도 시음하려다 미처 못 마셨던 일이 생각났다.

‘그때 마셨더라면….’

마오마오도 알아차렸을지도 모른다.

포도주는 장기간 보관하면 시큼해진다. 포도를 발효시키면 술이 되지만, 거기서 더 나아가면 식초가 되고 만다.

먼 곳에서 들여온 포도주는 장기간의 운송으로 인해 시큼해지는 경우가 있다. 하지만 시장에 나도는 종류는 달콤한 술이었다.

마오마오는 진시를 쳐다보았다.

"포도주는 납과 섞으면 맛이 달콤해진다고 했지?"

"네."

전에 했던 이야기를 기억하고 있어 준 모양이었다.

여기서부터는 마오마오의 가정이 들어간다. 아버지는 별로 달가운 표정을 짓지 않겠지만 그렇다고 부정도 하지 않을 것이다.

"요 몇 개월 사이, 서쪽에서 대상이 찾아와 포도주가 대량으로 수입되었습니다. 하지만 한꺼번에 많은 양이 들어오면 질 낮은 물건도 섞입니다."

"무슨 말을 하고 싶은 거지? 결론을…."

"입 다물고 있으라고 하지 않았느냐?"

진시가 보원을 조용히 하게 했다.

마오마오도 결론에 이르기까지의 과정을 설명하고 싶었다.

"질이 낮은 술은 시큼해서 팔 수가 없습니다. 술을 싸게 사들인 업자들은 어떻게든 팔려 하죠. 그때 술을 달게 만들어 주는 재료가 대량으로 남아 있다면?"

마오마오는 주위를 돌아보았다.

아버지는 알아차렸겠지만 대답할 생각은 없는 듯했다. 옌옌도 눈치를 챈 모양이지만 생각에 잠긴 야오를 가만히 관찰하느라 바빠 보였다.

"그 점이라면 이미 대처하고 있다. 백분의 재료를 술의 감미료로 사용한 업자를 단속했지. 이제는 시장에 이미 나와 있는 술밖에 없을 것이다."

대답한 사람은 진시였다.

"역시 대단하십니다."

'자기가 금지했으니까 알아차렸겠지.'

술에 납을 섞어, 달게 만들어 팔았다.

본래 팔 수 없는 두 가지 물건을 섞음으로써 저렴하고 맛있는 술이 시장에 나오자 손님들은 기뻐했다. 물론 독이라는 사실도 모른 채.

계속 마시다 보면 독은 손톱에 드러난다.

조서를 작성하고 있을 때, 이미 장남은 상태가 이상했다. 그 후로도 계속 술을 마셨다면 몸 상태가 더욱 나빠졌으리라.

둘째는 조서 작성 당시 건강 그 자체였고, 마오마오가 기억하는 한 손톱에 독이 든 포도주의 흔적은 없었다. 마오마오의 기억이 애매해도 아버지는 확실히 기억하고 있을 것이다.

"손톱은 한 달에 1분* 정도 자랍니다. 조서를 작성할 때 이미 손톱에 하얀 선이 나타나 있었을 겁니다."

※1분 : 약 3밀리미터.

마오마오는 아버지를 바라보았다.

아버지는 난처한 표정으로 입을 열었다.

"세쌍둥이 중 한 사람, 손을 가리고 있던 자가 있었습니다. 다른 두 사람은 손톱에 아무런 이상도 보이지 않았고요."

"차남의 손가락에 이상이 있었나?"

진시가 아버지에게 물었다.

"아닙니다. 그러니 절단된 손가락은 최소한 차남의 것은 아닙니다."

아버지는 딱 잘라 말했다. 손가락에 대해서만은 확증이 있는 모양이었다.

"장남은 요 한 달 동안 몸 상태가 상당히 나빴던 모양이더군요. 때때로 일을 쉬었다고 하니까요."

끼어든 사람은 라한이었다. 어느샌가 무관들에게 조사를 시켰던 듯했다.

"완전히 다른 사람의 손가락일 가능성은 있지만, 상황을 고려해 볼 때 장남의 손가락이라고 추측하는 게 가장 타당하리라고 생각합니다."

마오마오는 똑같은 얼굴을 가진 두 사람을 보았다.

"차남으로 착각하여 장남을 납치해 간 걸까요? 그렇다면 왜 납치당한 사람이 차남이 아니라고 부정하지 않는 걸까요?"

마오마오는 일부러 고개를 갸웃거리는 시늉을 했다.

"……."

형제는 마오마오에게서 시선을 돌리고 서로를 마주 보았다.

"자작극이라는 사실을 자백하는 게 어떠신가요?"

"자, 자작극이라고?!"

보원 아저씨는 요란하게 반응했다.

"네. 자작극으로 서로를 바꿔치기하는 것에 무슨 의미가 있었을까요? 이유는 장남의 죽음이 얽혀 있기 때문이 아니었을까요?"

마오마오의 목소리에 주위가 술렁거렸다. 아버지만은 슬픈 표정으로 세쌍둥이 중 두 형제를 바라보고 있었다.

"무, 무슨 소리를 하는 거야? 전혀 모르겠어."

자칭 장남, 아마 진짜 둘째인 남자가 시치미를 뚝 뗐다. 여기서 인정해 버리면 모든 것이 다 끝나리라는 사실을 알고 있을 터였다.

하지만 보원 또한 의심 어린 눈빛으로 자칭 장남을 쳐다보고 있었다.

"질문이 있네만."

문득 목소리가 들렸다. 누군가 했더니 기성이 손을 들고 있었다.

"네."

주위에서 아무 말도 하지 않았기에 마오마오는 마치 선생이 된 것처럼 기성을 지목했다.

"만일 세쌍둥이 중 둘이 뒤바뀌었을 경우, 나머지 한 명이 그 것을 알아차리지 못할 수가 있을까?"

"음… 아무리 꼭 닮았어도 같은 세쌍둥이를 속일 수는 없으리라 생각합니다. 설령 친아버지가 알아차리지 못한다 해도…."

마오마오는 보원을 야유하듯 말했다.

물론 세쌍둥이가 제아무리 닮았다 해도 들키는 건 시간문제였으리라. 인간이란 얼굴이 똑같다 해도 다른 모든 것까지 다 똑같을 수는 없으니 말이다.

"첫째와 둘째가 뒤바뀌었다는 사실을 막내는 알고 있었다고 받아들여도 되겠지?"

"네."

마오마오는 곁눈질로 세쌍둥이를 쳐다보았다. 무어라 말하고 싶은 눈치였으나, 좀처럼 적절한 말을 찾지 못하는 듯했다.

"왜 그런 짓을 했을까?"

'사실은 알고 있는 것 아냐?'

기성이라는 칭호까지 얻은 걸 보면 머리는 잘 돌아갈 듯했다. 그 질문에 대답하면, 주위에 설명하기도 쉬워진다.

일부러 물어봐 주고 있는지도 모른다.

"둘째 아드님이 사라지시면 죄를 청산할 수 있기 때문이지요.

그렇죠?"

마오마오가 장남, 아니 차남을 쳐다보았다.

노려보고는 있지만 대꾸할 말이 없는지 주먹만 꽉 부르쥐고 있었다.

"…저, 정말이냐?"

보원이 두 아들을 보았다.

"보고도 모르시겠습니까? 아드님들의 얼굴을 판별하실 수가 없나요?"

"……."

보원은 눈을 부릅떴다.

"…마오마오."

아버지가 불렀다.

"실례했습니다."

마오마오는 슬며시 뒤로 물러났다.

"그럼 나머지 두 사람은 장남이 어디 있는지 알고 있다는 말이군."

진시가 그렇게 말하니 형제도 입을 여는 수밖에 없었다. 미인의 얼굴은 박력이 있다.

"…크, 큰형은."

막내가 입을 열었다.

"내, 내가 안 했어. 안 했어! 둘째 형이 한 거야!"

"너, 너 이 자식, 배신하는 거냐!"

진짜 둘째가 막내의 옷깃을 움켜쥐었다.

"애초에 형이 실수한 게 원흉이었잖아! 어디 사는지도 모를 여자애한테 손을 대고! 뒤끝 없는 여자를 건드렸으면 좋았을 걸!"

"네가 그런 소릴 할 입장이야? 오히려 계속 귀찮은 여자한테만 손을 댔던 게 너잖아!"

형제 싸움이 시작되었다.

"즉, 두 사람이 장남을 죽였다는 말인가요?"

"이 자식이 죽인 거야!"

"아니, 저 자식이야!"

누가 뭘 어쨌다는 건지 알 수가 없다. 하지만 아버지는 이미 알아차렸는지, 절단된 손가락을 가만히 내려다보았다.

손톱에는 하얀 선이 여러 개 늘어서 있었다. 그리고 그 끝에 때가 뭉쳐 있었다.

"……?"

마오마오는 손톱 끝을 가만히 들여다보았다. 더러워진 듯 보였지만 잘 보니 피부인 듯했다.

"이젠 변명할 수 없을 것 같네요."

마오마오가 차남의 손을 잡았다. 손등에서 손목에 걸쳐 붉은 선이 생겨나 있었다. 그야말로 손톱으로 할퀸 모양이었다.

“주, 죽이지 않았어…. 혼자서, 자기 혼자서 구른 거야.”

차남이 얼굴을 일그러뜨렸다. 시선 너머에는 방금 전 쏟은 포도 음료 잔이 있었다.

“포도주, 포도주가 문제였어. 요즘 들어 큰형은 계속 이상했는데….”

막내가 더듬더듬 이야기를 시작했다.

두 사람의 이야기를 정리해 보면, 장남은 최근 몸 상태가 쭉 나빴으며 기분도 내내 안 좋았다고 한다.

“갑자기 화를 내거나 소리를 질러 대기도 했어. 하지만 술은 끊지 않았지.”

중독 증상 중에는 정신이 혼란해지는 경우도 있다. 손톱 상태로 볼 때 중증의 납 중독으로 추정된다.

“형이 어떻게 되든 나하고는 상관없다고 생각했어. 하지만 너무 요란하게 난리를 치니까, 근처에 있던 이 녀석하고 같이 본채와 떨어져 있는 형 방으로 가 봤지.”

장남은 자기 방에서 날뛰고 있었다. 그리고 방에 들어온 두 동생들에게 갑자기 덤벼들었다.

“뭐가 뭔지 알 수가 없어서 밀쳐 냈어. 그래도 또 덤볐어.”

손등의 상처는 그때 생겼다.

“그냥 밀쳐 냈을 뿐인데.”

장남은 뒤로 넘어져, 탁자 모서리에 머리를 부딪혔다.

"뭐라고, 이 녀석들!"

보원이 둘째 아들을 노려보았다.

"무슨 짓을 저질렀는지 알고는 있는 게야?!"

"무슨 소리야. 아버지가 우릴 방치해 놨으니까 이렇게 된 거잖아!"

쌍방 다 문제다.

"바로 사람을 불러 오려고 했어. 그런데 둘째 형이…."

막내가 차남을 쳐다보았다.

'내가 죽은 걸로 하자. 그리고 내가 형이 될게.'

그러기 위해서는 증거가 필요했다.

시체는 묻고, 손가락만 잘라서 보내기로 했다. 협박조의 편지를 같이 써 두면 용의자는 얼마든지 만들어 낼 수 있으니 교란이 가능할 거라는 생각이었다.

시체의 손가락을 절단해서 협박 편지와 함께 집에 보냈다.

'하필이면 또 손가락을 보내다니.'

아니, 머리였든 다리였든 어차피 뭔가 증상은 나타났을 것이다. 아무리 그래도 귀였다면 몰랐을지도 모르지만.

'금방 들켰을 일인데, 어지간히 궁지에 몰려 있었나 보네.'

고인의 명복을 빌어 주고 싶다고 생각해야 할 부분이겠지만 이번만큼은 자업자득인 면이 너무 크다. 아버지만은 슬픈 듯 손가락을 바라보고 있었다.

“이 수치도 모르는 놈들이!”

보원이 고함을 질러 댔다.

“아버지한테 그런 소리 듣고 싶지 않아!”

차남은 탁자를 내리쳤다.

“애당초 셋을 다 보호할 수 없게 되니까 나 하나한테만 모든 책임을 떠넘기려고 했잖아. 여자 버릇이 제일 나빴던 건 형인데! 너도 그래! 누가 아버지 첩한테 손댄 일을 얼버무려 준 줄 아는 거야!”

‘막내가 협조한 이유가 이거였구나.’

마오마오는 납득했다.

“잠깐, 그 말이 사실이냐?!”

보원이 거친 콧김을 내뿜으며 막내아들에게 달려들었다.

“맞아. 지금 그렇게 귀여워하는 세 살짜리 여동생. 그거, 이 녀석 애야. 딸은 처음이라면서 엄청나게 예뻐했지. 안타깝네, 첫 손녀라서.”

“둘째 형! 그건 말 안 하기로 약속했잖아!”

“사실이냐, 사실이냔 말이다!”

‘어처구니가 없네.’

마오마오뿐만 아니라 다른 모든 사람들이 똑같은 생각을 하고 있을 것이다.

‘죽은 후 손가락을 자르는 건.’

마오마오는 한 번 죽었으면 그만이고, 자신의 시체가 그 후 어떻게 될지 본인은 모르는 일이라고 생각하고 있다.

다만, 보는 입장에서는 정말 잔혹한 이야기였기에 기가 막힐 수밖에 없었다.

'제일 불쌍한 건….'

열심히 준비하고, 온갖 비겁한 수단을 다 동원하고, 이제 딱 한 걸음만 더 가면 되는 곳에서 시합이 중단되고 만 진시일 것이다. 마오마오는 불쾌해 보이는 표정의 귀인을 보며 생각했다.

약사의 혼잣말

19화 : 기성

크게 한숨을 내쉰 진시는 종반으로 접어들고 있는 바둑판을 보았다.

한숨을 쉬며 진시는 얼마 전 바둑 스승에게 들었던 말을 떠올렸다.

"아마 무리일 겁니다."

황제에게서 빌려 온 바둑 스승은 생김새와 다르게 솔직하게 발언하는 인물이었다.

"최소한 내게 1승이라도 거두지 못하는 한 아무런 희망도 없습니다."

기성은 표정을 읽기 힘든 얼굴로 딱 소리를 내며 흰 돌을 두었다.

"으윽…."

두 손 두 발 다 드는 수밖에 없었다. 괜찮은 승부가 되려나, 하고 생각하자마자 단 한 수로 뒤집히고 말았다.

알고 있던 일이다. 열두 가지 재주에 저녁거리 없다더니 진시가 그 부류였다. 대부분의 일들은 웬만하면 다 잘 해낸다. 하지만 남들보다 아주 약간 뛰어날 뿐이고, 특출하게 잘하는 건 아니다.

수재라고는 불려도 천재라고 불린 적은 없다.

그래도 아무것도 안 하는 것보다는 낫지만.

"정석은 확실히 읽고 계십니다. 하지만 정석에서 벗어난 발상은 평범한 사람의 영역 안에만 머물러 있으며, 처음 보는 수 앞에서는 당황하시는군요."

"…솔직하게도 말하는군."

"그걸 원한다고 하지 않으셨습니까."

기성은 스이렌이 준비해 준 찐빵을 날름 먹어 치웠다. 풍류가 느껴지는 외모와는 동떨어진 행동 같지만 바둑을 둘 때 단것을 먹는 건 상식이라고 한다. 생각에 잠기면 단것이 당긴다. 그 핑계로 어떤 괴짜 군사도 항상 단것만 먹고 있지만 말이다.

황제에게서 기성을 빌려 온 후 며칠 동안, 진시는 일이 끝나면 열심히 바둑만 두고 있었다.

"재능이 없습니다."

"수가 너무 단순합니다."

"모범생 식의 재미없는 바둑이군요."

별별 소리를 다 들었다.

사전에 사정 봐주지 말아 달라고 말하긴 했지만 정말로 사정이 없다.

다른 상대에게도 이런 식으로 말하느냐고 물었더니 "이런 말을 했을 때 제게 벌을 내리지 않을 사람만 고릅니다."라는 대답이 돌아왔다. 빈틈이 없다.

"그런 식으로 해서 그 괴짜를 정말 이길 수 있겠습니까?"

도발도 잘한다.

진시는 검은 돌을 쥐고, 정답이 무엇일지 고민하면서 바둑판에 내려놓았다.

이렇게 진시가 기성에게서 지도를 받고 있는 이유는 괴짜 군사 라칸을 이길 수 있는 사람이 이 한 사람밖에 없기 때문이다.

"방금 못 이긴다고 하지 않았나?"

"네, 못 이기지요. 달의 귀인께서는 너무 솔직하십니다. 실로 정직하다고 해야 할까요."

칭찬이 아니라 욕을 먹고 있는 것 같은 기분이었다.

"그래도 이길 방법이 없는지 모색하고 있는 중이야."

"저도 가르쳐 드리기 위해 온 겁니다. 하지만 완전하게는 힘들겠군요."

기성은 찐빵을 하나 더 집어 먹었다.

"백에 하나라도 좋아. 이길 수 있게만 해 줘."

"완벽하게 준비된 라칸 공을 쓰러뜨릴 가능성은 저조차도 반이 안 될 때가 있지요. 제가 완벽하게 준비가 되어 있어도요."

"…무슨 말인지 모르겠는데."

기성은 라칸보다 강하다. 그래서 기성이라 불리는 게 아닌가.

"아뇨, 알아듣지 못할 말이 아닙니다. 달의 귀인께서는 무기 없이 혼자서 곰과 대치했을 때 이길 수 있으리라 생각하십니까?"

"당연히 불가능하지."

"늑대라면?"

"…상황에 따라서는 이길 수 있을지도 모르지만, 어렵겠지."

"개는?"

"어떻게든 해 볼 수 있겠는데."

사냥을 할 때 배웠다. 인간은 크기에 비해 상당히 약한 동물이다. 도구를 들면 이길 수 있지만, 맨손이라면 개 한 마리도 이길 수 있을까 말까 한 수준이라고 한다.

"뭐가 있으면 이길 수 있을 것 같습니까?"

기성이 돌을 두었다.

진시의 수 정도는 다 꿰뚫어 보고 있는 듯한 그 움직임에 또다시 신음이 나왔다.

"다치지 않을 수 있다면 페이파라고 말하고 싶지만, 맞힐 수가 없겠지. 많이 써서 익숙해진 검이 있으면 좋겠군. 또는 단검과 팔을 보호할 갑옷토시가 필요하겠어."

좁은 장소라면 검으로 싸울 수가 있다. 넓은 장소에서는 어렵다. 상대가 쉽게 대처하지 못하는 곳으로 유도하여, 갑옷토시를 물게 만든 다음 목을 노린다.

"겉모습과 다르게 조야한 방식을 좋아하시는군요."

"…좋아하는 건 아니다. 내게 그만한 검술 재주가 없을 뿐이지."

바센이라면 더 능숙하게 대처할 것이다. 그 녀석이라면 곰과도 맞서 싸울 수 있을지도 모른다. 하지만 중상을 면할 수는 없다.

"흠. 그렇다면 저도 비책을 가르쳐 드리기가 쉽겠습니다."

"비책?"

"아뇨, 대단한 일은 아닙니다. 그저 라칸 공에게 이기기 쉬운 조건을 가르쳐 드리겠다는 것뿐이지요."

씨익 웃는 기성은 평소 문화인답게 점잔 빼는 얼굴로 걸어 다니는 인물이라고는 도저히 생각할 수가 없었다.

"규칙 위반을 하시라는 것도 아닙니다. 어디까지나 합법적으로, 바둑판 바깥에서 벌이는 싸움이니까요."

진시가 마른침을 꿀꺽 삼켰다.

"이 수가 먹히지 않는다면 달의 귀인께서는 평생 라칸 공을 이기실 수 없습니다."

기성은 딱 잘라 말했다.

"…졌습니다."

바둑판 위에서 진지를 구축한 돌을 아무리 세어 봐도, 그 진지가 흰 돌보다 넓어지는 일은 없었다.

고작 두 집 차. 하지만 커다란 두 집이었다.

중반에 얼마나 큰 차이를 벌려 놓았던가. 진시의 진지는 확정되었고, 그것을 뒤집는 건 불가능하다고 생각했다.

진시도 그 이후 명백한 악수를 두진 않았다.

지금 구운 과자를 와작와작 씹어 먹고 있는 군사님이 그 차이를 압도적인 속도로 따라잡은 것이다.

주위에는 바센과 여러 명의 호위들이 있었다.

바둑 대회로부터 며칠 후, 집무실에서 일하고 있는데 갑자기 외알 안경이 찾아왔다.

"이어서 합시다."

일을 팽개치고 왔다면 모를까 때는 점심시간이었다.

집무실에서 비교적 가까운 정자에 바둑판과 바둑돌이 준비되었다. 지난번 대회 때, 중단되었던 그대로의 모습이 재현되어 있었다.

멀찍이서 구경꾼들이 지켜보고 있었으나 거부할 이유는 없었다.

그 후로 진시는 어떻게 하면 더 큰 차를 벌려서 이길 수 있을지 어떨지 몇 번이나 생각했다.

그렇게 큰 차이가 나 있었는데 질 리는 없을 거라고 생각했다.

"…말도 안 돼."

바센이 놀라서 소리를 질렀다. 말도 안 돼. 그야말로 그 한마디가 다였다. 대체 머릿속이 어떻게 되어 있는 걸까.

'달의 귀인께서는 평생 라칸 공을 이기실 수 없습니다.'

기성의 말이 떠올랐다.

왜 기성은 대국 상대를 '사람'이 아니라 '짐승'에 비유했던가.

진시는 후회했다. 곰, 늑대, 개, 그 셋 중 무엇도 아니지만 라칸은 라칸이라는 이름의 괴물이라는 사실을 제대로 몰랐던 탓이었다.

외알 안경을 고쳐 쓰고 과일 음료를 꿀꺽꿀꺽 마시는 사내는 완전히 활기를 되찾은 얼굴색이었다. 수면 부족도 해소되었고 연속된 대국에 의한 피로도 없다. 음료에도 과자에도 주정이 들어간 종류는 없고, 개운한 얼굴이었다.

너무나 비참한 기분이었다.

그렇게 비겁한 수를 썼는데 결국 패배하다니.

멋진 척할 생각은 없지만 그래도 이건 너무 꼴사납다.

주위에 구경꾼이 없었더라면 이 자리에서 바둑판에 엎드려 끙끙거렸을 것이다.

최소한의 체면이 진시에게 우아한 외면을 만들어 주었다. 후궁 시절 단련한 두꺼운 낯짝만큼은 칭찬받고 싶다.

고개를 들어야 한다.

한 수 가르침을 받고 패배했다는 태도를 취해야만 한다.

천천히 고개를 들려 하는데 바둑판 위에 손가락이 보였다.

"종반의 이 한 수. 이걸 여기에 뒀더라면 말이야."

라칸의 목소리였다.

"……."

진시는 고개를 들었다.

괴짜가 덥수룩한 턱수염을 쓰다듬으며 손끝으로 설명했다.

"여기를 이렇게. 그러면 흰 돌이 갈 곳이 없어져서…."

우물우물 알아듣기 힘든 말투였으나 분명히 설명을 하고 있었다.

"라칸 님이 복기를?"

라칸의 보좌가 신기하다는 표정을 지었다.

"복기래."

그 말을 들은 주위 사람들이 술렁이기 시작했다.

"아버님은 기본적으로 복기 같은 건 안 하십니다."

어딘가에서 나타난 라한이 말했다.

중단된 바둑 시합을 이어서 한다는 이야기를 듣고 다급히 찾아온 걸까. 숨이 다소 가빴다.

"그만큼 달의 귀인께서는 **인정받았다**는 뜻이지요."

굳이 '인정받았다'는 점을 강조했다.

구경꾼들이 수군거렸다.

"왜 이때 여기에 뒀을까. 으음."

괴짜 군사는 복기라는 이름의 1인 반성회를 하고 있었다. 예전에 실수했던 한 수에 대해 중얼거리고 있는 듯했는데, 본인은 왜 자기가 거기에 뒀는지 모르는 모양이었다.

잠기운과 피로와 취기로 몽롱해져 있었음에도 불구하고 모든 수를 순서대로 기억하고 있다.

진시는 웃을 수밖에 없었다.

"…아무튼 즐거웠습니다."

괴짜가 슬그머니 진시에게 다가왔다.

"무슨 목적이었는지는 모르지만 수단은 재미있었습니다."

그리고 바둑판을 그냥 내버려 둔 채 음료 병을 휘두르며 사라져 갔다.

진시는 그저 아연해졌다.

모여들었던 구경꾼들이 흩어졌다. 진시에게 다가오려 하는 자들도 있었지만 바센 및 그 외 호위들이 눈을 번득였다.

라한만큼은 표표한 태도로 진시 앞에 다가와 섰다. 바센은 어처구니없다는 표정을 짓긴 했지만 라한의 존재는 인정하고 있었다. 두 사람이 대화를 하는 모습을 그다지 본 적은 없지만 상성은 별로 좋지 않을 듯했다.

"힘이 미치지 못해 죄송합니다. 하지만 아버님은 만족하신 것 같습니다."

"…만족? 이렇게 질 낮은 전법으로?"

혹시 바보 취급을 당하고 있는 걸까, 하는 생각에 진시는 비아냥거리듯 입술을 뒤틀었다.

"아뇨, 어떤 방법이었든 상관없습니다. 그분이 재미있다고 느끼셨다면 그건 재미있는 겁니다."

잘 모르겠다.

하지만 혈통 때문인지, 또는 마찬가지로 특수한 재능을 가진 자여서인지는 몰라도 진시가 이해하지 못하는 무언가를 알고 있다는 말투였다.

진시는 문득 떠오른 의문을 입 밖에 내 보기로 했다.

"라칸 공은 왜 바둑 대회를 열기로 한 거지? 솔직히 금전이 얽히든 말든 마음 내킬 때 마음 내키는 대로 바둑을 두는 성격이라고 생각했는데."

"네, 그렇지요. 아버님 혼자라면 분명 그랬을 겁니다."

라한은 품에서 책을 꺼냈다. 유행의 한몫을 담당했던 바둑책이었다.

“여기 실린 기보는 아버님과 어떤 여성이 두었던 분량이 대부분을 차지하고 있습니다. 20년 이상 된 기보도 아버님의 머릿속에는 남아 있지요. 어제 누굴 만났는지도 기억하지 못하시는데 말입니다. 그만큼 아버님께는 무엇과도 바꿀 수 없는 소중한 기보이며, 이 이상 늘어날 리가 없는 과거의 유물일 겁니다.”

“…아아.”

어떤 여성이 누구인지 진시는 짐작이 갔다. 녹청관의 기녀이자 마오마오의 모친에 해당하는 여성이리라. 작년에 라칸이 막대한 돈을 들여 낙적해 왔으나, 올 봄에 죽어 버렸다고 들었다.

“같은 사람은 이제 없습니다. 아버님도 알고 계시겠지요. 하지만 과거의 유물을 기반 삼아, 그 여성처럼 바둑을 두는 사람이 또 나타날 수도 있다고 아버님은 생각하셨는지도 모릅니다.”

“…과거를 추구하고 있다는 말인가?”

“아뇨, 굳이 따지자면 그다음으로 이어지기를 바라고 계실지도 모르죠. 아니, 아버님이 거기까지 생각하고 계시려나?”

불안해졌는지 라한이 뒷목을 긁적였다.

“…하지만 이번 시합처럼 다른 상대에게도 복기를 해 준다면 좋았을 텐데 말이죠. 지도비 환불을 요구받으면 이쪽 입장도 곤란하니 말입니다.”

“지도라니?”

분명 유료로 라칸과 바둑을 둘 수 있다는 이야기를 들은 적이 있다. 라칸의 몸 상태가 나빠지는 바람에 연기되었을 텐데.

"요 며칠 동안에는 지도를 우선해서 해 왔습니다. 거참, 일정 맞추는 일도 꽤 고생스럽더라고요. 방금 전까지 다른 상대와 한 국을 두고 있었는데 갑자기 사라졌다 했더니 여기 계셨군요."

왜 숨을 헐떡이며 왔나 했더니 그런 이유가 있었던가 보다.

"저도 한 가지 질문 드릴 게 있습니다."

"뭐지?"

"진시 님께 꾀를 일러 준 건 기성이시지요."

물음표가 없다. 시합 자리에 있었던 걸 보고 눈치챈 모양이었다.

"주상의 시간을 얻어 지도를 받았다."

"그랬군요. 그렇다면 납득이 됩니다."

라한이 고개를 끄덕였다.

"기성과 시합을 할 때마다 아버님은 전혀 단맛이 없는 간식만 준비된다고 투덜거리곤 하셨거든요."

"그랬군."

곰과 맨손으로 싸울 생각이 없다던 말은 진심이었던 듯했다.

"그럼 저도 슬슬 실례하겠습니다. 아, 그 전에."

라한이 히죽 입술을 뒤틀었다.

“지난번에 준비해 주셨던 구운 과자, 아버님은 입맛에 맞으셨던 모양입니다. 조리법을 좀 알려 주셨으면 합니다. 아, 가능하면 주정을 뺀 걸로요. 그리고 또 한 가지. 아버님은 저래 봬도 빚을 지기 싫어하는 성격이시거든요.”

“그렇게 안 보이는데.”

“사실입니다. 빚을 졌다는 걸 잊어버리는 일은 있지만.”

작은 소리로 의미심장하게 중얼거린 뒤 라한은 사라졌다.

“꽤 많은 이야기를 나누신 것 같은데 대체 뭐였습니까?”

바센이 살짝 불쾌한 표정으로 다가와 물었다.

“아니, 별것 아니다. 그보다 구운 과자 만드는 법을 스이렌에게 정리해 달라고 말해 주겠어?”

“아, 네. 알겠습니다.”

“주정은 뺀 걸로. 알겠지?”

“네.”

바센은 고개를 갸웃거리면서도 진시의 뒤를 따라왔다.

집무실에 돌아가니 어떤 물건이 도착해 있었다.

“이게 뭐지?”

위에 천이 씌워져 있었기에 바센이 벗겨 보니 군 전략에 사용하는 바둑판이 놓여 있었다. 전에 괴짜 군사의 집무실에 있던 물건의 간이판이었으나, 배치를 확인해 본 진시의 눈썹이 움찔거렸다.

"빚을 지기 싫었던 건가."

진시가 거듭해서 군 강화를 언급했던 건 앞으로 국가의 북쪽 및 서쪽에 분란이 일어나리라는 사실을 예감했기 때문이었다. 방 한구석에서 바료가 고개를 내밀었다.

"훌륭하게 재배치되어 있군요. 이거라면 진시 님이 우려하시던 장소에서도 대응할 수 있겠습니다."

"…빚을 조금 더 만들어 놓고 싶었는데."

"무슨 말씀이신지는 잘 모르겠습니다만, 아직 쉬신 만큼의 일이 남아 있습니다. 빨리 끝내 주셨으면 합니다. 연말에는 제사가 많이 있으니 더는 쉬지 못한다고 생각하셔야 합니다."

서류를 가져온 마메이가 집무실에 들어오자마자 진시를 몰아세웠다.

"그래, 알았다."

진시는 쓴웃음을 지으며 일을 마저 하기로 했다.

일은 많이 있다.

"마메이."

"왜 그러시죠?"

또 한 가지 해치워야 할 일이 있다는 사실이 떠올랐다.

"편지를 세 통 전해 주고 올 수 있겠어?"

진시는 책상 서랍을 열었다.

"누구에게 가는 편지인가요?"

마메이는 고개를 갸웃거렸으나 수신인 이름을 보더니 고개의 각도가 더욱 기울어졌다.

"지금 바로 부탁해. 가능하면 내밀하게. 그리고 마중할 마차도 준비해 줘."

"알겠습니다."

깊이 캐물을 만큼 눈치 없는 여자는 아니다. 마메이는 편지를 들고 집무실을 나갔다.

"성급한 일일지도 모르지만…."

재능 없는 진시로서는 우물쭈물하다 보면 무슨 일이든 때가 늦게 된다.

그 전에 한 수를 미리 두기로 했다.

그나저나, 정말로….

"빚을 만들어 두고 싶었는데 말이야."

후우, 하고 한숨을 내쉬며 진시는 집무 책상에 앉았다.

20화 : 왕수(王手)

심야, 마오마오는 마차 안에서 덜컹덜컹 흔들리고 있었다.

일이 끝난 마오마오에게 슬그머니 전달된 물건은 진시가 보낸 편지였다.

'무슨 볼일이지.'

지금까지 좋은 일이었던 적은 없었고, 이번에도 기대할 수는 없다. 무엇보다 이제 더는 얼버무릴 수도 없는 입장이 되어 버렸다.

지난번에 만났을 때는 바둑 대회라는 장소였다. 괴짜 군사가 있는 곳이었기에, 본의는 아니지만 안심할 수 있었다.

하지만, 이번에는….

'어디로 끌려가는 걸까.'

마차에 실려 갈 때는 대부분 고귀한 분들이 사는 곳으로 끌려갈 때다. 아둬든, 교쿠요 황후든, 진시의 궁이든.

하지만 진시의 궁과는 방향이 다르다.

호화로워져 가는 건물을 보며 마오마오는 식은땀을 흘렸다.

"이쪽으로 오십시오."

마차에서 내리고 나니 스이렌이 기다리고 있었다.

"오랜만이네."

"네."

"갑작스럽겠지만, 안에 들어와서 옷을 좀 벗어 주렴."

"……."

마오마오는 고분고분 안으로 들어갔다.

후궁에 들어갈 때는 신체검사를 행하는 게 기본인데, 이 또한 비슷한 일일 수도 있겠다.

"…진시 님께서 부르신 건가요?"

"그래. 도련님만 계셨다면 이런 짓까지는 안 시켰겠지만."

즉, 그 이외의 인물도 있다는 뜻이었다. 스이렌은 마오마오의 옷을 받아 들었으나, 품에서 필기도구에 회지에 약에 붕대에 이것저것 튀어 나오는 바람에 어이없어했다.

"얘, 항상 이만큼을 품에 넣어 가지고 다니니?"

"재봉 도구는 놓고 왔습니다."

마오마오는 속옷도 벗었다. 빈약한 몸이 차가운 공기에 닿아 소름이 끼쳤다.

"다람쥐니? 볼주머니도 확인해 봐야겠으니 입도 벌려 보렴."

알몸으로 만든 걸로도 모자라 입 안까지 들여다볼 줄이야.

"마오마오는 치열이 참 가지런하구나."

"아하하니다(감사합니다)."

"피부도 참 매끄럽지만, 이것도 풀어 줄 수 없을까?"

왼팔의 붕대까지 풀어야 했다. 야오가 자해 행위를 막았기 때문에 지금은 비교적 멀쩡한 상태다.

"저는 왜 불려 온 건가요?"

"어머? 벌써 상상이 되었을 텐데. 마음의 준비는 다 되었니?"

왠지 놀리는 듯한 말투였기에 오히려 안심이 되었다.

"오늘은 주상도 오셨나요?"

흉기를 갖고 오지 않았는지 이토록 꼼꼼하게 확인하는 걸 보니, 그에 상응하는 고귀한 분께서 오셨다는 뜻이다.

후궁에 있을 때는 신체검사가 많이 간소화되었으나 주위에 항상 호위가 붙어 있었다. 비와 동침할 때는 여러 사람이 방을 둘러싸고 있을 것이다.

"놀리는 맛이 없구나, 마오마오. 동침 상대로 불려 왔다고는 생각 안 하는 거니?"

'아니, 조금은 생각했지만.'

진시는 그래 봬도 순서를 밟는 성격이다. 갑자기 그러진 않을 거라고 믿고 싶다.

'옷만 갈아입을 뿐이고 목욕은 없다면 그건 아니겠지.'

마오마오는 옷소매에 팔을 꿰었다. 주근깨 화장은 가볍게 씻겨 나가고, 백분이 발라졌다.

갈아입기를 마치고 끌려간 곳에는 무관이 대기하고 있었다. 고개를 숙이고 안으로 들어가니 또 다른 복도가 이어졌고, 안쪽 방에 도달했다.

옅은 불빛이 발밑을 비추고, 싸늘하게 이어지는 외길은 마치 이 세상이 아닌 듯했다.

안에 들어가니 공기가 따스했다. 타닥타닥 숯 타는 소리를 들으며 세 귀인이 담소를 나누고 있었다.

"데려왔습니다."

스이렌은 고개를 숙인 뒤 퇴실했다.

마오마오는 그 면면에 입을 딱 벌렸다.

진시와 주상까지는 예상했다. 하지만 추가로 교쿠요 황후가 있었다.

방은 두 칸을 터서 만든 구조였고 안쪽에 침실이 있는 듯했다. 세 사람이 있는 방은 긴 의자와 긴 탁자, 책상이 놓여 있었다. 독특한 장식품이 있고, 묘한 향기가 방 안에 감돌았다.

마오마오는 코를 킁킁거렸다.

'뭐지, 이 향기는?'

맡아 본 적 있는 것 같기도 하고 없는 것 같기도 하지만, 귀인들이 있는 방이니 이상한 향은 아닐 거라고 믿고 싶다.

"재미있는 조합이지? 달의 귀인께서는 대체 무슨 생각이실까?"

교쿠요 황후가 소맷자락으로 입을 가리고 웃었다.

"정말이로군. 이렇게 모이라고 부른 걸 보니 재미있는 이야기가 있는 모양이겠지."

주상 또한 즐거워 보였다.

'뭐지, 이 가정적인 분위기.'

아무리 봐도 마오마오 혼자만 동떨어져 있다.

셋이 모여 편하게 있기 위해서인지 주위에는 시녀도 호위도 없었다. 가오슌과 훙냥조차 없다.

마오마오는 고개를 숙인 채 어떻게 해야 하나 생각했다. 이 자리에서 귀인들의 이야기가 무르익으면 자신이 또 무리한 꼴을 당하게 되는 건 아닐까.

'뭐 괜찮은 유곽 농담 없던가?'

교쿠요 황후라면 받아 주겠지만 진시는 반응이 별로다. 보통 남성들은 그리 좋아하지 않으니 그만두기로 하자.

'이럴 줄 알았다면 더 재미있는 뭔가를 챙겨 왔을 텐데. 동침 교본이라든가.'

아니, 안 되겠다. 주상은 교본을 좋아하지만 교쿠요 황후 앞에서 보일 만한 물건도 아니고 무엇보다 스이렌이 신체검사 단계에서 압수해 갔으리라.

어떻게 하나, 뭘 해야 하나, 단박에 분위기를 끌어올릴 만한 뭔가가 없을까 생각하며 주위를 둘러보고 있는데 마오마오가 눈을 휘둥그렇게 뜰 만한 무언가가 보였다.

쟁반에 모래가 깔려 있고, 나뭇가지나 돌이 아무렇게나 놓여 있었다. 작은 정원처럼 생겼고 손님을 즐겁게 해 주는 물건인 듯했으나, 그 소재가 시선을 빼앗았다.

'녹용, 용골, 혹시 저건 웅담인가?'

녹용은 사슴뿔, 용골은 커다란 뼈 화석, 웅담은 이름 그대로 곰의 쓸개를 말한다. 전부 고급 생약이다.

사슴뿔은 나뭇가지로 꾸미고, 정원 돌은 용골로 나타내고, 웅담만은 일부러 그러는 것처럼 대충 놓여 있었다. 혹시 일부러 마오마오가 눈치채도록 그렇게 둔 걸까.

'바보 취급당하고 있는 건가.'

그런 걸 아무리 자연스럽게 놓아둔다 한들 마오마오가 모를 리가 없는데 말이다.

마오마오는 침이라도 흘릴 듯한 기분으로 생약을 쳐다보았다.

"있잖아, 뭘 시작하려는 거니? 마오마오가 재미있는 수수께끼 풀이라도 해 주려는 거야?"

교쿠요 황후가 눈을 반짝반짝 빛냈다. 지난번 사건도 있었던 터라 어떻게 지내고 있을까 생각했는데 이 모습을 보니 괜찮은 듯했다. 하지만 홍냥은 몰라도 하쿠우 자매는 그리 좋게 생각하지 않을 것이다.

교쿠요 황후의 이복 오라버니조차 의심하는 사람들이다. 주상이 함께 있다 해도, 진시와 이렇게 개별적으로 만나는 일을 달가워하진 않으리라.

마오마오는 교쿠요 황후를 보면서 방 이곳저곳에 시선을 던졌다. 또 찾아냈다. 책상 위에 벼루인 척하고 놓여 있는 아교, 즉 갖풀 덩어리였다. 찻잎에는 박하와 계피도 담겨 있었다. 방에 감도는 독특한 냄새의 정체는 이곳저곳에 배치된 생약인 모양이었다.

"아직 마오마오가 나설 차례가 아닙니다. 우선 제 이야기를 들어 주시겠습니까?"

진시가 싱긋 웃으면서 방의 벽 쪽에 놓여 있던 커다란 화로를 휘저었다.

"제가 하겠습니다."

화로 속에도 뭐가 숨겨져 있을지도 모른다는 생각에 마오마오는 눈을 빛냈다.

"아니, 오늘은 됐다. 부른 건 나이니 앉아 있도록 해."

진시는 억지로 긴 의자 한구석에 마오마오를 앉혔다. 천 의자 속에는 솜이 꽉 채워져 있어, 따스한 공기와 더불어 마오마오를 졸리게 했다.

'안 돼, 안 돼.'

마오마오는 살짝 고개를 가로저으며 공기를 들이마셨다. 장시간 불을 피우다 보면 공기가 나빠지고 호흡 곤란에 빠지게 된다. 방에는 호위도 없고 창문도 없었다. 밀회에 최적화된 방을 골랐다는 사실을 알 수 있었다.

일단은 이 방에도 공기를 순환시키기 위한 환기구가 뚫려 있긴 했다.

그나저나 이 방에 이만큼의 생약을 모아 놓고 뭘 어쩔 생각일까. 무엇보다 마오마오에게는 그렇게 엄중한 신체검사를 했으면서, 약을 이렇게나 잔뜩 가져다 놓다니 정말 괜찮은 걸까 불안해졌다. 약은 지나치면 독도 되고, 사용하기에 따라서는 위험해질 수도 있다.

'저기 있는 하얗고 얇게 썬 건 복령茯苓*인가?'

주발에 담겨 있고, 위에는 국화를 올려놓았다.

이렇게 노골적으로 보여 주는 걸 보니 나중에 줄지도 모른다고 기대해도 되지 않을까.

"그래, 대체 무슨 이야기를 하려는 건지 들어나 보자."

수염을 쓰다듬으며 주상이 눈을 가늘게 떴다. 의아해하는 표정이었지만, 동시에 왠지 자상하게도 보였다.

※복령 : 소나무 뿌리에 기생하는 버섯.

탁자 위에 술과 안주가 준비되어 있었다. 술 쪽을 흘끔 쳐다보았으나 독 시식을 할 필요는 없어 보였다. 귀인들이 이미 스스로 따라 마시고 있었다.

'약도 좋지만 술도 좋은데.'

마오마오가 술을 빤히 쳐다봐서 그런지 교쿠요 황후가 반응했다.

"마오마오도 마실래? 이 술, 참 맛있거든. 그렇죠, 폐하?"

교쿠요 황후는 이미 수유를 끝낸 듯, 술을 즐기고 있었다.

'좋아!'

입장상 마오마오는 술을 마셔서는 안 된다. 하지만 윗사람이 권한다면 거절할 수도 없다. 할 수 없이, 정말 할 수 없이 마시는 거다.

"그래, 이건 진짜 포도주인 것 같구나."

'진짜'라는 말을 붙이는 걸 보니 주상의 귀에도 독 포도주 이야기가 들어간 모양이었다.

"독이 든 술 따위를 가져올 리가 있겠습니까. 주상께서는 오래 사셔야만 하는데 말이지요."

진시가 유리잔을 흔들었다. 하지만 마오마오에게 주진 않을 모양이었다. 몸이 달아올랐는지 웃옷을 벗어서 의자에 걸쳐 놓았다.

"달의 귀인, 마오마오의 잔은 없나요?"

마오마오는 반짝반짝 빛나는 눈으로 교쿠요 황후를 응시했다.

"아뇨, 마오마오는 이 이후 할 일이 있으니 아직 술을 먹일 수는 없습니다."

마오마오의 기분이 급강하했다. 원망스러운 눈으로 진시를 물끄러미 쳐다보았으나, 본인은 전혀 신경 쓰지 않았다.

"어떤 일이지? 혼자만 못 마시게 하는 건 가엾지 않느냐."

'좋아, 계속 말해. 나중에 약을 주라고 명령도 해 줘.'

마오마오는 주상의 옥음에 주먹을 꽉 부르쥐었다. 하지만 진시는 새 잔을 꺼내 줄 기색이 없었다.

"주상의 앞날을 부탁하기에 꼭 필요한 인재입니다."

"아까부터 자꾸 짐을 늙은이 취급하는 것처럼 들리는걸."

"아닙니다. 하지만 주상께서는 과거의 폭군과 달리, 세상에는 불로장생의 묘약이 있다고 믿진 않으시겠지요?"

'있을지도 모르잖아.'

마오마오는 불만을 품었다. 하기야 아직 찾아내지 못하긴 했다. 이 방에 아무리 많은 생약이 있어도, 무엇 하나 불로불사로 이어지는 종류는 없으리라.

'나 참, 대체 뭘 하고 싶은 거야. 끝낼 거면 빨리….'

"주상께서 앞으로 20년은 건강히 살아 주시지 않으면 곤란합니다."

진시는 명확한 숫자를 제시했다.
"달의 귀인…. 유난히 구체적인 숫자인데요."
아무리 교쿠요 황후라 해도 조금 당황스러운 눈치였다. 황제의 연령은 30대 중반이다. 게다가 건강 그 자체라는 점을 생각하면 앞으로도 한참은 더 건강하게 지내 줄 것이다.
"그런데 20년이라는 건 무슨 의미지?"
주상의 목소리도 살짝 굳어졌다. 마오마오는 저도 모르게 경계 태세를 취했다. 잊어서는 안 된다. 이 아름다운 수염의 소유자가 국가의 정점에 서 있는 분이라는 사실을.
"동궁이 황위에 올라도 안심할 수 있는 연령이 될 때까지의 기간입니다."
"동궁이…."
목소리를 낸 사람은 교쿠요 황후였다.
"네. 열 살로는 아직 너무 어린아이입니다. 열다섯은 관례冠禮를 올리는 나이라고는 하나 역시 불안합니다. 스무 살도 젊다면 젊긴 하지만, 그때까지 주위를 단단히 다져 놓으면 문제없을 것입니다."
진시는 무슨 말을 하고 있는 걸까.
마오마오는 쾌적했던 실내 온도가 점점 싸늘해져 가는 것을 느꼈다. 시선 너머에서 동충하초와 모란피*를 찾아내지 못했더라면 얼굴이 새파래졌으리라.

주상은 잔을 내려놓고 눈을 가늘게 떴다. 기분 좋은 표정으로는 보이지 않았다.

“무엇을 전제로 이야기하고 있는지 들어 봐야겠는데.”

주상의 말꼬리에 물음표가 붙어 있지 않은 시점에서 이미 무서웠다.

‘불온하기 짝이 없는 이야기를 하기 위해 불렀다면 제발 돌아가게 해 줘. 선물 붙여서.’

마오마오는 귀를 막고 방 한구석에서 신음하고 싶어졌다.

교쿠요 황후도 안색이 나빴다. 설마 이 면면이 모여서 불온한 이야기를 하게 될 줄은 상상도 못 했으리라.

“지금, 주상의 신변에 무슨 일이 일어나면 제가 주위에서 황위에 오르라는 말을 듣게 된다는 전제로 말씀을 드리고 있습니다.”

진시는 슬며시 품에서 상자를 꺼냈다. 손바닥 위에 올라가는 작은 크기의 상자였지만 그 속에는 금색 진주가 한 알 들어 있었다. 크기는 엄지손톱만 했고, 전혀 일그러지지 않은 완벽한 구슬 모양이었다.

이 정도 크기의 진주는 드물다. 심지어 완벽한 구 모양을 띠고 있어서, 문외한인 마오마오가 봐도 눈알이 튀어나올 만큼

※모란피 : 한약재로 쓰는 모란 뿌리껍질.

고가의 물건이라는 사실을 알 수 있었다. 질 낮은 진주眞珠를 깎아 만든 진주珍珠라는 생약조차 어마어마하게 비싸다.

"맞선용 초상화와 함께 건넬 물건치고는 지나치게 값비싼 물건이 아닐까요?"

"누가 보냈느냐고 물어봤자 너는 대답하지 않겠지."

"주상이시라면 충분히 예상하실 수 있을 것입니다."

왕제에게 굵은 진주알을 바치며 딸을 처로 삼아 달라고 할 수 있는 인간은 한 손으로 꼽을 수 있을 정도밖에 안 된다.

'그만큼의 거물이 진시와 연줄을 만들려 한다면….'

진시와 손을 잡고 권력을 더욱 키우려 한다고 생각할 수도 있을 테고, 또 후견인이 되려 한다고 생각할 수도 있겠다. 후자라면 교쿠요 황후와 대립하게 된다.

"그리고 또 하나."

진시는 다음으로 수저를 내밀었다. 끝이 검게 물든 은수저였다.

"집무실의 차 속에 독이 들어 있었습니다. 또한 제사 때 화살이 날아오기도 했지요."

'그런 일이 있었나.'

마오마오의 귀에 도달하지 않았다면 함구령이 내려진 일이었던 모양이다.

진시를 자기편으로 끌어들이고 싶어 하는 사람도 있는가 하면 방해라고 여기는 사람도 있다. 그것이 정치의 세계다.

"교쿠요 황후 전하께서는 뭔가 아시는 바가 없으십니까?"

"…저는 모르겠군요."

교쿠요 황후의 목소리에 희미하게 당황이 섞였다.

황후가 한 일이라고는 생각할 수 없다. 하지만 비가 모르는 곳에서 피붙이 중 누군가가 저질렀을 가능성도 있다.

황후의 당황은 거기에 기인한 걸까.

그렇다면 교쿠요 황후의 부친인 교쿠엔이 관련되어 있을지도 모른다.

"폐하, 제가 황위에 전혀 관심이 없다는 사실은 잘 알고 계시지요."

진시의 말에 주상은 고개를 끄덕이지 않았다.

"그렇지 않다면 후궁에서 환관 비슷한 짓을 6년이나 하진 않았을 겁니다."

마오마오는 저도 모르게 귀를 틀어막았으나 빙긋 웃는 진시에게 양손을 붙잡히고, 무릎을 꿇은 채 끌려오고 말았다. 이야기를 확실하게 들어 두라는 뜻인 모양이었다.

"저는 번거로운 게 딱 질색입니다. 사내아이가 둘 태어났고, 교쿠엔 공도 이름을 받으셨죠. 이것을 기회로 제게도 이름을 내려 주실 수 없을까요?"

'이름을 내려?'

마오마오는 고개를 갸웃거렸다. 무슨 의미인가 하고 주위 눈치를 보고 있는데 교쿠요 황후와 눈이 마주쳤다.

“이름을 받는다는 건 황제의 신하가 된다는 뜻이란다. 다시 말해 황족 지위를 포기한다는 말이지.”

안색 나쁜 교쿠요 황후가 마오마오에게 설명을 해 주었다. 친절한 마음으로 설명해 준다기보다는 진시가 한 말을 확인하는 듯했다.

‘아니, 아니, 아니, 아니.’

인간관계가 번거로우므로 황족 지위에서 내려 달라니, 그리 쉽게 할 수 있는 일이 아니다. 무엇보다 진시를 포함해 황족 남자가 대체 몇 명이나 있을까. 선제의 형제는 돌림병으로 전멸했고, 외척은 모르겠지만 마오마오가 아는 한은 황제와 진시, 그리고 교쿠요 황후의 아들과 리화 비의 아들까지 총 네 명뿐이다.

황제의 아들 둘은 아직 갓난아기다.

갓난아기는 언제 죽을지 모른다. 설령 온갖 정성을 들여 아주 소중히 키운다 해도, 어느 날 갑자기 병으로 털썩 쓰러지는 일도 있다.

‘말도 안 되지.’

마오마오조차도 알고 있는 일인데 주상이 모를 리가 없다.

탁자가 크게 흔들리는 소리가 나는 바람에 마오마오는 전신의 털이 거꾸로 섰다. 계피가 접시에서 쏟아졌다.

무슨 일이 일어났나 했더니 주상이 탁자를 내리친 것이다.

평소에는 미소인지 무표정인지 판단하기 힘든 얼굴을 하고 다니는 분께서 분노를 드러내고 있었다.

'제발 그만해!'

주상의 말을 거역하면 목숨이 날아간다는 사실은 알고 있다. 하지만 평소에는 항상 기분 좋은 상태로 접하는 일이 많았기에, 공포심이 다소 옅어져 있었다.

마오마오의 심장이 쿵쿵 소리를 내며 뛰었다. 마음을 가라앉히기 위해 생약이 어디 없는지 방 안을 찾아보았다.

교쿠요 황후의 얼굴도 새파란 채 그대로였다. 황후 또한 주상이 화내는 모습을 처음 보았는지도 모른다.

진시만이 천연덕스러운 표정을 짓고 있었다.

"약속하셨던 일이 아닙니까? 설마 폐하께서 그걸 파기하시겠다고요?"

"때와 장소를 생각해라. 지금이 그런 말을 하고 있을 시기란 말이냐."

"네. 빨리 매듭을 짓지 않으면 도망칠 수 없게 될 테니까요."

'불에 기름을 붓지 마!'

땀이 줄줄 뿜어져 나왔다.

마오마오는 진시와 주상 두 사람을 교대로 보며, 가끔 방 한

구석에 놓여 있던 우황을 확인하곤 했다.

'계속 우황만 보고 싶다.'

안타깝게도 그런 사소한 소망은 박살이 나고 말았다.

"저를 인간으로 만들어 주시면 안 되겠습니까?"

둔중한 소리가 방 안에 울려 퍼졌다.

진시가 고개를 숙이고 주저앉아 있었다. 주상의 주먹이 떨리고 있었다.

마오마오는 저도 모르게 진시에게로 다가가 억지로 입을 벌리게 했다.

'이는 부러지지 않았어. 입술이 찢어졌을 뿐이야.'

하지만 온 힘을 다해 때렸다. 시간이 지나면 부어오를 것이다. 주상의 주먹도 확인하고 싶었지만 다가갈 수가 없었다.

"약사에게 술을 먹이지 말라 했던 건 이 일을 의미했던 것이더냐?"

주상은 목소리를 많이 억눌렀다. 그 손은 교쿠요 황후의 손목을 움켜잡고 있었다.

밀회에 사용하는 방이니, 탁자를 내리친 소리 정도로 호위가 들어오진 않는다. 큰 소리로 부르려 해도 교쿠요 황후는 소리를 낼 수 없었다. 그 대신 도움을 청하러 나가려 했을 때 주상에게 붙잡힌 모양이었다.

"황후, 걱정 마시오."

'뭘 걱정 말라는 거야.'

마오마오는 진시의 입술에서 흐르는 피를 손수건으로 닦았다.

이런 형제 싸움을 보여 주기 위해 불렀단 말인가. 그렇다면 마오마오 자신도 교쿠요 황후도 끌어들이지 말았으면 좋겠다.

"각오는 되어 있습니다. 그에 상응하는 처우를 받을 예정입니다."

진시는 자리에서 일어나 옷을 한 벌 더 벗고, 천천히 화로 쪽으로 다가갔다.

"황후 전하, 저는 당신의 적이 되지 않습니다. 안심하십시오."

싱긋 웃은 진시가 허리띠를 풀었다. 그리고 배꼽을 드러내는가 싶더니 부지깽이를 집어 들었다.

"?!"

아무도 예상치 못했던 일이 벌어졌다.

치이익, 하고 살 타는 냄새가 풍겼다. 아무리 다부진 교쿠요 황후도 그 광경에는 픽 쓰러지고 말았고, 마오마오가 다급히 받아 안았다.

주상도 벌린 입을 다물지 못했다.

진시는 통증을 참으면서도 웃음을 띤 채, 부지깽이를 화로에 도로 집어넣었다.

교쿠요 황후를 긴 의자에 눕힌 마오마오는 진시의 하복부를

뚫어져라 쳐다보았다. 배에 찍어 누르지는 않았다. 옆구리 아래, 골반 위 부분에 타서 눌어붙은 자국이 생겨나 있었다. 낯익은 모양이었다. 교쿠요 황후에게 주어진 문장이다.

'내장에는 문제없어. 하지만….'

이렇게나 깊은 낙인이 새겨졌다면 지울 수는 없다.

'이런 물건까지 준비해 놓았다니.'

"황후 전하, 이제 저는 당신에게 거역할 수 없습니다. 설령 주상께서 승하하신다 해도 동궁을 협박할 일은 없을 겁니다."

예전에 서도에서 있었던 일이 떠올랐다. 새신부가 자살 위장 사건을 벌였던 이유는 새신랑의 잔혹한 처사 때문이었다. 마치 가축처럼 새신부에게 낙인을 찍는 행위를, 일족 전원이 꾹 참고 견뎌 왔다.

소유 인을 찍는 일은 노예로 삼는 것과 같은 의미였다.

"……."

방금 전까지 분노로 가득했던 주상의 얼굴은 망연자실해져 있었다. 설마 왕제인 진시가 스스로에게 노예의 낙인을 찍을 줄은 상상도 못 했을 테니 말이다.

마오마오가 해야 할 일은 하나였다. 고온으로 화상을 입었으니 피는 거의 나지 않았으나 주위가 붉게 부어 있었다. 손수건을 적셔 진시의 옆구리에 들이댔다.

방에 기름과 밀랍, 그리고 화상에 잘 듣는 생약이 없는지 뒤져 보았다. 도구가 없는 게 짜증이 나서 서랍에서 비싸 보이는 그릇을 꺼내다 마구 짓이겼다. 그릇이 이가 빠지든, 수저가 부러지든 상관없었다.

지금은 그런 걸 신경 쓸 여유가 없다.

방 밖으로 나가서 빨리 화상약을 가져다 달라고 하는 편이 빠르다. 하지만 그랬다가는 진시의 상처를 들키게 된다. 아무리 진시가 스스로에게 입힌 상처라고는 하나, 다른 사람이 진시의 낙인을 볼 경우 여기 있는 모든 사람들이 곤란해질 게 뻔했다.

"이 피학 취향 변태!"

마오마오는 밀랍과 기름을 짓찧으며 험한 말을 퍼부었다.

아무도 책망하지 않았다. 모든 사람이 똑같은 생각을 하고 있으리라. 진시 자신조차….

털썩 쓰러지는 소리가 났나 했더니 긴 의자에 주상까지 주저앉아 기대 있었다.

"…그렇게 싫었단 말이냐? 황제의 자리에 오르는 것이."

황제가 띄엄띄엄 중얼거렸다.

"싫다고 지금까지 쭉 말씀드리지 않았습니까."

진시가 얼굴을 일그러뜨리며 대꾸했다.

"아직도 인정해 주시지 않는다면 왼뺨에도 상처를 만드는 수밖에 없겠습니다."

진시의 말에 마오마오가 다급히 양손으로 진시의 뺨을 감쌌다.

“농담이다.”

진시가 웃기에 손을 떼긴 했지만 언제 무슨 짓을 저지를지 모른다. 방심할 수 없다.

교쿠요 황후는 멍한 상태였으나 아직 의식은 있는 듯했다.

“황후 전하, 쭉 마오마오를 시녀로 삼으려 노리고 계셨던 모양이지만 포기해 주시면 안 되겠습니까?”

진시가 멍하니 있던 황후를 바라보았다.

“저는 이런 몸이 되어 버렸기 때문에 남에게 그리 쉽게 맨살을 보일 수가 없게 되었습니다.”

‘자기가 해 놓고 무슨 소리야.’

마오마오는 다 이긴 연고를 진시의 피부에 발라 주었다.

“시녀에게 옷 갈아입혀 달라고 부탁할 수도 없고, 의관에게 보일 수도 없지요. 무엇보다….”

진시는 자리에서 일어나, 마오마오의 몸을 한 팔로 감아서는 번쩍 들어 올렸다. 옆구리를 식히던 손수건이 떨어졌다.

“자, 잠깐만요! 진시 님!”

마오마오는 몸을 버둥거리려 했으나 진시의 상처가 바로 코앞에 있는 바람에 마구 날뛸 수도 없었다.

“웬만큼 신용할 수 있는 여자가 아니면 아내로 삼을 수도 없게 되었습니다."

마오마오의 안색이 새파랗게 질렸다.

밑에서 올려다본 진시의 얼굴은 쓸데없이 상쾌한 미소를 띠고 있었다.

"호, 혹시 그게 본 목적이었어요?"

교쿠요 황후가 얼굴을 일그러뜨리며 물었다.

"무슨 말씀이십니까?"

진시는 시치미를 뚝 뗐으나 여전히 마오마오를 한 팔로 안고 있는 상태였다.

마오마오는 교쿠요 황후에게 손을 뻗어 도움을 요청했다. 하지만 황후는 연민의 눈길을 보내며 고개를 가로저었다.

"마오마오, 네게도 책임이 반 정도는 있는 것 같구나."

'어째서!'

마오마오는 상관없는 일이다. 무죄를 주장하고 싶다. 하지만 진시의 손이 마오마오의 입을 틀어막고 있었다.

"책임이 있다면, 확실히 책임을 지도록 해야겠군요."

교쿠요 황후는 이제 믿을 수 없다. 마오마오는 주상을 쳐다보았다.

주상은 멍하니 마오마오와 진시를 보고 있었다.

"즈이瑞여, 이것이 네가 선택한 길이더냐?"

"네."

“후회는 하지 않겠느냐?”

“네.”

주상의 눈에 왠지 모르게 쓸쓸한 기색이 떠올랐다.

“…….”

아름다운 수염의 소유자는 무어라 이어서 말하려는 듯했다. 그러나 한순간 교쿠요 황후를 보고는 입을 다물었다.

“짐은 돌아가겠다. 한없이 이곳에 있어서야 밖에 있는 호위가 추울 테니.”

방은 따스하지만 이미 한겨울 밤이다.

“너는 오늘 밤 이곳에 묵는다고 전해 두마.”

“배려해 주셔서 감사합니다.”

진시는 깊이 고개를 숙였다. 뺨은 퉁퉁 부어 있었고, 옆구리 낙인의 처치는 아직 끝나지 않았다.

“그럼 저도.”

교쿠요 황후도 일어섰다. 오늘은 지쳤을 테니 푹 자면 좋겠지만, 아마 잠이 안 올 것이다.

‘아니, 잠깐만 기다려.’

두 분이 자리를 뜨면 마오마오는 진시와 단둘이 남게 된다.

멍하니 입을 벌리자 진시가 얼굴을 들여다보았다.

“술은 상처 처치가 끝나고 나면 마셔도 좋아.”

이제 와서 무슨 소리냔 말이다.

황제와 황후를 따라서 함께 방 밖으로 나가고 싶지만 진시의 상처를 방치해 둘 수도 없었다.

이러지도 저러지도 못하고 있는데 겨우 진시가 마오마오의 입에서 손을 떼었다. 선반 위의 용골이 손에 닿았다.

"뭐가 무슨 약인지 모르겠지만 있는 대로 다 긁어다 놓았다."

"……."

마오마오는 저도 모르게 가슴이 두근거렸다.

"마음껏 써도 좋아."

덕분에 교쿠요 황후가 소맷자락을 휘두르며 나가는 모습을 배웅하지 못했다.

진시는 뺨을 맞고 옆구리에 중증 화상을 입었는데도 활기가 넘쳤다.

"지, 진시 님. 빨리 응급 처치를 끝내도록 해요."

"아직 밤은 길잖아. 천천히 해."

"아니, 빨리 끝내자고요!"

진시는 입을 삐죽 내밀었으나 마오마오를 들어 올린 손을 놓아주진 않았다.

"대체 뭐가 불만이지?"

"불만이고 뭐고 영문을 모르겠다고요. 대체 누가 자기 몸에 낙인을 찍는단 말입니까?"

"피학 취향 변태다만."

'자기 입으로 말했어!'

이젠 당당해지고 말았다. 아직 통증이 느껴질 텐데도 유달리 혈색이 좋았다. 완전히 이상하다. 심지어 안쪽 방으로 나아가고 있었다.

"왜 자리를 옮기시는 거죠?"

"처치가 끝나면 한숨 자야겠다 싶어서 말이다."

"그럼 여기서 처치할 수 있도록 부탁드립니다."

"아니, 자면서 받는 게 좋겠어."

날뛰고 싶어도 날뛰지 못하는 상황인데 이 체력 바보는 계속 안쪽으로 들어가고 있었다.

"아니면 침실로 이동하는 게 싫은가?"

"……."

왠지 놀리는 듯한 말투에 마오마오는 저도 모르게 시선을 돌렸다.

후우, 하고 한숨을 쉬는 소리가 들렸다.

"알고 있으니 안심해."

진시가 마오마오의 앞머리를 살며시 쓰다듬었다.

"나는 어차피 **그럭저럭**이니까…."

"!!"

진시의 미소가 지금까지 본 것 중에서 가장 사악해 보였다. 그러니 상처를 잊고 마구 버둥거린 마오마오는 잘못이 없다.

설령 그 후 “빚을 만들지 못했어….” 하고 말이 이어졌어도 들리지 않았다.

약사의 혼잣말

종 장

교쿠요는 궁으로 돌아오자마자 뜨거운 물로 목욕도 하지 않고 침대에 쓰러졌다.

"피곤하다."

오늘은 대체 뭐였는지 추궁하고 싶은 심정이었다.

평소였다면 그저 재미있게 깔깔 웃고 넘길 내용도 있었지만, 그것을 크게 웃도는 충격 때문에 아무런 감개도 느끼지 못했다.

아니, 조금은 마오마오에게 동정했고, 또 동시에 부럽다는 생각도 들었다.

이대로 그냥 침대에 파묻혀 잠들어 버리고 싶다. 하지만 교쿠요는 두 아이의 어머니였다. 아이 둘이 어떻게 지냈는지 홍냥에게 확인해 봐야 한다. 화장을 지우지 않고 잠들 수는 없다.

"자, 할 일을 해야지."

마음을 다잡고 자리에서 일어났지만 눈앞에 있던 물건이 문제였다. 교쿠요에게 주어진 도장이 인주에 꽂힌 채 놓여 있었다.

추후 진시가 자신의 말을 거역할 수 없으리라고 한 그 말은 사실일까.

쉽게 할 수 있는 결의가 아니다. 심지어 주상이 보는 앞에서 저지르다니.

교쿠요는 진시를 동생처럼 여기고 있다. 물론 교쿠요는 친형제에게서 괴롭힘을 당한 기억밖에 없지만.

교쿠엔의 딸로서, 도구로서 후궁에 보내진 교쿠요였으나 뜻밖에도 자신에게는 의사가 있다는 사실을 알게 되었다.

인형으로서 살아가기에 궁정이라는 장소에는 재미있는 일들이 너무나도 많았다.

물론 마음에 안 드는 일과 화나는 일도 있다. 하지만 그건 서도에 있을 때도 마찬가지였다.

인생을 살아가다 보면 매번 즐거운 일만 있는 건 아니다.

때로 자신의 뜻과 맞지 않는 일도 있지만, 적당히 타협을 하면서 살아가야 한다.

하지만 참는 데에도 한계가 있다. 인간은 욕심이 많다. 정도를 모르는 욕심 많은 상대에게 계속 양보만 하다 보면 어떻게 될까.

"손해만 보겠지."

차라리 그렇다면 다행이다.

"파멸하고 말 거야."

그리고 상대에게 악의는 없다. 자신이 옳다고 믿고 있을 뿐.

교쿠요의 이복 오빠인 교쿠오는 정의로운 사람이다. 자신이 옳다고 생각하는 일이 전부 옳다고 믿고, 자신이 틀렸다고 생각하는 사람을 잔혹하게 괴롭힌다.

교쿠오에게는 교쿠요 또한 악이다.

악이었는데, 지금은 아첨하려 든다.

교쿠요는 서랍을 열었다. 그리고 교쿠오에게서 받은 편지를 꺼내, 후 불어서 바닥에 떨어뜨렸다.

교쿠요가 악이라면 상관없다. 하지만 그 자식들에 대해서는 어떻게 생각하고 있을까.

남자아이라면 비위를 맞추려 들겠지. 하지만 여자아이라면….

교쿠요는 옛날과 다름없는 소녀의 마음을 갖고 있다고, 모든 이들이 말한다. 하지만 그렇지 않다. 이미 교쿠요는 서도 시절의 말괄량이 소녀가 아니다.

"당신이 원하는 대로 하진 않겠어."

교쿠요는 오빠에게서 받은 편지를 천천히 신발을 신은 채 짓밟았다.

앞으로 짓밟히게 되는 건 어느 쪽일까. 이젠 옛날처럼 웃기만 하는 소녀가 아니다.

약사의 혼잣말 8권 마침

약사의 혼잣말

약사의 혼잣말 [8]

2019년 12월 10일 초판 발행
2024년 2월 10일 2쇄 발행

저자	휴우가 나츠
일러스트	시노 토우코
옮긴이	김예진
발행인	정동훈
편집인	여영아
편집 팀장	황정아 김은실
편집	노혜림
발행처	(주)학산문화사
등록	1995년 7월 1일
등록번호	제3-632호
주소	서울특별시 동작구 상도로 282 학산빌딩
편집부	02-828-8838
영업부	02-828-8986

ISBN 979-11-348-2402-2 04830
ISBN 979-11-348-1428-1 (세트)

값 9,000원